CANDACE CAMP

Más Fuerte que la Venganza

Editado por Harlequin Ibérica.
Una división de HarperCollins Ibérica, S.A.
Núñez de Balboa, 56
28001 Madrid

© 2008 Candace Camp. Todos los derechos reservados.
MÁS FUERTE QUE LA VENGANZA, N° 73 - 1.1.09
Título original: The Wedding Challenge
Publicada originalmente por HQN Books.
Traducido por Sonia Figueroa Martínez

Todos los derechos están reservados incluidos los de reproducción, total o parcial. Esta edición ha sido publicada con permiso de Harlequin Enterprises II BV.
Todos los personajes de este libro son ficticios. Cualquier parecido con alguna persona, viva o muerta, es pura coincidencia.
™TOP NOVEL es marca registrada por Harlequin Enterprises Ltd.

® y ™ son marcas registradas por Harlequin Enterprises Limited y sus filiales, utilizadas con licencia. Las marcas que lleven ® están registradas en la Oficina Española de Patentes y Marcas y en otros países.

I.S.B.N.: 978-84-671-6942-3
Depósito legal: B-50362-2008

Para la fantástica editora Leslie Wainger,
por su sabiduría y su habilidad
para compartirla.

CAPÍTULO 1

El baile de cumpleaños de lady Odelia Pencully era el evento más relevante del año, a pesar de que la temporada aún no había empezado. No haber sido invitado era causa de escarnio social, y no acudir en caso de ser invitado resultaba impensable.

Lady Pencully tenía lazos sanguíneos o algún tipo de parentesco con la mitad de las familias más influyentes de Inglaterra. Era hija de un duque, condesa gracias a su matrimonio, y uno de los pilares de la alta sociedad; en definitiva, muy pocos osaban contrariarla.

En su juventud había reinado sobre la alta sociedad tal y como lo hacía sobre su familia, con una lengua afilada y una voluntad férrea, y a pesar de que con el tiempo había optado por permanecer durante temporadas cada vez más largas en su finca campestre y ya apenas iba a Londres, seguía siendo alguien a tener en cuenta. Se mantenía al tanto de los escándalos y de las noticias de última hora gracias a su afición por recibir y enviar correspondencia, y cuando creía que debía otorgarle a alguien el beneficio de su consejo, no tenía ningún reparo en enviarle una carta.

De modo que, cuando había anunciado que iba a celebrar su cumpleaños número ochenta y cinco con un gran baile en Londres, nadie de relieve o con pretensiones de ascender en el escalafón social se había atrevido a correr el riesgo de no acudir, a pesar de que se celebraba en enero, la época del año más difícil y en la que no se estilaban aquel tipo de eventos. Ni la nieve, ni el frío, ni las dificultades que conllevaba abrir una casa londinense para una breve visita bastaban para pararles los pies a las damas de la alta sociedad, que se consolaban diciéndose que, para variar, ese año sí que habría alguien en Londres en invierno, ya que todo el que tuviera cierta relevancia iba a asistir a la fiesta de lady Odelia.

El duque de Rochford, su hermana lady Calandra y la abuela de ambos, la duquesa viuda de Rochford, se contaban entre los que habían dejado sus propiedades campestres para ir a Londres. El duque era uno de los pocos que podrían haberse atrevido a rechazar la invitación de lady Odelia, pero había decidido no hacerlo; aparte de ser su sobrino nieto y de tratarse de un hombre que se tomaba muy en serio sus obligaciones familiares, tenía varios asuntos pendientes en Londres.

La duquesa viuda había decidido asistir a la fiesta porque, a pesar de que la hermana mayor de su difunto esposo jamás le había caído bien, era una de las pocas personas que quedaban de su generación... aunque, tal y como siempre se encargaba de puntualizar, lady Pencully era algunos años mayor que ella... y se trataba de una de las pocas mujeres a las que la duquesa consideraba de su misma talla social; en definitiva, lady Odelia era su igual, a pesar de que a veces mostraba una chocante falta de buenos modales.

El carruaje en el que viajaban los tres avanzaba poco a poco en una larga cola que se extendía por Cavendish Crescent en dirección a la casa de lady Pencully, y lady Calandra, la más joven, era la única que estaba entusiasmada con la velada que se avecinaba.

Sus allegados la llamaban Callie, y tenía veintitrés años. Ya hacía cinco años que había debutado en sociedad, así que un simple baile, sobre todo uno ofrecido por una octogenaria, no la habría entusiasmado demasiado en condiciones normales, pero llevaba varios meses en Marcastle, la principal finca campestre de la familia Lilles, y aquel tiempo le había resultado interminable debido a la elevada cantidad de días lluviosos y a la presencia constante de su abuela.

La duquesa solía quedarse durante gran parte del año en su casa de Bath, donde disfrutaba reinando sobre el reducido y plácido escenario social de aquella comunidad, y puntualmente viajaba hasta Londres para asegurarse de que su nieta estuviera portándose con decoro; sin embargo, al término de la última temporada social había decidido que ya era hora de que lady Calandra se casara, y conseguir que se comprometiera... con un caballero apropiado, por supuesto... se había convertido en su principal objetivo. Por eso había optado por no ir a Bath durante el invierno, y se había expuesto a las frías corrientes de aire que azotaban la histórica finca familiar de Norfolk.

Callie se había pasado los últimos meses encerrada por culpa de las inclemencias del tiempo, soportando los sermones de su abuela sobre el rígido comportamiento que debía mantener y sobre su deber de contraer matrimonio, y escuchando sus opiniones sobre los distintos caballeros del reino, así que estaba entusiasmada ante la idea de asistir a una fiesta en la que iba a poder disfrutar de sus amistades, de los cotilleos, de la música, y del baile. El hecho de que se tratara de una fiesta de disfraces era un aliciente añadido, ya que además de proporcionarle la oportunidad de pasarlo en grande ideando un disfraz, le daba a la velada cierto aire de misterio.

Después de darle vueltas y más vueltas al tema y de hablarlo con su modista, había decidido disfrazarse con una indumentaria propia del reinado de Enrique VIII. La ajustada cofia de estilo Tudor le quedaba muy bien, y el intenso tono carmesí del vestido enfatizaba sus rizos negros y la palidez de su piel... y además, suponía un respiro respecto al habitual tono blanco al que debían ceñirse las jóvenes casaderas como ella.

Callie le lanzó una mirada a su hermano, que estaba sentado frente a ella. Como era de esperar, Rochford no se había puesto ningún disfraz, y llevaba un típico y elegante traje negro de etiqueta junto a una camisa blanca y una corbata también blanca perfectamente anudada. Su única concesión era un antifaz negro que, sumado a su considerable atractivo, le daba un aire romántico y ligeramente siniestro que bastaría sin duda para que la mayoría de las damas que asistieran al baile suspiraran por él.

Al darse cuenta de que estaba mirándolo, su hermano sonrió con afecto y le dijo:

—¿Tienes ganas de volver a bailar, Callie?

Ella le devolvió la sonrisa. Aunque algunos pudieran pensar que su hermano era un hombre distante y frío, incluso adusto, ella sabía que estaban equivocados; simplemente, era una persona reservada a la que le costaba abrirse a los demás. Su actitud no la sorprendía, ya que ella misma había aprendido que había mucha gente dispuesta a congraciarse con un duque, o con la hermana de uno, con la esperanza de obtener algún beneficio social o monetario. Estaba casi convencida de que Sinclair había tenido más experiencias amargas en ese sentido que ella, ya que el título y la fortuna de la familia habían pasado a sus manos cuando aún era muy joven, y no había contado con la protección y los consejos de un hermano mayor.

El padre de ambos había muerto cuando ella tenía cinco años, y su madre, una mujer llena de dulzura con un aire constante de tristeza, no se había recuperado de la pérdida y había fallecido nueve años después. Aparte de su abuela, el único familiar cercano que le quedaba era su hermano, que había tenido que asumir también el papel de tutor. Como

Sinclair tenía quince años más que ella, había acabado siendo una especie de padre joven e indulgente, y Callie tenía la sospecha de que había accedido a ir a Londres porque sabía lo mucho que ella iba a disfrutar de la fiesta de su tía abuela.

—Muchísimas. Me parece que la última vez que lo hice fue en la boda de Irene y Gideon.

Tanto los amigos como los familiares de Callie sabían que era una muchacha muy activa que prefería cabalgar o pasear por el campo a coser junto a la chimenea, y que ni siquiera al final de la temporada estaba harta de bailar.

—No te olvides de Navidad —le dijo el duque, con un brillo travieso en la mirada.

—Bailar con mi hermano mientras la dama de compañía de mi abuela toca el piano no cuenta.

—La verdad es que ha sido un invierno bastante aburrido. Te prometo que iremos pronto a Dancy Park.

—Estoy deseando volver a ver a Constance y a Dominic. Como está embarazada, sus cartas rebosan felicidad.

—No debes hablar de ese tipo de temas con un caballero, Calandra —le dijo la duquesa.

—Pero si sólo es Sinclair —le contestó Callie con voz serena, mientras contenía las ganas de suspirar con impaciencia.

Como estaba acostumbrada a las estrictas opiniones que su abuela tenía sobre el comportamiento adecuado de una dama, se esforzaba por evitar ofenderla, pero empezaba a perder la paciencia después de pasar tres meses aguantando sus sermones.

Rochford la miró con una sonrisa mientras le decía a su abuela:

—Estoy al tanto de los modales poco convencionales de mi hermana.

—Ríete todo lo que quieras, pero una dama de la categoría de Callie debe comportarse siempre con la mayor de las discreciones, sobre todo si aún está soltera. Un caballero jamás se casaría con una dama que no se comporte como es debido.

—Ningún caballero se atrevería a hablar mal de Calandra —le dijo Rochford, mientras su rostro adquiría la expresión de gélida altivez a la que Callie llamaba para sus adentros su «cara de duque».

—Por supuesto que no —se apresuró a decir su abuela—. Pero cuando una joven busca marido, debe ser especialmente cuidadosa con lo que dice y hace.

—¿Estás buscando marido, Callie? —Rochford se volvió hacia su hermana, y la miró con expresión interrogante—. No lo sabía.

—No, no estoy buscando marido —le contestó ella con firmeza.

—Claro que sí —la contradijo su abuela—. Lo admita o no, una mujer soltera siempre busca marido. Ya no eres una joven en su primera temporada, querida. Tienes veintitrés años, y casi todas las jóvenes que fueron presentadas en sociedad el mismo año que tú están prometidas... incluso la hija de Lord Thripp, a pesar de la cara de pan que tiene.

—Sí, está prometida a un conde irlandés que tiene más caballos que buenas perspectivas... al menos, eso fue lo que me dijiste la semana pasada —le dijo Callie.

—Espero un marido mucho mejor para ti, por supuesto, pero resulta de lo más irritante que esa jovencita se haya prometido antes que tú.

—Callie tiene tiempo de sobra para encontrar marido —le dijo Rochford a su abuela—. Te aseguro que gran cantidad de pretendientes me pedirían su mano, si recibieran la más mínima muestra de aliento.

—Sí, pero tú nunca alientas a nadie —le espetó su abuela con acritud.

—No pretenderás que permita que libertinos y cazafortunas cortejen a Calandra, ¿verdad?

—Por supuesto que no. Te ruego que no te hagas el tonto,

Sinclair —la duquesa viuda era una de las pocas personas que no se dejaban amilanar por Rochford, y solía darle su opinión sin cortapisas—. Lo único que digo es que todo el mundo sabe que quien muestre interés en tu hermana no tardará en recibir tu visita, y son muy pocos los hombres dispuestos a hacerte frente.

—No sabía que fuera tan aterrador —comentó Rochford con calma—. Y aunque así fuera, me cuesta creer que Callie pudiera interesarse en un hombre que careciera del valor suficiente de hablar conmigo cara a cara para poder cortejarla —se volvió hacia su hermana, y le preguntó—: ¿Te interesa algún caballero en concreto?

—No, me siento feliz tal y como estoy.

—No seguirás siendo la joven más codiciada de Londres de forma indefinida —le dijo su abuela.

—En ese caso, que disfrute de la situación ahora que puede —las palabras firmes de Rochford dieron por concluida la conversación.

Callie se sintió agradecida por la intervención de su hermano, y se volvió hacia la ventana. Apartó a un lado la cortinilla para observar a los invitados que iban descendiendo de los carruajes que tenían delante, pero no pudo evitar pensar en las palabras de su abuela.

Había sido sincera al decir que se sentía feliz tal y como estaba, al menos en gran medida. Durante los meses de primavera y verano disfrutaba del torbellino social londinense, de los bailes, las obras de teatro, y la ópera, y durante el resto del año también se mantenía ocupada. Tenía amistades a las que visitar, y como a lo largo de los últimos meses se había estrechado su relación con Constance, la esposa del vizconde de Leighton, aprovechaba para ir a visitarla cuando estaba en Dancy Park, ya que dicha finca estaba a unos kilómetros de Redfields, el hogar de Dominic y Constance.

El duque tenía numerosas propiedades que visitaba de forma periódica, y ella solía acompañarle. Casi nunca estaba aburrida, ya que le gustaba montar a caballo, dar largos paseos por el campo, y no rechazaba la compañía de los aldeanos ni de la servidumbre. Llevaba las riendas de la casa del duque desde los quince años, así que siempre estaba atareada.

Pero a pesar de todo, sabía que su abuela tenía razón. Ya iba siendo hora de que se casase, porque en dos años iba a cumplir los veinticinco, y a esa edad la mayoría de las muchachas ya estaban casadas. Si seguía tal y como estaba más allá de los veinticinco, no tardarían en considerarla una solterona, y era consciente de que no resultaba un estatus demasiado agradable.

Lo cierto era que no tenía nada en contra del matrimonio. No era como su amiga Irene, que siempre había afirmado que jamás se casaría... y que había cambiado de opinión en cuanto había conocido a lord Radbourne. Ella pensaba casarse, quería tener un marido, hijos, y un hogar propio, pero el problema radicaba en que no había conocido a la persona adecuada. En una o dos ocasiones se había enamoriscado ante una sonrisa masculina que la había dejado sin aliento, o ante unos hombros anchos cubiertos por un uniforme de húsar que le habían acelerado el corazón, pero habían sido encaprichamientos pasajeros que no habían tardado en desvanecerse.

No podía imaginarse desayunando cada mañana durante el resto de su vida con ninguno de los hombres a los que conocía, y le resultaba inconcebible la mera idea de entregarse a alguno de ellos en los vagos, misteriosamente fascinantes, y aterradores ritos del lecho conyugal.

Había oído a otras jóvenes hablando con entusiasmo de algún que otro caballero, y se había preguntado cómo sería caer con tan aparente facilidad en el profundo abismo del amor. Se había planteado si aquellas muchachas eran conscientes del otro lado de la moneda de un amor así... no podía olvidar las lágrimas que había derramado su madre, incluso años después de la muerte de su padre, ni el triste y lánguido fantasma en el que se había convertido mucho antes de morir también.

Se había preguntado si le resultaba tan difícil enamorarse porque era consciente del sufrimiento que podía acarrear el amor, o si quizá sufría alguna carencia, si había algo que faltaba en su interior.

Cuando el carruaje se detuvo delante de la escalinata de entrada de la mansión y un lacayo abrió la puerta del vehículo, se apresuró a apartar a un lado aquellos pensamientos tan melancólicos. No iba a dejar que nada, ni las críticas de su abuela ni sus propias dudas, le arruinaran la primera velada en la ciudad.

Después de comprobar que tenía bien colocado el antifaz que le cubría media cara, tomó la mano que le ofrecía su hermano y bajó del carruaje.

Al entrar en el salón de baile los recibió lady Francesca Haughston, a la que resultaba fácil reconocer a pesar del antifaz de satén azul que llevaba. Estaba impresionante ataviada en tonos crema, dorado y azul, y se había disfrazado de una pastora idílica. Su melena de rizos dorados estaba sujeta con lazos azules que conjuntaban con el que tenía atado bajo el mango de su cayado blanco, y llevaba una sobrefalda drapeada de satén azul que revelaba la falda blanca con volantes que había debajo. La parte superior de cada pliegue estaba decorada con un rosetón, y llevaba también unas zapatillas doradas.

—Supongo que estoy ante una pastora de cuento de hadas —comentó Rochford, mientras se inclinaba sobre su mano.

—Por lo que veo, habéis decidido no molestaros en elegir un disfraz —le contestó ella, después de saludarlo con una reverencia—. Tendría que haberlo supuesto. Vais a tener que responder ante lady Odelia, estaba empeñada en que el baile fuera de disfraces.

Lady Francesca señaló hacia la mujer que estaba sentada al otro lado del salón. Lady Odelia estaba sobre una tarima, entronizada en una silla de respaldo alto y tapizada en terciopelo azul. Llevaba una peluca de rizos anaranjados, la cara pintada de blanco, una corona dorada, una gorguera alta y almidonada que se alzaba del vestido por detrás de su cabeza, un collar de perlas de varias vueltas que caía sobre un corpiño de brocado, y un gran número de anillos.

—Vaya, la buena reina Bess —dijo Rochford, al seguir la mirada de Francesca—. Supongo que la de avanzada edad, claro.

—Que no os oiga decir eso —le advirtió Francesca—. Como no puede permanecer de pie durante demasiado tiempo, decidió recibir a sus invitados como una reina en su trono. La verdad es que me parece bastante apropiado —se volvió hacia Callie, y alargó las manos hacia ella mientras sonreía con afecto—. Callie, querida... por lo menos puedo contar contigo. Estás preciosa.

Callie le devolvió la sonrisa. Conocía a lady Haughston desde siempre, ya que era hermana del vizconde de Leighton y se había criado en Redfields, cerca de Dancy Park. Como Francesca era algunos años mayor que ella, de niña le había tenido afecto y admiración. Al casarse con lord Haughston se había marchado de Redfields, pero habían seguido viéndose de forma esporádica cuando Francesca iba a visitar a sus padres. Más tarde, cuando ella había sido presentada en sociedad, habían tenido mucho contacto, porque para entonces Francesca llevaba cinco años viuda y se había convertido en una de las damas más influyentes de la alta sociedad. Tenía un estilo impecable, y a pesar de sus treinta y pocos años, seguía siendo una de las mujeres más hermosas de toda la ciudad.

—No puedo compararme a ti ni por asomo, estás deslumbrante —le contestó Callie—. ¿Cómo ha conseguido tía Odelia que accedieras a recibir a los invitados?

—Ha hecho mucho más que eso, querida. Como no se sentía capaz de organizar un baile en su propio honor, la tarea ha recaído sobre su hermana lady Radbourne, y también sobre la nueva condesa de Radbourne... ya conocéis a Irene, ¿verdad? —Francesca se volvió para incluir en la conversación a la mujer que estaba junto a ella.

—Por supuesto —dijo Callie.

La alta sociedad era un grupo bastante reducido, y hacía años que conocía a lady Irene de forma superficial. Varios meses atrás había empezado a conocerla mejor a raíz de su matrimonio con Gideon, lord Radbourne, que tenía un parentesco lejano con el duque y con ella.

—Hola, Callie, me alegro de verte —Irene la miró con su característica sonrisa franca—. ¿Está contándote Francesca lo mucho que he abusado de su buena fe?

—No ha sido un abuso —le dijo Francesca.

Irene se echó a reír. Era una mujer alta con una densa melena de pelo rubio y ondulado, y estaba deslumbrante disfrazada con la toga blanca propia de una divinidad griega. Sus ojos dorados brillaban risueños. Era obvio que el matrimonio le había sentado muy bien, porque estaba más guapa que nunca.

—Lo que quiere decir es que ha sido peor que un abuso —Irene miró a Francesca con afecto antes de añadir—: Como se me da fatal organizar fiestas, ella se ha encargado de casi todo, así que hay que felicitarla por lo bien que ha quedado todo.

Francesca la miró sonriente antes de volverse para recibir al resto de invitados que iban llegando, y Callie avanzó por la línea de recepción hacia Irene y su esposo, lord Radbourne. Gideon se había disfrazado de pirata, y la vestimenta encajaba bien con su apariencia poco convencional. Gracias a su oscuro pelo desgreñado y a su considerable corpulencia, parecía un hombre acostumbrado a abordar barcos para desvalijarlos en vez de un caballero, y no parecía incomodarle tener un alfanje sujeto bajo el ancho fajín que llevaba.

—Buenas noches, lady Calandra —le dijo, antes de saludarla con una pequeña reverencia—. Gracias por venir —esbozó una pequeña sonrisa que suavizó un poco sus facciones pétreas—. Es agradable ver un rostro familiar.

Callie le devolvió la sonrisa. Todo el mundo sabía que Gideon no se sentía cómodo entre los miembros de la alta sociedad, porque debido a una serie de extrañas circunstancias se había criado rodeado de pobreza en las calles de Londres y había sobrevivido gracias a su ingenio. Había recuperado el lugar que le correspondía cuando ya era un hombre hecho y derecho, y no había acabado de encajar entre la nobleza. No era demasiado dado a hablar, y de momento se las había ingeniado para evitar asistir a la mayoría de los eventos sociales que se celebraban, pero había encontrado a la pareja perfecta, ya que al igual que él, Irene no tenía pelos en la lengua a la hora de decir lo que pensaba ni prestaba atención a lo que pudieran opinar los demás. A Callie le parecía un hombre de lo más interesante.

—Es un placer estar aquí, el verano en Marcastle estaba volviéndose de lo más tedioso; además, me habría resultado impensable rechazar la invitación de tía Odelia.

—Eso mismo parece haber pensado media Inglaterra —comentó Gideon, mientras recorría el salón con la mirada.

—Deja que te acompañe hasta la invitada de honor, Callie —le dijo Irene, al tomarla del brazo.

—Traidora —rezongó su marido en voz baja, aunque miró con expresión cálida a su esposa—. Lo que quieres es aprovechar la oportunidad de largarte de esta condenada línea de recepción.

Irene soltó una carcajada, y miró a lord Radbourne con una sonrisa traviesa.

—Puedes venir con nosotras si quieres, Francesca puede ocuparse de los invitados que vayan llegando.

Lord Radbourne adoptó una pose pensativa, y comentó:

—A ver... recibir a los invitados, o enfrentarme a tía Odelia... la verdad es que se trata de una elección difícil. ¿No hay una tercera opción más atractiva, como por ejemplo entrar a la carrera en un edificio en llamas? —la expresión con la que miró a su esposa era casi una caricia—. Será mejor que me quede. Seguro que tía Odelia está deseando volver a regañarme porque no he venido disfrazado de sir Francis Drake como ella quería, con un globo terráqueo bajo el brazo.

—¿Un globo terráqueo? —le dijo Callie a Irene en voz baja, mientras iban hacia lady Odelia.

—Sí, como símbolo de dar la vuelta al mundo... la verdad es que no estoy convencida de que sir Francis Drake llegara a circunnavegar el globo terráqueo, pero ese pequeño detalle le trae sin cuidado a tía Odelia.

—No me extraña que Radbourne no quisiera venir con ese disfraz.

—Lo que menos gracia le hacía no era el globo terráqueo, sino los calzones cortos abombados.

—Me sorprende que hayas conseguido que se disfrace. Sinclair sólo ha accedido a ponerse un antifaz.

—No me cabe duda de que el duque tiene más dignidad que perder —bromeó Irene—. Además, he descubierto que el poder de persuasión que puede llegar a ejercer una esposa sobre su marido es increíble —sus ojos brillaron tras la máscara dorada, y sus labios se curvaron en una pequeña sonrisa llena de sensualidad.

Callie sintió que se le sonrojaban las mejillas ante lo que implicaban aquellas palabras, y sintió una familiar punzada de curiosidad. Las mujeres solían evitar hablar del lecho conyugal si había una joven casadera cerca, así que no sabía gran cosa de lo que ocurría en la privacidad del dormitorio de una pareja; sin embargo, al igual que la mayoría de muchachas que se criaban en el campo, tenía cierta idea de la mecánica básica del acto, al menos entre caballos y perros.

No podía evitar preguntarse cómo eran los sentimientos... tanto las emociones como las sensaciones físicas... que formaban parte de aquel acto tan privado. No podía preguntar sobre el tema abiertamente, por supuesto, así que intentaba recavar toda la información posible a partir de las conversaciones ajenas que alcanzaba a oír y de los comentarios aislados que pudieran escapársele a alguien. Lo que acababa de decir Irene difería de lo que les había oído decir a otras mujeres casadas. Aunque había hecho el comentario en tono de broma, su tono de voz reflejaba satisfacción... no, más que eso, su voz tenía el tono sensual de alguien que disfrutaba a fondo de la «persuasión» a la que había hecho referencia.

La miró de reojo, consciente de que era posible que Irene estuviera dispuesta a hablar con ella del tema. Intentó encontrar la manera de encauzar la conversación en aquella dirección, pero antes de que se le ocurriera algo, miró hacia el otro extremo del salón y la mente se le quedó en blanco al ver a un hombre apoyado con negligencia contra una columna. Tenía los brazos cruzados, un hombro contra la columna en cuestión, y estaba vestido de caballero del siglo XVII.

Llevaba un sombrero de ala ancha con un lado alzado y una pluma en el otro, unos suaves guantes de cuero con unos guanteletes anchos y largos que le cubrían las manos y parte de los antebrazos, unos pantalones color beis con la parte inferior remetida en unas elegantes botas que le llegaban hasta las rodillas, y unas delgadas espuelas doradas en los talones. En la parte superior lucía un jubón carente de adornos que conjuntaba con los pantalones, y una capa corta y redondeada que se anudaba al cuello y quedaba sujeta a un lado tras la elegante espada que llevaba a la cintura.

Parecía recién sacado de uno de los cuadros que representaban a los nobles que habían luchado y muerto por el rey Carlos I. Era un hombre elegante, delgado y duro, y la máscara oscura que le ocultaba la mitad superior de la cara acrecentaba el aire romántico y misterioso que lo rodeaba. Estaba contemplando el salón con una expresión arrogante y de ligero aburrimiento, pero sus ojos se detuvieron en seco cuando se encontraron con los de ella.

A pesar de que el hombre no se movió y su expresión permaneció inalterable, Callie supo de forma instintiva que se había puesto alerta de golpe. Sus labios se curvaron en una sonrisa, y se quitó el sombrero de un plumazo antes de saludarla con una extravagante reverencia.

Al darse cuenta de que estaba mirándolo embobada, Callie se ruborizó y se apresuró a alcanzar a Irene.

—¿Conoces a ese hombre disfrazado de caballero? —le preguntó en voz baja.

Irene miró a su alrededor.

—¿Dónde...? Ah, ya lo veo. No, me parece que no lo conozco. ¿Quién es?

—A mí tampoco me suena. Parece... intrigante.

—Debe de ser por el disfraz —comentó Irene con cinismo—. Hasta el hombre más aburrido parecería interesante vestido así.

—Puede ser —dijo Callie, sin demasiada convicción, mientras contenía las ganas de girarse para mirarlo.

—¡Por fin has llegado, Calandra! —exclamó lady Odelia con su potente voz, al verlas acercarse a la tarima.

—Feliz cumpleaños, tía Odelia —le dijo Callie, con una sonrisa.

Lady Odelia era una mujer de aspecto imponente, con o sin el disfraz de Isabel I. Asintió con majestuosidad, y le indicó a Callie que se acercara con un gesto digno de una reina.

—Acércate a darme un beso, niña, y deja que te vea.

Callie se inclinó obedientemente, y besó a su tía abuela en la mejilla. Lady Odelia la tomó de las manos, y la observó antes de decir con satisfacción:

—Estás tan guapa como siempre, eres la más guapa de todas —miró a Irene, y añadió—: de todas las mujeres de la familia Lilles.

Irene asintió con una sonrisa. Era una de las pocas mujeres de la alta sociedad que no temían a lady Pencully; de hecho, le caía bien y le gustaba su forma de ser franca y directa. Las dos se habían enfrascado en algunas discusiones intensas que habían hecho que todo el mundo escapara a la carrera, tras las que ambas habían quedado acaloradas, con los ojos centelleantes, y muy satisfechas.

—No sé qué es lo que les pasa a los hombres de hoy en día —siguió diciendo lady Odelia—. En mis tiempos, alguien habría cazado a una joven como tú en el mismo año de su presentación en sociedad.

—A lo mejor lady Calandra no quiere que la cacen —comentó Irene.

—No intentes meterle en la cabeza tus ideas radicales, Callie no quiere convertirse en una vieja solterona. ¿Verdad que no, querida?

—No, tía —Callie contuvo un suspiro, y se preguntó si iba a tener que pasarse la velada aguantando aquel tema.

—¡Por supuesto que no!, ninguna muchacha inteligente lo querría. Ya es hora de que te plantees el tema en serio, Calandra. Pídele a Francesca que te ayude. Siempre he pensado que esa joven tiene más pelo que sesera, pero se las ingenió para conseguir que Irene se casara, y eso fue todo un milagro.

Irene miró a Callie con una mueca de lo más cómica antes de decirle a lady Odelia:

—Por la forma en que lady Radbourne y tú habláis del tema, parece que fue lady Francesca la que se encargó de todo, y que tu nieto y yo no tuvimos nada que ver.

—¡Ja! Si lo hubiera dejado en vuestras manos, aún estaríamos esperando —a pesar de sus palabras, lady Odelia tenía un brillo travieso en la mirada.

Las dos siguieron discutiendo en broma, y Callie se sintió

aliviada al darse cuenta de que Irene había desviado la atención de lady Odelia del tema de su soltería. Le lanzó una mirada de agradecimiento a su amiga, que a su vez respondió con una sonrisa.

Permaneció en silencio mientras ellas iban sacando a colación una serie familiar e inacabable de temas sobre los que les encantaba discutir, pero alzó la mirada cuando Irene se calló de repente. Al darse cuenta de que su amiga estaba mirando hacia ella, o más bien hacia algún punto por encima de su hombro, empezó a volverse para ver lo que le había llamado la atención, y en ese momento oyó una voz masculina a su espalda.

—Disculpad, alteza, pero vengo a pedirle a esta bella dama que me conceda el siguiente baile.

Callie se volvió de golpe, y abrió los ojos como platos al encontrarse cara a cara con el desconocido disfrazado de caballero.

CAPÍTULO 2

Callie se dio cuenta de que aquel hombre era incluso más interesante de cerca. La máscara negra que llevaba ocultaba la mitad superior de su rostro, pero a la vez enfatizaba su mandíbula fuerte y cincelada y su boca bien definida y sensual. Los ojos que la observaban a través de la máscara tenían una expresión más cálida de lo que podría considerarse apropiado. Era alto, tenía unos hombros anchos y una cintura estrecha, y exudaba una poderosa masculinidad que se debía sólo en parte al disfraz que llevaba.

Estaba convencida de que no lo conocía, así que había sido muy osado al invitarla a bailar; sin embargo, a pesar de que sabía que tendría que rechazarlo, lo cierto era que estaba deseando tomar su mano y permitir que la condujera a la pista de baile. El problema radicaba en que no iba a tener la posibilidad de poder aceptar su ofrecimiento, porque estaba segura de que lady Pencully iba a reprenderle por ser tan atrevido. Contuvo un suspiro de resignación, y esperó con pesar las inevitables palabras de su tía abuela.

—Por supuesto —dijo lady Odelia con satisfacción.

Tanto Callie como Irene la miraron desconcertadas, pero ella se limitó a sonreír complacida al caballero y, al ver que Callie permanecía inmóvil, le indicó con un gesto que se fuera con él.

—No te quedes ahí plantada, muchacha. Ve a la pista de baile antes de que la orquesta empiece a tocar de nuevo.

Era lo que Callie quería hacer, así que no necesitó que se lo dijeran dos veces. El hecho de que lady Odelia le hubiera dado permiso para bailar con aquel hombre bastaba para cumplir con los requisitos del decoro, y también evitaría que su abuela la reprendiera; sin embargo, bailar con un perfecto desconocido tenía algo de ilícito que le resultaba de lo más excitante.

Se apresuró a posar la mano en el brazo que él le ofrecía, y fueron hacia la pista después de bajar de la tarima. Era muy consciente del contacto de aquel brazo bajo sus dedos, de los músculos duros que se ocultaban debajo de la suave tela.

—No debería bailar con vos —ella misma se sorprendió un poco al oír el tono coqueto de su propia voz.

—¿Por qué? —le dijo él, sonriente.

—No os conozco, señor.

—¿Cómo podéis saberlo con certeza?, llevamos máscaras.

—Estoy convencida de que es la primera vez que nos vemos.

—El principal objetivo de un baile de disfraces es ignorar quiénes son todos los demás, ¿verdad? Es de esperar que uno baile con un completo desconocido.

Callie sintió una extraña calidez al ver cómo la miraba, y luchó por aparentar naturalidad.

—Ignorar la identidad de todo el mundo parece un poco peligroso, ¿no?

—Puede, pero por eso es excitante.

—Ya veo. ¿Debo entender que es excitación lo que buscáis?

—Lo que busco es placer, mi señora —le contestó él, con una sonrisa.

—¿De veras? —Callie enarcó una ceja. Sabía que tendría que cortar en seco aquella conversación, pero fue incapaz de resistirse al hormigueo que la recorrió ante sus palabras y su sonrisa.

—Por supuesto... el placer de bailar con vos —a juzgar por el brillo de sus ojos, había adivinado lo que ella estaba pensando.

Alargó las manos hacia ella cuando sonaron los primeros acordes de un vals, y Callie sintió que se le aceleraba el corazón cuando se pusieron en posición. Compartir un vals con un desconocido era más osado que bailar una danza folclórica con él. Estaban muy cerca el uno del otro, ella había posado una mano en la suya, y él la rodeaba casi por entero con un brazo. Era un tipo de baile muy íntimo, que estaba vetado en las reuniones más conservadores de las zonas rurales; de hecho, incluso estando en Londres, ella misma sólo lo había compartido con hombres con los que ya había bailado previamente por lo menos una vez. Jamás se le habría ocurrido que lo bailaría con un desconocido del que ni siquiera sabía su nombre.

Pero a pesar de lo extraña que era la situación, no podía negar que le gustaba estar en sus brazos, y sabía que el rubor que sentía acalorándole las mejillas sólo se debía en parte al ejercicio físico del baile.

Los dos permanecieron en silencio al principio, y Callie se concentró en seguirle el paso. Se sentía como en la fiesta de su presentación en sociedad, ya que tenía miedo de equivocarse o de cometer alguna torpeza, pero no tardó en darse cuenta de que era muy buen bailarín. La sujetaba de la cintura con firmeza, y sus pasos estaban perfectamente acompasados con la música. Empezó a sentirse más relajada, así que decidió disfrutar de la experiencia.

Al alzar la mirada hacia él por primera vez, contuvo el aliento al darse cuenta de que estaba observándola. Tenía unos ojos grises que bajo la luz tenue del salón parecían del color de un cielo tormentoso, y sintió que se perdía en su mirada. Estaban tan cerca, que alcanzaba a ver sus espesas pestañas negras. Se preguntó quién sería. No le resultaba nada familiar, y aunque era improbable que un disfraz bastara para enmascarar por completo a una persona, le costaba creer que no hubieran coincidido en algún sitio durante los últimos cinco años.

A lo mejor se trataba de un intruso que había aprovechado que la fiesta era de disfraces para colarse sin ser invitado... pero era poco probable, porque lady Odelia parecía haberlo reconocido. Quizás era una especie de ermitaño al que no le gustaba la alta sociedad, pero en ese caso, ¿por qué había decidido asistir a aquella fiesta? A juzgar por su comportamiento, no parecía tímido ni insociable.

Quizá llevaba unos años en el extranjero. Podría tratarse de un soldado, de un oficial de la armada, de un embajador, o de un simple viajero empedernido.

Sonrió un poco al darse cuenta de que estaba dando rienda suelta a su imaginación. Seguro que la explicación era de lo más sencilla; al fin y al cabo, no conocía a todos los miembros de la alta sociedad.

—Me encanta —le dijo él de repente.

—¿El qué?

—Vuestra sonrisa. Habéis estado mirándome ceñuda todo el rato, así que temía haber obtenido vuestra desaprobación sin conoceros siquiera.

—Discul... —Callie se detuvo al darse cuenta de lo que implicaban sus palabras—. Así que admitís que no nos conocemos, ¿verdad?

—Sí, lo admito. No os conozco de nada, estoy convencido de que reconocería a una mujer como vos a pesar de un disfraz. No podéis ocultar vuestra belleza.

Callie se sorprendió al notar que se ruborizaba. No era una jovenzuela inexperta, así que en condiciones normales un cumplido galante no bastaría para turbarla.

—Y vos no podéis ocultar que sois un adulador terrible.

—Me herís profundamente, creía que se me daba bien.

Callie no pudo contener una pequeña carcajada, y sacudió la cabeza.

—El hecho de que no nos conozcamos tiene fácil remedio —le dijo él, al cabo de unos segundos—. Decidme quién sois, y yo haré lo mismo.

Callie volvió a sacudir la cabeza. A pesar de la curiosidad que le inspiraba aquel hombre, le gustaba bailar y flirtear con él sabiendo que no tenía ni idea de quién era ella. Así no tenía que preocuparse por los motivos o las intenciones que pudiera tener, no tenía que sopesar cada una de sus palabras para intentar adivinar si estaba siendo sincero, ni tenía que preguntarse si estaba flirteando con ella o con una heredera.

Incluso los hombres que no necesitaban su dinero, los que no la cortejaban para conseguirlo, eran conscientes de lo rica que era. Para ellos, su linaje y su fortuna la definían tanto como su sonrisa o su forma de ser. Nunca podría saber lo que habrían opinado sobre ella si hubiera sido la hija de un simple caballero en vez de la hermana de un duque, y le gustaba saber que aquel hombre estaba flirteando con la Callie de verdad, que se sentía atraído por ella.

—No podemos desvelar nuestras respectivas identidades, eso acabaría con el misterio. Vos mismo habéis dicho que el objetivo de un baile de disfraces es ignorar la identidad de los demás, eso es lo que proporciona misterio y excitación.

Él se echó a reír.

—Acabáis de golpearme con mis propias palabras, mi señora. No es justo que una mujer tan hermosa tenga además un ingenio aguzado.

—Supongo que estáis acostumbrado a ganar cualquier discusión.

—A veces no me importa perder, pero no es el caso. Lamentaría mucho perderos.

—¿Cómo podéis perder algo que no poseéis?

—Perdería la oportunidad de volver a veros. ¿Cómo volveré a encontraros, si desconozco vuestro nombre?

Callie le lanzó una mirada coqueta.

—¿Tan poca fe tenéis en vos mismo?, me parece que encontraríais la manera de hacerlo.

—Vuestra fe en mí me resulta de lo más gratificante, mi señora —le dijo él, con una sonrisa—. Pero al menos accederéis a darme alguna pista, ¿verdad?

—Claro que no.

Callie estaba exultante. Se sentía maravillosamente libre al no ser quien era, al no tener que plantearse si lo que decía podría perjudicar a su hermano o empañar el apellido familiar. Era maravilloso poder ser una joven normal durante unos segundos, y flirtear sin temor con un caballero apuesto.

—Ya veo que debo perder la esperanza en ese sentido —le dijo él—. ¿Podríais decirme al menos de quién vais disfrazada?

—¿No lo habéis adivinado? —le preguntó ella, con fingida indignación—. Me siento descorazonada, creía que mi disfraz era obvio.

—Sois una dama de la época de los Tudor, de eso no hay duda. Pero no sois de la época de la soberana que ha elegido lady Pencully... no, yo diría que pertenecéis al reinado de su padre.

—Habéis acertado.

—Y sois una reina, de eso no hay duda —cuando ella asintió con majestuosidad, añadió—: Debéis de ser la tentadora Ana Bolena.

Callie soltó una carcajada.

—Me temo que os habéis equivocado de reina. No soy una mujer capaz de perder la cabeza por un hombre.

—Katherine Parr, por supuesto. Tendría que haberlo adivinado. Lo bastante hermosa como para conquistar a un rey, y lo bastante inteligente como para conservarlo.

—¿Y qué me decís de vos? ¿Sois algún caballero en particular, o uno de los hombres del rey sin más?

—Uno sin más. La idea fue de mi hermana, pero tengo la sensación de que sugirió la idea en broma.

—Os falta el pelo adecuado, habría quedado bien una larga peluca de pelo negro.

Él se echó a reír.

—Me negué en redondo. Mi hermana intentó convencerme de que me pusiera una, pero me mantuve firme.

—¿Vuestra hermana también ha venido al baile? —Callie se dijo que quizá la conocía, y recorrió el salón con la mirada.

—No. Me paré a visitarla cuando venía camino de Londres, ella no vendrá a la ciudad hasta que empiece la temporada —la observó divertido, y le preguntó—: ¿Estáis intentando averiguar quién soy?

—Me habéis pillado, señor.

—Podéis sacarme esa información con facilidad, me llamo...

—No, no sería justo; además, descubriré vuestra identidad cuando averigüéis quién soy y vengáis a visitarme.

—¿En serio? —enarcó las cejas, y el brillo que iluminó sus ojos no se debía a la diversión—. ¿Me concedéis permiso para que os visite?

Callie ladeó la cabeza y fingió que se lo pensaba. Lo cierto era que sus propias palabras la habían sorprendido un poco, y las había pronunciado sin pensar. Era bastante osado darle el visto bueno para que la visitara a un hombre al que acababa de conocer, sobre todo antes de que él se lo pidiera. Su abuela, que era muy estricta, se habría horrorizado ante su atrevimiento, pero a pesar de que sabía que debería retractarse, no quería hacerlo.

—Sí, me parece que sí —le dijo, con una sonrisa.

El baile terminó poco después, y Callie se sintió pesarosa cuando salieron de la pista. Se ruborizó cuando él hizo una reverencia y le rozó la mano con los labios a modo de despedida, a pesar de que su guante impidió que sintiera el contacto directamente en la piel. Mientras le veía alejarse, se preguntó quién era, si iría a visitarla, si había sentido la misma atracción que ella o si se trataba de un seductor que había decidido pasar unos minutos flirteando. Con un par de preguntas a las personas adecuadas podría descubrir su nombre, pero prefería seguir sin saberlo, porque el misterio acrecentaba la anticipación y la excitación que sentía.

No dispuso de mucho tiempo para seguir pensando en

él, porque no tardó en conceder todos sus bailes y se pasó la hora siguiente en la pista. Estaba disfrutando de un merecido descanso, tomándose un vaso de ponche mientras charlaba con Francesca, cuando vio que su abuela se acercaba agarrada del brazo de un hombre rubio de aspecto solemne, y no pudo contener un gemido.

—¿Qué pasa? —le preguntó Francesca.

—Mi abuela se acerca con un posible pretendiente.

—Ah, ya veo —comentó, al seguir la dirección de su mirada.

—Está obsesionada con la idea de que tengo que casarme cuanto antes. Me parece que cree que pasaré el resto de mi vida siendo una solterona si no me comprometo este mismo año.

Francesca lanzó otra mirada hacia la pareja que se les acercaba, y frunció ligeramente el ceño.

—¿Cree que Alfred Carberry te conviene?

—Cree que Alfred Carberry le convendría a ella. Está en la línea sucesoria para heredar un condado, pero teniendo en cuenta de que tanto su abuelo como su padre están vivos y de lo más sanos, me parece que no obtendrá el título hasta que tenga unos sesenta años.

—Es un hombre muy soso y aburrido, al igual que el resto de su familia. Supongo que no pueden evitarlo, porque viven en un rincón apartado de Northumberland, pero creo que no te gustaría ser su esposa.

—Claro, pero es que se trata de un hombre de lo más respetable.

—Sí, es una de las razones por las que es tan aburrido.

—Pero a mi abuela le parece ideal.

—Además, tiene casi cuarenta años.

—Sí, pero según ella, los hombres de mi edad tienden a ser frívolos, y una corre el peligro de que hagan algo inapropiado. Prefiere que sean sosos y aburridos, y que pertenezcan a una buena familia. Una fortuna sería un extra bastante grato, pero no es imprescindible.

—Cielos, quizá deberías venir a verme. Mi mayordomo tiene instrucciones de no dejar entrar en casa a nadie soso y aburrido, ya sea hombre o mujer.

Callie se echó a reír, y abrió el abanico para taparse la boca antes de susurrar:

—Si mi abuela te oye diciendo algo así, me prohibirá que vaya a visitarte.

—Por fin te encuentro, Calandra. Me extraña que no estés en la pista de baile. Estáis tan encantadora como siempre, lady Haughston.

—Gracias, duquesa —Francesca la saludó con una reverencia—. Debo devolveros el cumplido, ya que esta noche estáis espectacular.

Aquello era cierto. La abuela de Callie tenía una melena blanca como la nieve que en esa ocasión llevaba recogida, era delgada, y mantenía el cuerpo bien erguido. Seguía siendo una mujer impactante, y en sus tiempos había sido toda una belleza. Como tenía un gusto exquisito a la hora de vestir, Callie se consideraba afortunada por no haber sido el blanco de sus críticas... la mayoría de los problemas en ese aspecto habían surgido durante su primera temporada en sociedad, ya que en varias ocasiones su abuela le había impedido que se pusiera algún que otro vestido que no era blanco.

—Gracias, querida —la duquesa aceptó el cumplido con naturalidad, y sonrió con señorío—. Conocéis al honorable Alfred Carberry, ¿verdad? —se volvió hacia el hombre en cuestión, y se las ingenió para quedar de cara a Francesca y dejarlo a él más cerca de Callie—. Señor Carberry, permitid que os presente a lady Haughston y a mi nieta, lady Calandra. ¿Cómo está vuestra madre, lady Haughston? Deberíamos tener una buena charla, porque juraría que no os había visto desde la boda de lord Leighton —posó una mano en el brazo de Francesca al mirar a Callie y al señor Carberry, con lo que logró establecer una separación entre las dos parejas. Sonrió con indulgencia, y añadió—: Seguro que a los jóvenes no le interesa escucharnos cotillear. Señor Carberry, ¿por qué no sacáis a Calandra a bailar mientras lady Haughston y yo nos ponemos al día?

Francesca enarcó ligeramente una ceja al verse incluida en el grupo de la duquesa mientras que el honorable Alfred, que tenía por lo menos siete u ocho años más que ella, era considerado un joven, pero tuvo que reconocer que le habían ganado la partida y no pudo evitar admirar la pericia de la duquesa; de modo que, después de lanzarle una mirada risueña a Callie, dejó que la dama la alejara de la pareja.

—Os ruego que no os sintáis obligado a bailar conmigo por lo que ha dicho mi abuela, señor... —empezó a decir Callie, con una sonrisa un poco tensa.

—Tonterías —le dijo el señor Carberry, con el tono campechano que solía emplear con sus familiares más jóvenes—. Será un honor dar unas vueltas por la pista de baile con vos. Estáis disfrutando de la velada, ¿verdad?

Callie se resignó ante lo inevitable, y se consoló diciéndose que al menos le sería más fácil evitar hablar con él mientras estaban bailando. Se sintió aliviada al ver que empezaban a tocar una alegre danza folclórica cuando llegaron a la pista, ya que así no tendrían ni tiempo ni aliento para conversar, aunque por desgracia se trataba de una pieza bastante más larga que un vals.

Mientras bailaba no dejó de recorrer el salón con la mirada, con la esperanza de vislumbrar la pluma del sombrero del desconocido disfrazado de caballero. Después sólo tuvo tiempo de sonreír cuando el señor Carberry le dio las gracias por el baile, porque de inmediato se le acercó su siguiente pareja, el señor Waters. Apenas le conocía, ya que se habían visto una única vez con anterioridad, y a pesar de que tenía la sospecha de que iba a la caza de una esposa rica, al menos era un buen conversador y bailaba bien.

Cuando el baile terminó, el señor Waters la invitó a dar un paseo por el salón, y decidió aceptar. Eran casi las diez de la noche, así que los invitados no tardarían en pasar a cenar a un saloncito que había en el lado opuesto del pasillo. Tenía miedo de que su abuela fuera a buscarla con alguien «apropiado» que pudiera acompañarla a la cena, así que quería intentar eludirla de momento.

Cuando empezaron a recorrer la periferia del salón, su acompañante empezó a charlar de banalidades como la grandiosidad del lugar, lo animada que era la música, o el calor que hacía después de bailar, y finalmente se detuvo al llegar a una de las puertas que daban a la terraza, que estaban abiertas para dejar entrar algo de aire fresco.

—Aquí se está mucho mejor, ¿verdad? Bailar puede llegar a acalorar bastante.

Callie, que empezaba a creer que no era un conversador tan interesante como había creído, asintió distraída. Volvió a recorrer el salón con la mirada y por fin localizó a su abuela, pero tuvo que contener un gemido al ver que estaba hablando con lord Pomerade. Le costó creer que estuviera planeando martirizarla con la compañía de aquel hombre insufrible. Era más joven y menos soso que el señor Carberry, pero era tan arrogante, que creía que a los que le rodeaban les resultaba interesante hasta el último detalle de su existencia.

—Esa pareja ha hecho lo más sensato —comentó el señor Waters.

—¿Qué? —Callie siguió con la mirada fija en su abuela.

Él le indicó la terraza con un gesto, y le dijo:

—Salir a tomar un poco de aire fresco.

—Sí, supongo que sí —al ver que su abuela se volvía para recorrer el salón con la mirada, Callie supo sin lugar a dudas que estaba buscándola a ella, así que giró de golpe para darle la espalda y se apresuró a decir—: Sí, tenéis razón, aire fresco —sin más, salió a toda prisa al exterior.

Su sorprendido acompañante dudó por un instante antes de sonreír y de apresurarse a seguirla.

Callie se alejó rápidamente del salón, y fue hacia la zona

más apartada y oscura de la terraza. Tenía los brazos y el cuello desprotegidos ante el aire invernal, pero como estaba acalorada por el baile y el ambiente cargado del salón, el fresco le resultó agradable por el momento. Se detuvo cuando llegaron a la barandilla que marcaba el límite de la terraza superior, consciente de que su abuela no podría verla ni aunque se le ocurriera asomarse por la puerta que daba al salón.

—Lo siento —le dijo a su acompañante con una sonrisa—. Habréis creído que estoy loca al verme salir de forma tan apresurada.

—No, loca no. Puede que un poco impetuosa —Waters le devolvió la sonrisa, y la tomó de las manos—. Debo suponer que estabais tan ansiosa como yo por conseguir que estuviéramos a solas —mientras Callie lo miraba estupefacta, se llevó una de sus manos enguantadas a los labios y se la besó—. No me había percatado... tenía esperanzas, pero no me había atrevido ni a soñar que me correspondierais.

—¿*Qué?* —Callie intentó soltarse, pero él la agarraba con mucha fuerza.

En ese momento, se dio cuenta del error que había cometido al intentar escapar de las maquinaciones de su abuela. Si se hubiera tratado de otro caballero, de alguno al que conociera mejor, no habría habido ningún problema, ya que sin duda el hombre en cuestión se habría limitado a reír ante su aprieto con la duquesa, y le habría ofrecido su ayuda; sin embargo, estaba claro que el señor Waters había malinterpretado la situación... o quizás había decidido aprovechar la oportunidad para intentar conquistarla, porque ella seguía sospechando que se trataba de un oportunista.

Retrocedió un paso, pero él avanzó hacia ella sin soltarla de la mano y la miró con fervor al decir:

—Sin duda sabéis lo profundos que son mis sentimientos por vos, el amor que arde en mi corazón...

—¡No! Me temo que me habéis malinterpretado, señor Waters. Soltadme la mano, por favor —le dijo con firmeza.

—Antes debéis contestarme. Lady Calandra, os ruego que hagáis realidad mis sueños...

—¡No sigáis, señor Waters! —Callie tiró con fuerza, y consiguió soltarse—. Siento haberos dado una falsa impresión sin querer, pero os ruego que demos por zanjada esta conversación.

Intentó ir hacia la puerta del salón, pero él la detuvo al agarrarla de los brazos.

—Escuchadme, por favor. Os amo, Calandra, mi corazón y mi alma arden por vos. Os ruego que me digáis que me correspondéis, que en vuestro corazón brilla una chispa...

—Deteneos de inmediato —le ordenó Callie con firmeza—. Será mejor que volvamos al salón, y que olvidemos lo que ha sucedido.

—No quiero olvidarlo. Cada momento que paso a vuestro lado tiene un valor incalculable para mí.

Callie rechinó los dientes. No soportaba sus palabras empalagosas, y cada vez estaba más convencida de que no era sincero. Aquel hombre no sentía nada por ella, lo único que le interesaba era su dote, así que decidió dejar de intentar mostrarse considerada.

—¡Seguro que querréis olvidarlo en cuanto se lo cuente a mi hermano! —le espetó, antes de intentar soltarse de un tirón.

Él hundió los dedos en sus brazos con más fuerza para seguir sujetándola, y esbozó una sonrisa. Su fingida actitud cariñosa se desvaneció tan rápido como había surgido.

—¿Acaso pensáis decirle al duque que habéis estado coqueteando con un hombre en la terraza? —le dijo con sorna—. Vamos, hacedlo. Supongo que insistirá en que nos comprometamos de inmediato.

—Sois un necio si de verdad creéis algo así. No he estado coqueteando con vos, y cuando le cuente lo que ha pasado, tendréis suerte si no os arranca la cabeza.

—¿En serio? —sus ojos se iluminaron con una luz de lo

más inquietante–. ¿Estará tan ansioso por deshacerse de mí si vuestra reputación está dañada sin remedio?

La atrajo hacia sí de un tirón, y se inclinó para besarla.

–¡No! –el grito ahogado de Callie fue una mezcla de furia y frustración.

Alzó las manos para empujarle mientras forcejeaba con él, apartó la cara a un lado, y le dio una buena patada en la espinilla. Waters soltó una maldición mientras intentaba controlarla, y la arrastró por la terraza hasta conseguir sujetarla contra la pared. Al sentir el contacto de la piedra a través de la fina tela del vestido, Callie hincó los dedos en su camisa, agarró toda la carne que pudo, y la retorció en un fuerte pellizco que hizo que él soltara un chillido de lo más gratificante.

De repente, alguien agarró desde atrás a su atacante, lo apartó de ella de un tirón, y lo agarró del cuello con fuerza. Callie se quedó boquiabierta al ver que se trataba del desconocido disfrazado de caballero.

–¿Qué pasa, no tienes nada que decir? –le dijo el hombre a Waters. Le apretó el cuello con más fuerza, y Waters abrió los ojos como platos mientras luchaba por respirar–. No eres tan valiente cuando no te enfrentas a una mujer indefensa, ¿verdad?

–Por favor, no lo asfixiéis –le dijo Callie con voz un poco temblorosa, mientras se apartaba de la pared.

–¿Estáis segura?, me parece que el mundo no echaría de menos a este individuo.

–No creo que a lady Odelia le gustara encontrar a un muerto en su terraza durante su fiesta de cumpleaños –comentó Callie con ironía.

El caballero sonrió, y aflojó un poco la mano con la que sujetaba a Waters.

–De acuerdo, le soltaré si es lo que queréis.

Waters tomó una bocanada de aire, y dijo:

–Lo lamentaréis...

El caballero lo silenció en seco al apretarle de nuevo el cuello, y comentó:

—Ya lo lamento —lo soltó y lo agarró de los hombros con un movimiento brusco, le hizo dar media vuelta, y lo empujó de espaldas contra la barandilla. Lo agarró del cuello de la camisa, y lo inclinó hacia atrás—. No sé si estás lo bastante familiarizado con la casa de lady Pencully para saber que desde aquí hasta el jardín hay una caída de siete metros. Yo en tu lugar lo tendría en cuenta antes de volver a amenazarnos. A lady Pencully no le gustaría que alguien se cayera de la terraza en la noche de su fiesta de cumpleaños, pero no tardaría en superarlo. A nadie le parecería extraño que un invitado ebrio cayera por la barandilla y se estrellara contra el suelo de piedra que queda justo debajo, y como tú estarías muerto, nadie pondría en duda mi versión de los hechos. ¿Me he expresado con claridad?

Waters, que tenía los ojos como platos, se limitó a asentir enmudecido.

—Bien, ya veo que nos entendemos el uno al otro —el caballero retrocedió un poco para que Waters pudiera enderezarse, pero no lo soltó. Lo miró a los ojos, y añadió—: Si llego a oír una sola palabra sobre este incidente, o algún rumor sobre esta joven dama, sabré de dónde ha salido y me ocuparé de ti, así que te sugiero que mantengas la boca bien cerrada; de hecho, me parece que sería buena idea que te largaras de Londres cuanto antes. Te sentará bien pasar una larga temporada en el campo. ¿Está claro?

Waters se apresuró a asentir. No se atrevía a mirar ni al caballero ni a Callie.

—De acuerdo. Venga, lárgate de aquí —el caballero lo soltó y retrocedió, y cuando Waters se marchó a toda prisa, se volvió hacia Callie y le dijo—: ¿Estáis bien?, ¿os ha lastimado?

Callie se estremeció, y se dio cuenta de pronto del frío que tenía.

—Estoy bien. Gracias, he... —fue incapaz de seguir.

—Tomad, hace frío —se quitó la capa, y se la puso sobre los hombros.

—Gracias —Callie se aferró a la prenda, y lo miró en silencio. Sus ojos parecían luminosos bajo la luz tenue, y estaban inundados de lágrimas.

Él inhaló con fuerza, y comentó:

—Sois muy bella. No es de extrañar que un sinvergüenza como ése intentara aprovecharse de vos, no deberíais salir del salón con alguien así.

—Ya lo sé, he sido una tonta —Callie esbozó una pequeña sonrisa temblorosa—. No soy tan ingenua como para salir a la terraza con un desconocido, pero es que... estaba intentando eludir a mi abuela, y actué de forma impulsiva.

—¿Por qué queríais eludirla?, ¿acaso es una abuela malvada? —le preguntó él en tono de broma.

—No, pero le gusta buscarme posibles pretendientes.

—Ya veo. Las abuelas son casi tan temibles como las madres a la hora de hacer de casamenteras.

—Ha sido toda una suerte que aparecierais de forma tan oportuna. Estoy en deuda con vos, gracias por rescatarme —Callie alargó la mano con solemnidad.

Él la tomó entre sus dedos, la alzó hasta sus labios, y le besó el dorso con suavidad.

—Me satisface haber podido ayudaros, pero no ha sido cuestión de suerte. Vi que os conducía hacia la puerta, y desconfié de sus intenciones.

—¿Estabais observándome? —Callie se sintió feliz al pensar que, mientras ella intentaba localizarlo entre la multitud, él había estado haciendo lo mismo.

—Estaba cruzando el salón para pediros otro baile, pero los músicos dejaron de tocar y me di cuenta de que era la hora de la cena. Entonces vi que ese individuo os conducía hacia la terraza.

—Habéis sido muy amable al seguirnos.

—Cualquier otro hombre habría hecho lo mismo.

—No todos —le dijo Callie con una sonrisa. Bajó la mirada hasta sus manos unidas, y añadió—: Aún no me habéis soltado la mano, señor.

—Sí, ya lo sé. ¿Queréis que lo haga? —su voz adquirió un tono sensual.

Callie lo miró a los ojos, y sintió que se le aceleraba el corazón.

—Eh... no, la verdad es que no.

—Bien, porque yo tampoco quiero.

Le rozó el dorso de la mano con el pulgar, y Callie sintió el efecto de la pequeña caricia en todo el cuerpo.

—Me parece que me merezco una pequeña recompensa por haber ahuyentado a ese sinvergüenza.

—¿Qué es lo que queréis? —le preguntó ella, casi sin aliento. Estaban tan cerca, que podía sentir el calor de su cuerpo masculino y oler el aroma de su colonia. El corazón le martilleaba en el pecho, pero no de miedo como con el señor Waters, sino de excitación.

—Que me digáis cómo os llamáis.

—Calandra —le dijo ella con voz suave.

—Calandra... —repitió él en voz baja, como saboreando cada sílaba—. Es un nombre mágico.

—Yo no diría tanto. Mis allegados me llaman Callie.

—Callie —alzó su mano libre, y le acarició la línea de la mandíbula con el pulgar—. Os sienta bien.

—Pero ahora no estamos a la par, porque yo sigo sin saber cómo os llamáis.

—Bromwell. Mis allegados me llaman Brom.

—Brom —dijo Callie con voz ahogada. La caricia de su pulgar hacía que le cosquilleara la piel, y sentía un torbellino de sensaciones recorriéndola de pies a cabeza.

—En vuestros labios suena mucho mejor —le dijo él, mientras le trazaba el labio inferior con el pulgar. Mientras seguía el movimiento de su propio dedo con la mirada, sus ojos se iluminaron aún más y sus labios se suavizaron.

Callie sintió que una extraña calidez iba expandiéndose por su abdomen. Al ver que se inclinaba un poco más hacia ella, supo que estaba a punto de besarla, pero en vez de dudar o de intentar apartarse, se alzó hacia él y sintió una explosión de calor en su interior cuando sus labios se encontraron.

Empezó a temblar, y las terminaciones nerviosas de su cuerpo parecieron cobrar vida, y centrarse en el movimiento lento y maravilloso de la boca de aquel hombre sobre la suya. Nunca antes había sentido algo así. Le habían robado uno o dos besos, pero ninguno de ellos había sido tan dulce y ardiente, nunca había experimentado lo que sentía ante la presión aterciopelada de aquellos labios. Y ninguno de los hombres que la habían besado con anterioridad habían movido la boca contra la suya, ninguno le había abierto los labios y la había penetrado con la lengua.

Aquella caricia tan íntima la sobresaltó, pero sintió una oleada de placer. Soltó un sonido ahogado que reflejaba una mezcla de sorpresa y de excitación, y alzó las manos de forma instintiva para abrazarse a su cuello. Él la rodeó con los brazos, y la apretó con fuerza contra su cuerpo musculoso. El mero roce de la pluma de su sombrero en la mejilla la estremeció, pero él soltó un gemido ronco lleno de deseo y frustración, se lo quitó de un plumazo, y lo lanzó a un lado mientras la besaba con pasión creciente.

Callie se aferró a su jubón mientras sentía que caía, que se sumergía en una vorágine de deseo, y se sintió a la vez ansiosa, temerosa, y más viva y exultante que nunca. La calidez de su cuerpo masculino la envolvía por completo.

De repente, él alzó la cabeza y la contempló con la respiración jadeante; tras unos segundos, levantó una mano y alzó la máscara de Callie para poder verle el rostro.

—Sois tan hermosa... —susurró con voz entrecortada, antes de quitarse su propia máscara.

Callie se sorprendió al darse cuenta de que era incluso

más atractivo sin el efecto añadido de la máscara. Tenía unos pómulos altos y marcados que enfatizaban la fuerza de su mandíbula, y sus cejas negras y rectas acentuaban el tono gris de sus ojos. Aunque no era dada a las florituras poéticas, se dijo que tenía el rostro de un ángel, pero no de los de arpa y nubes esponjosas, sino de los aguerridos que protegían las puertas del cielo con una enorme espada.

—Y vos también —lo dijo sin pensar, y se ruborizó al darse cuenta de lo inocentón que había sido el comentario.

Él soltó una pequeña carcajada temblorosa, y le dijo con voz ronca:

—Mi querida Calandra... corréis peligro estando aquí conmigo, a solas.

—¿Creéis que no puedo confiar en vos? —le preguntó ella con incredulidad.

—Creo que es peligroso que confiéis en cualquier hombre, teniendo en cuenta vuestro aspecto... y el efecto que provocáis —su voz se enronqueció al pronunciar lo último. Bajó la palma de la mano por su brazo poco a poco, y la apartó con renuencia antes de retroceder un paso—. Deberíamos entrar —le dijo, antes de devolverle la máscara.

Callie la tomó a regañadientes. No quería alejarse de él, ni poner fin a aquel momento y a las novedosas sensaciones que la inundaban, pero el hecho de que aquel hombre insistiera en que debían regresar al salón fortaleció aún más lo que sentía por él.

—¿Queréis saber mi nombre completo? —le preguntó, sonriente.

—Así sería más fácil, pero os aseguro que os encontraría fuera como fuese.

—Entonces, deberíais venir a... —Callie se interrumpió al oír la voz de su hermano a su espalda.

—¿Callie? ¡Calandra!

Se volvió de golpe, y miró hacia el extremo opuesto de la larga terraza. El duque estaba justo delante de la puerta, mirando a su alrededor, y avanzó un poco más mientras volvía a llamarla con expresión ceñuda.

—¡Maldición!

Su acompañante enarcó las cejas al oírla mascullar en voz baja una palabra tan poco femenina, y sofocó una carcajada antes de decir:

—Ya veo que no os entusiasma verlo.

—Es mi hermano, y seguro que pone el grito en el cielo. En fin, no sirve de nada esperar. Será mejor pasar el mal trago cuanto antes —Callie fue hacia su hermano con la confianza propia de alguien que jamás había recibido ningún castigo más allá de alguna pequeña reprimenda.

Su compañero la siguió, y la alcanzó justo cuando ella exclamó:

—¡Estoy aquí! Deja de gritar, Sinclair. No ha pasado nada.

Rochford se relajó visiblemente, y se apresuró a ir hacia ellos.

—¿Qué demonios haces aquí fuera?, ¿estás bien?

En ese momento llegaron a la zona iluminada de la terraza, y Callie oyó que su acompañante inhalaba con fuerza y se detenía en seco. Empezó a volverse hacia él para preguntarle qué le pasaba, pero se dio cuenta de que su hermano también se había parado de golpe y estaba mirándolo con furia.

—¡Apartaos de mi hermana!

CAPÍTULO 3

Callie se quedó atónita ante la desacostumbrada falta de educación de su hermano, y lo miró boquiabierta antes de apresurarse a acercarse a él.

—¡Por favor, Sinclair! Has malinterpretado la situación... —le dijo, mientras alargaba la mano hacia él en un gesto pacificador.

—La entiendo a la perfección —le dijo él, sin apartar los ojos del caballero.

—No, no tienes ni idea —le espetó ella con firmeza—. Este hombre no me ha hecho ningún daño; de hecho, me ha ayudado.

Se volvió hacia su acompañante, y vio que estaba mirando a su hermano con una expresión igual de pétrea. Contuvo un suspiro de exasperación ante aquel comportamiento tan típicamente masculino, y dijo:

—Permitid que os presente a mi hermano, el duque de Rochford.

—Sí, ya le conozco —le contestó el caballero, con voz gélida.

Callie miró del uno al otro, y se dio cuenta de que había una extraña tensión entre ambos que no tenía nada que ver con el hecho de que ella hubiera estado en la terraza con un hombre.

—Lord Bromwell —le saludó Sinclair, con una actitud incluso más rígida que antes. Sin volverse a mirar a Callie, le dijo—: Vuelve al salón, Calandra.

—No —le contestó ella—. Sinclair, sé razonable... deja que te lo explique.

—¡Callie! —la voz de su hermano pareció restallar como un látigo—. Ya me has oído, vuelve al salón.

Callie se sintió dolida por su tono de voz, y notó que se ruborizaba. Sinclair estaba tratándola como si fuera una niña a la que había que mandar a la cama.

—¡No me hables así, Sinclair!

Él se volvió hacia ella de golpe.

—Te he dicho que entres. Ya.

Callie respiró hondo mientras se debatía entre la furia y el dolor. Estuvo a punto de protestar, de exigirle que no la tratara así, pero se dio cuenta de que no podía provocar una escena tan desagradable durante la fiesta de lady Odelia. En cualquier momento podría salir alguien; de hecho, ni siquiera sabía si había alguien escuchando en el jardín. No quería que la vieran discutiendo con su hermano, ya estaba bastante abochornada por haber sido tratada como una niña delante de aquel hombre al que apenas conocía.

Fulminó a su hermano con la mirada, pero se tragó sus palabras. Después de despedirse de lord Bromwell con una tensa inclinación de cabeza, fue hacia el salón sin hacer ningún comentario.

El duque se limitó a observar al otro hombre en silencio hasta que Calandra desapareció por la puerta, y entonces dijo con voz acerada:

—Dejad en paz a mi hermana.

Aquellas palabras parecieron hacerle gracia a Bromwell, que se cruzó de brazos y lo observó durante unos segundos antes de decir:

—Qué irónico resulta ver al duque de Rochford tan preocupado por el honor de una joven, pero supongo que la situación es diferente cuando la dama en cuestión es la hermana del duque, ¿verdad?

Echó a andar hacia el salón, pero se detuvo en seco cuando Sinclair lo agarró del brazo. Después de bajar la mirada hacia la mano que lo sujetaba, volvió a alzarla y miró al duque con expresión gélida.

—Andaos con cuidado, Rochford —le dijo con voz suave—. No soy el muchacho de hace quince años.

—¿En serio? —Rochford lo soltó antes de añadir—: En aquel entonces erais un necio, pero ahora sois un verdadero loco si creéis que voy a permitir que le hagáis algún daño a mi hermana.

—Me parece que lady Calandra es una mujer adulta, Rochford. Y sois vos el loco, si creéis que podéis evitar que su corazón elija el camino que le apetezca.

—Maldita sea, Bromwell... os lo advierto, manteneos alejado de mi hermana.

Lord Bromwell lo miró con expresión inescrutable, y se fue sin decir palabra.

Callie estaba furiosa. No recordaba haber estado tan enfadada, ni con su hermano ni con nadie, en toda su vida. Le resultaba inconcebible que se hubiera atrevido a hablarle como si fuera su padre, y encima delante de un desconocido.

Tenía un nudo en la garganta y le escocían los ojos, pero se negaba a llorar. No quería que nadie se diera cuenta de lo afectada que estaba.

Atravesó el salón sin mirar ni a derecha ni a izquierda. Ni siquiera estaba segura de lo que pensaba hacer, sólo sabía que quería alejarse tan rápido como le fuera posible de lo sucedido en la terraza. A pesar de la furia que la cegaba, notó que el salón estaba casi vacío, y que los músicos ya no estaban en el pequeño escenario que se había montado para ellos.

Al darse cuenta de que los invitados debían de estar en el

saloncito que había al otro lado del pasillo, disfrutando del bufé que se había dispuesto a modo de cena informal, se dirigió hacia allí; en el último momento, recordó que aún llevaba puesta la capa del disfraz de lord Bromwell, así que se la quitó y la dobló a toda prisa.

Cuando entró en el saloncito, miró a su alrededor y por fin localizó a su abuela. Estaba sentada en una pequeña mesa con tía Odelia y otra mujer mayor, y cada una de ellas tenía delante un plato rebosante de delicias. Lady Odelia estaba hablando sin cesar, y la duquesa, cuya espalda erguida no tocaba el respaldo de la silla, la escuchaba con cortesía pero con los ojos empañados de aburrimiento.

Fue hacia la mesa, y en cuanto la vio llegar, su abuela le dijo:

—¿Dónde te habías metido, Calandra? No te encontraba por ninguna parte, así que le he pedido a Rochford que te buscara.

—Me ha encontrado —Callie le lanzó una rápida mirada a las otras dos mujeres antes de añadir—: Abuela, ¿podríamos marcharnos ahora mismo?

—Por supuesto —la duquesa empezó a levantarse de inmediato. Era obvio que se sentía aliviada—. ¿Te encuentras bien?

—Me... me duele la cabeza —Callie se volvió hacia su tía abuela, y esbozó una sonrisa forzada—. Lo siento, tía Odelia. Es una fiesta maravillosa, pero no me encuentro demasiado bien.

—No te preocupes. Seguro que se debe a tanta excitación —le contestó, con cierta petulancia. Se volvió hacia la otra mujer, y la peluca naranja se le movió un poco cuando hizo un enérgico gesto de asentimiento—. Las jóvenes de hoy en día no tienen el aguante que teníamos nosotras a su edad —volvió a mirar a Callie, y le dijo—: Vete tranquila, querida.

—Haré que uno de los lacayos vaya a decirle a Rochford que queremos irnos —dijo la duquesa, antes de volverse imperiosamente hacia uno de los criados.

—¡No! Eh... ¿podríamos irnos sin más? La cabeza me duele

cada vez más, seguro que Rochford encuentra la forma de regresar a casa solo.

—Sí, supongo que sí —la duquesa se acercó a ella, y observó su rostro con preocupación—. Tienes la cara un poco enrojecida, a lo mejor tienes fiebre.

—Me parece que lady Odelia tiene razón y no es más que la excitación de la velada —le dijo Callie—. Seguro que el dolor de cabeza se debe al ruido y a lo mucho que he bailado.

—Será mejor que nos vayamos de inmediato —la duquesa se despidió de las otras dos mujeres con una inclinación de cabeza. Mientras cruzaban el saloncito, bajó la mirada y se dio cuenta de que Callie llevaba algo en la mano—. ¿Qué es eso que llevas, niña?

—¿Qué? Ah, esto —Callie miró la capa doblada, y la apretó con más fuerza—. No es nada, estaba guardándoselo a alguien. No tiene importancia.

Su abuela la miró con extrañeza, pero no insistió en el tema y fueron en silencio hacia el guardarropa. Al pasar junto a la enorme puerta doble de roble que daba al salón principal, oyeron la voz de Rochford.

—Espera, abuela.

La duquesa se volvió, y lo miró sonriente.

—Hola, Rochford. Es una suerte que te hayamos encontrado.

—Sí —se limitó a contestar él.

Callie se dio cuenta de que ya no parecía tan furioso; de hecho, su rostro parecía inescrutable y carente de expresión alguna. Cuando la miró, ella se limitó a devolverle la mirada en silencio.

—Nos vamos ya —les dijo él.

—Supongo que ahora resulta que tenemos que marcharnos cuando a ti te apetezca, ¿no? —le espetó Callie.

—Querida, pero si acabas de decirme que quieres ir a casa —le dijo su abuela con perplejidad.

—Nos vamos de inmediato —Sinclair le lanzó a su hermana una mirada tajante.

Callie tuvo ganas de exigirle que no le hablara en aquel tono de voz, quiso protestar por su actitud autoritaria, pero como sabía que si lo hacía parecería una tonta, se limitó a asentir y se volvió hacia la puerta sin decir palabra.

—Lo siento, Sinclair —dijo su abuela—. Calandra no se encuentra bien.

—Eso es obvio —comentó el duque con sarcasmo.

Uno de los lacayos les entregó sus abrigos, y subieron al carruaje. La duquesa y Rochford hicieron algún que otro comentario sobre la fiesta durante el trayecto, pero Callie permaneció en silencio. Su abuela le lanzó varias miradas de extrañeza, pero su hermano apenas la miró.

Callie sabía que estaba portándose como una niña al negarse a hablarle o a mirarle, pero no podía fingir que no pasaba nada; además, no sabía si sería capaz de hablar de los sentimientos que se arremolinaban en su interior sin ponerse a llorar de rabia, y no estaba dispuesta a caer tan bajo. Era mejor parecer infantil o tonta que dejar que su hermano pensara que estaba llorando porque la había lastimado.

Cuando llegaron a la casa, Rochford bajó del carruaje y ayudó a bajar a la duquesa. Intentó hacer lo mismo con Callie, pero ella hizo caso omiso de su mano y fue hacia la casa sin dirigirle la palabra. Él soltó un suspiro, y la siguió en silencio. Cuando entraron en la casa, la abuela y ella se dirigieron hacia la amplia escalera que conducía hacia el piso superior. Él le entregó el sombrero y los guantes al mayordomo y después echó a andar hacia su despacho, pero de repente se detuvo y se giró.

—Callie —al ver que ella subía el primer peldaño de la escalera sin detenerse, exclamó—: ¡Callie, para ahora mismo! —su voz resonó en el amplio vestíbulo. Él mismo pareció sobresaltarse un poco por el tono brusco que había empleado, porque añadió con más suavidad—: Calandra, por favor... esto es una ridiculez, quiero hablar contigo.

Ella se volvió, y lo miró desde la escalera.

—Voy a acostarme —le dijo con frialdad.

—Antes tenemos que hablar. Ven, será mejor que vayamos a mi despacho.

Los ojos de Callie, tan parecidos a los de su hermano, relampaguearon con la furia que había estado conteniendo durante la última media hora.

—¿Qué pasa?, ¿ahora resulta que no puedo acostarme sin tu permiso? ¿Diriges hasta el último detalle de nuestras vidas?

—¡Maldita sea, sabes que eso no es cierto!

—¿En serio? Pues durante la última media hora no has dejado de darme órdenes.

—¡Callie, Rochford! —la duquesa los miró con perplejidad—. ¿Qué significa todo esto?, ¿qué ha pasado?

—Nada que deba preocuparte —le dijo él.

—Lo único que ha pasado es que mi hermano se ha convertido en un déspota.

Rochford soltó un sonoro suspiro, y se pasó la mano por el pelo.

—Maldición, sabes que eso no es verdad. ¿Cuándo me he comportado como un déspota contigo?

—Nunca... hasta ahora —Callie parpadeó al sentir que los ojos se le llenaban de lágrimas.

Como Rochford siempre se había mostrado comprensivo y tolerante con ella, le resultaba especialmente duro asimilar la forma en que la había tratado en la fiesta. Siempre había sido un hermano cariñoso y benévolo, y ella se había sentido afortunada por la relación que tenían, sobre todo cuando algunas de sus amigas le contaban lo autoritarios que eran sus padres o sus hermanos.

—Siento haberte ofendido, Callie. Me disculpo si he sido demasiado brusco —le dijo él con rigidez.

Su actitud paciente y razonable sólo sirvió para enfurecerla aún más.

—¿Brusco? —Callie soltó una carcajada seca y carente de humor—. ¿Crees que tu comportamiento ha sido brusco? Yo diría que ha sido abusivo, o incluso dictatorial.

—Es obvio que te lo has tomado mal, pero debo recordarte que estoy aquí para protegerte. Soy tu hermano, cuidarte es responsabilidad mía.

—¡Ya no soy una niña! Soy más que capaz de cuidar de mí misma.

—Pues nadie lo diría, teniendo en cuenta que te he encontrado a solas en el jardín con un desconocido —le espetó él con sequedad.

—¡Callie! —exclamó la duquesa, horrorizada.

—No estaba en el jardín, sino en la terraza, y no ha pasado nada malo. Bromwell se ha comportado como todo un caballero; de hecho, me ha ayudado, porque me ha salvado de un hombre que estaba tratándome con insolencia.

—¡Cielos! —su abuela se llevó una mano al corazón, y la miró boquiabierta—. ¡Callie! ¿Has estado a solas en el jardín con dos hombres?

—¡No estaba en el jardín!

—El lugar carece de importancia —le dijo Rochford.

—Voy a desmayarme —a pesar de sus palabras, la duquesa avanzó un par de pasos hasta quedar al pie de la escalera, justo entre los dos hermanos, y le dijo a Callie—: No doy crédito a lo que estoy oyendo. ¿Cómo has podido hacer algo tan escandaloso?, ¿cómo es posible que tengas tan poca consideración hacia mí, hacia tu familia? Sinclair tiene razón, tiene la responsabilidad de cuidarte. Es tu hermano, y el cabeza de familia. Tiene derecho a decirte lo que debes hacer, y tú deberías obedecerle. ¿Cómo es posible que hayas salido sola a la terraza con un hombre?, alguien podría haberte visto. Tendrías que estar agradecida por el hecho de que tu hermano estuviera allí para salvarte, me estremezco sólo con pensar en lo que podría haber pasado en caso contrario.

—No habría pasado nada, ya os he dicho que no corría ningún peligro. No he causado ningún escándalo —protestó Callie, ruborizada.

—Estás bajo el control de tu hermano hasta que te cases y tengas tu propio hogar —le dijo la duquesa con firmeza.

—¡Claro, y entonces estaré bajo el control de mi marido!

—Pareces Irene Wyngate.

—Irene no tiene nada de malo, estaría encantada de ser como ella. A diferencia de la mayoría de mujeres que conozco, tiene carácter y decisión.

—Abuela, por favor... —Rochford sabía que la duquesa estaba empeorando aún más la situación.

—Pero da igual, porque no me casaré mientras mi hermano siga tratando a mis pretendientes como si fueran criminales.

Rochford soltó una carcajada seca, y le dijo:

—Bromwell no será nunca tu pretendiente.

—Eso no lo dudo, teniendo en cuenta que me has humillado delante de él.

—¿Bromwell?, ¿el conde de Bromwell? —su abuela los miró sobresaltada.

—Sí.

Los ojos de la duquesa brillaron con interés, pero no tuvo tiempo de hacer ningún comentario, porque Callie se anticipó.

—¿Qué tiene de malo lord Bromwell, Sinclair? ¿Por qué te parece tan horrible que estuviera con él?

—No deberías estar a solas en la terraza con ningún hombre —le dijo su hermano.

—¿Por qué has dicho que no será nunca mi pretendiente?, ¿por qué reaccionaste así al verlo?, ¿por qué te parece tan inapropiado?

Rochford permaneció en silencio durante unos segundos, y finalmente le dijo:

—No somos amigos.

—¿Y eso qué tiene que ver?, ¿estás diciendo que no puedo casarme con alguien que no sea amigo tuyo? ¿A quién me propones, a uno de tus viejos colegas eruditos? A lo mejor te gustaría que me casara con el señor Strethwick, o con sir Oliver.

—Estás tergiversando mis palabras a propósito, Callie. Sabes perfectamente bien que no tienes que casarte con uno de mis amigos.

—¡Por supuesto que no! En este momento, siento que no te conozco. Jamás habría pensado que podrías comportarte como un déspota conmigo, que te mostrarías tan desconsiderado hacia mis deseos y mis sentimientos.

—Me comporto así porque me preocupo por ti.

—¿Por qué?, ¿por qué es tan inapropiado ese hombre? ¿Su familia no es lo bastante buena?, ¿no tiene un rango lo bastante elevado?

—Eso no tiene nada que ver, es un conde.

—¿Acaso es un cazafortunas?, ¿está interesado en mi dinero?

—No, tengo entendido que es un hombre muy acaudalado.

—El conde de Bromwell es un soltero muy codiciado —comentó la duquesa—. Hay pocos duques, así que da igual que no sea uno de ellos, y no sería deseable que te casaras con algún miembro de la familia real. La verdad es que un conde sería una buena opción para ti, y tiene una familia distinguida y de rancio abolengo —se volvió hacia su nieto, y le preguntó—: ¿Verdad que tienen algún parentesco con lady Odelia?

—Sí, aunque distante. Su pedigrí no es el problema.

—¿Entonces, de qué se trata? —insistió Callie.

El duque miró de la una a la otra, y al final dijo:

—Es un viejo asunto que no hace falta sacar a colación. Le he prohibido que se te acerque por tu bien, Callie.

—¿Le has prohibido que se me acerque? —Callie lo miró horrorizada, y sintió como si la hubieran golpeado en el pecho cuando su hermano asintió—. ¿Cómo has podido?, ¡no puedo creer que me hayas humillado así! Es increíble que le hayas dicho que no puedo verle, como si fuera una niña o deficiente mental... como si no tuviera voluntad propia, ni la capacidad de tomar mis propias decisiones.

—¡Yo no he dicho eso! —exclamó él.

—No hace falta, está implícito cuando me ordenas con quién puedo relacionarme y con quién no.

—¡He hecho lo mejor para ti!

—Y yo no tengo ni voz ni voto, ¿verdad? —Callie estaba rígida, y tenía los puños apretados. Estaba tan furiosa, tan herida, que tuvo miedo de lo que pudiera llegar a decir en ese momento, así que dio media vuelta y empezó a subir la escalera.

—¡Callie! —Rochford fue tras ella, pero se detuvo al pie de la escalera y la miró con frustración.

Se volvió hacia su abuela como pidiéndole consejo, pero ella se cruzó de brazos y lo miró con expresión pétrea.

—Se porta así por tu culpa, siempre has sido demasiado tolerante con ella. La has malcriado y has dejado que haga lo que le plazca, y aquí tienes el resultado.

El duque soltó un sonido de frustración, y fue de nuevo hacia su despacho; sin embargo, se volvió de repente hacia su abuela, y le dijo:

—Concluiré en breve los asuntos de negocios que tenía pendientes en Londres. Por favor, encárgate de que esté todo preparado para que podamos regresar al campo pasado mañana.

Callie empezó a pasear de un lado a otro de la habitación hecha una furia. Su doncella, Belinda, estaba esperando para ayudarla a desvestirse, pero como estaba demasiado alterada para quedarse quieta mientras la joven le desabrochaba los botones, le dijo que podía retirarse; en todo caso, se sentía incapaz de conciliar el sueño.

La doncella titubeó por un instante antes de marcharse

en silencio, y Callie siguió paseando como una posesa. Oyó que su abuela pasaba por delante de la puerta con su habitual paso pausado, pero no oyó a su hermano y supuso que se había retirado a su habitación preferida, su despacho. Estaría leyendo tan tranquilo un libro o una carta, o repasando las cuentas que iba a analizar con su administrador al día siguiente. Seguro que no estaba rechinando los dientes, ni lleno de furia y de indignación, porque, para él, el asunto estaba zanjado.

Callie se sentó de golpe en la silla que había junto a la cama. No estaba dispuesta a permitir que la trataran así. Hasta el momento, se consideraba una dama que vivía tal y como se le antojaba, dentro de los límites que imponían las reglas sociales. Creía que era libre para hacer lo que le diera la gana, que tenía las riendas de su propia vida; aunque cedía bastante ante su abuela para evitar problemas, lo hacía por decisión propia, no por obligación.

Iba a donde le apetecía y con quien quería, elegía los eventos a los que quería asistir y descartaba los que no le interesaban, la servidumbre acudía a ella para recibir instrucciones, y compraba lo que le daba la gana con su propio dinero. Sí, el administrador era el que se encargaba de pagar las facturas, pero porque eso era lo habitual; de hecho, Sinclair también solía delegar el pago de sus facturas en un administrador. Y a pesar de que era su hermano quien invertía su dinero, él se lo explicaba todo con detalle y le preguntaba qué era lo que quería hacer. Ella siempre le hacía caso y seguía sus consejos, porque era lo más sensato; al fin y al cabo, Sinclair siempre había tenido mucho éxito en los negocios.

Pero acababa de darse cuenta de que la libertad que creía poseer era una mera ilusión, y que no había tenido problemas hasta entonces porque no le había llevado la contraria a su hermano. Él no había puesto objeciones en lo relativo a sus amistades, a los sitios a los que iba, a lo que compraba, ni a las decisiones que tomaba, pero ella se había equivocado al creer que gozaba de libertad; simplemente, había vivido en una jaula tan grande, que no se había encontrado con los barrotes... hasta ese momento.

Se puso de pie de golpe. No estaba dispuesta a aguantar aquel atropello. Era una persona adulta, había muchas mujeres que a su edad ya estaban casadas y con hijos. A su edad, Sinclair ya llevaba cinco años en posesión del título. No iba a acatar sin más sus órdenes, porque eso implicaría darle autoridad sobre ella. No estaba dispuesta a acostarse sin más, y a levantarse al día siguiente como si no hubiera pasado nada.

Tras pensar durante unos segundos, fue hacia el pequeño escritorio que había contra una de las paredes. Escribió una nota a toda prisa, la firmó y la dobló, y después de sellarla, escribió el nombre de su hermano en la parte delantera y la dejó contra la almohada.

Se puso su capa, abrió un poco la puerta, y se asomó con cuidado; después de comprobar que no había nadie, salió con sigilo y fue a toda prisa por el pasillo hasta la escalera de la servidumbre. Bajó hasta la cocina, que estaba en silencio. El joven pinche estaba acurrucado en su jergón delante de la chimenea, y permaneció dormido mientras ella pasaba de puntillas junto a él y salía al exterior.

Cerró la puerta con cuidado, y recorrió el estrecho camino que bordeaba la casa. Al llegar a la calle, miró a ambos lados, se tapó la cabeza con la capucha, y se alejó de la casa con paso decidido.

Al otro lado de la calle, a varias casas de la mansión ducal, había un carruaje detenido. Llevaba allí unos minutos, y el conductor había empezado a adormilarse arrebujado en su abrigo. En el interior del vehículo había dos hombres. Uno de ellos, el señor Archibald Tilford, estaba sentado con expresión de aburrimiento, y se entretenía dándole vueltas y más vueltas a su bastón de puño dorado. Tenía enfrente a su primo, el conde de Bromwell, que estaba mirando por la ventana abierta hacia la casa de los Lilles.

—¿Cuánto tiempo vamos a pasar aquí sentados, Brom? —dijo Tilford, con cierta impaciencia—. Tengo una botella de oporto y una partida de cartas esperándome, y el ladrillo caliente que ha colocado el conductor está enfriándose. Tendré los pies helados en diez minutos.

El conde lo miró impasible, y le dijo:

—Intenta aguantar un poco, Archie. No hace ni un cuarto de hora que hemos llegado.

—No sé por qué estás vigilando una casa a oscuras. ¿Qué demonios esperas ver a estas horas de la noche?

—No lo sé —le contestó Bromwell, sin apartar los ojos de la casa.

—Está claro que no va a salir nadie tan tarde, no sé por qué te has empeñado en venir a ver la casa de Rochford. Dios, han pasado quince años, ¿no? Creía que te habías olvidado del duque.

Bromwell se volvió a mirarlo, y le dijo:

—Yo nunca olvido.

Tilford se encogió de hombros con negligencia. Había aprendido a ignorar aquella mirada intensa que podía hacer temblar de miedo a hombres hechos y derechos.

—Fue hace mucho tiempo, y Daphne se casó —al ver que su primo no contestaba, Tilford añadió—: ¿Qué es lo que estás tramando?

—¿Qué sabes sobre la hermana de Rochford?

Archie inhaló con fuerza.

—¿Lady Calandra? —vaciló por un instante antes de decir con cautela—: No estarás pensado en... en alguna artimaña que involucre a la hermana del duque, ¿verdad? Todo el mundo sabe lo mucho que la protege... tú también lo sabrías, si no te hubieras pasado los últimos diez años enclaustrado en tu finca, generando dinero.

—Nunca te has quejado del dinero que he ganado para la familia.

—Claro que no. Pero ya has acumulado una fortuna más que suficiente, así que es hora de que la disfrutes un poco y vivas una vida normal para variar. Por eso has venido a Londres, ¿no? Para disfrutar un poco de la vida.

—Supongo que sí —le contestó Bromwell, sin demasiada convicción.

—Pues una vida normal no incluye estar sentado en carruajes viejos mientras se espían casas a oscuras.

—Ibas a contarme lo que sabes sobre lady Calandra.

—De acuerdo. Es una dama joven, hermosa, y acaudalada.

—¿Tiene pretendientes?

—Claro que sí, pero los ha rechazado a todos... al menos, a los que se atrevieron a cortejarla a pesar del duque. Se rumorea que no piensa casarse, dicen que los Lilles son fríos.

Bromwell esbozó una sonrisa, y murmuró:

—A mí me ha parecido que la dama no tiene nada de fría.

Archibald se movió con nerviosismo.

—¿En qué estás pensando, Brom?

—En lo nervioso que se ha puesto el duque esta noche al verme con lady Calandra. Ha sido de lo más divertido.

Aquellas palabras no debieron de tranquilizar a su primo, porque pareció alarmarse aún más.

—El duque te despellejará si le haces algún daño a lady Calandra.

—¿Crees que le tengo miedo?

—No, claro que no, pero yo le tengo miedo de sobra por los dos.

—No te preocupes, Archie. No pienso hacerle ningún daño a lady Calandra; de hecho, pienso ser encantador con ella —la sonrisa que esbozó no era nada tranquilizadora.

Tilford soltó un gemido ahogado.

—Lo sabía, sabía que estabas tramando algo. Esto no va a acabar bien. Brom, por favor... ¿no podríamos largarnos de aquí y olvidarnos de este asunto?

—De acuerdo —dijo Bromwell, pensativo—. Ya he visto

todo lo que quería —empezó a bajar la cortinilla de la ventana, pero se detuvo y se inclinó hacia delante para poder ver mejor la calle—. No, espera. Alguien está saliendo... una mujer.

—¿Una criada está saliendo a esta hora? —Archibald pareció interesarse, y se volvió para levantar el otro lado de la cortinilla—. A lo mejor tiene una cita con un lacayo, o...

—¡Maldición! —exclamó Bromwell en voz baja—, es lady Calandra en persona.

Cuando la mujer ocultó la cabeza y el rostro bajo la capucha y echó a andar por la calle, le quitó el bastón a su primo y lo utilizó para abrir la ventanilla que había junto a la cabeza del conductor. Después de darle instrucciones, se reclinó de nuevo en su asiento y corrió la cortinilla mientras el carruaje seguía a la mujer.

—¿Crees que es lady Calandra? —le preguntó Archie con incredulidad—. ¿Qué está haciendo en la calle, sola, y a estas horas?

—Buena pregunta —comentó su primo, mientras golpeteaba el dedo índice contra los labios con expresión pensativa.

Archie echó a un lado la cortinilla lo justo para poder echar un vistazo, y comentó:

—La hemos adelantado.

—Ya lo sé.

El carruaje giró a la derecha en la siguiente calle, y se detuvo poco a poco. Bromwell abrió la puerta, y bajó del vehículo.

—¡Brom! ¿Qué diablos estás haciendo? —le preguntó su primo.

—No puedo permitir que una dama vaya sola por la calle a estas horas, ¿verdad? —le contestó él con una sonrisa; sin más, cerró la puerta del carruaje y se marchó.

CAPÍTULO 4

Mientras Callie avanzaba a toda prisa, el sonido de sus pasos era lo único que rompía el silencio de la noche. Al idear el plan no había pensado en lo oscura y solitaria que estaría la calle, sólo le había parecido relevante el hecho de que nadie la vería andar por la calle sin una doncella o algún tipo de acompañante; sin embargo, mientras pasaba junto a las siluetas oscuras y enormes de las casas, se dio cuenta de que se habría sentido más segura con alguien a su lado, aunque fuera su inofensiva doncella.

En condiciones normales no era asustadiza, pero la furia que la había empujado a salir iba desvaneciéndose, y poco a poco iba cobrando conciencia de que los ladrones y los maleantes aprovechaban la oscuridad de la noche para cometer todo tipo de fechorías.

Estaba en la mejor zona de Londres, así que en teoría debería de estar más segura que en cualquier otro lugar, pero no pudo evitar recordar las historias que había oído sobre caballeros que habían sido atacados cuando regresaban a casa ebrios después de estar en alguna taberna; además, si un ladrón tenía intención de entrar a robar en alguna mansión, seguramente optaría por hacerlo a aquella hora de la noche.

Y aun suponiendo que no hubiera ningún ladrón cerca,

era consciente de que un caballero, sobre todo uno ebrio, podía llegar a ser peligroso... y podía dar por hecho que una mujer que estaba sola en la calle de noche no era decente, sino que se dedicaba a vender su virtud. Ella no tenía ningunas ganas de que la confundieran con una ramera.

Se sobresaltó al oír un carruaje a su espalda, pero no se volvió y se esforzó por andar con paso firme. Era posible que el ocupante del vehículo no viera la parte baja del vestido que asomaba por debajo de la capa, y la confundiera con un hombre, o que ni siquiera mirara por la ventanilla.

Suspiró aliviada al ver que el carruaje pasaba de largo, y que seguía traqueteando por la calle hasta desaparecer por la primera esquina. Aceleró aún más el paso mientras cruzaba la siguiente intersección, y subió de nuevo a la acera. Lady Haughston vivía a unas cuantas calles de su casa, y aunque en circunstancias normales le parecía una distancia muy corta, en ese momento se le antojaba terroríficamente larga. Se planteó dar media vuelta y regresar, pero se dijo que no podía portarse como una miedica y siguió adelante.

Al ver que una figura doblaba la esquina un poco más adelante, al final de la calle, vaciló por un instante y sintió que le daba un vuelco el corazón. Se limitó a aminorar el paso, porque estaba convencida de que, si daba media vuelta y huía a la carrera, el desconocido la perseguiría aunque fuera por curiosidad; además, había algo en aquel hombre que le llamó la atención, algo que la instó a seguir avanzando mientras entornaba los ojos para intentar verlo mejor. El desconocido no llevaba ni abrigo ni capa, y tampoco sombrero. A pesar de que era obvio que se trataba de un hombre, estaba vestido de forma un poco rara... la chaqueta tenía las mangas abombadas, y los pantalones parecían bastante anchos. No llevaba la típica vestimenta de un caballero... de hecho, nadie iba vestido así; además, parecía tener el bastón sujeto a un lado del cinturón.

Primero pensó que debía de tratarse de un chalado, pero

después se dio cuenta de que... no, la idea que se le había pasado por la cabeza era completamente descabellada.

Se detuvo en seco mientras él seguía avanzando sin prisa, y con cada uno de sus pasos fue convenciéndose más y más de que no estaba viendo visiones.

—¡Lord Bromwell! —en cuanto la exclamación salió de sus labios, se arrepintió de haber abierto la boca.

Se dijo que tendría que haber dado media vuelta, que tendría que haber regresado a su casa de inmediato. Lord Bromwell iba a creer que era una lunática... no, peor aún, creería que era una mujer de moral dudosa. Era impensable que la hermana de un duque se prostituyera, pero al verla por la calle en medio de la noche, cualquiera sospecharía que tenía una cita amorosa. Si una mujer casada tuviera ese tipo de comportamiento, se consideraría escandaloso, pero sería desastroso en el caso de una joven casadera.

Se le cayó el alma a los pies al darse cuenta de que aquel hombre iba a mirarla con desprecio a partir de ese momento; además, si le contaba a alguien que la había visto en aquellas circunstancias, ella quedaría con la reputación hecha trizas, y el escándalo salpicaría a toda su familia.

Un conocido no daría por hecho que estaba metida en algo reprobable, aunque pudiera llegar a pensar que era una inconsciente, y estaba convencida de que muchos caballeros mantendrían la historia en secreto para evitar que el duque de Rochford y su familia quedaran en evidencia. Pero aquel hombre apenas la conocía, y por si fuera poco, Sinclair se había mostrado beligerante y hasta despectivo con él. No quería ni imaginarse lo que su hermano debía de haberle dicho cuando ella había regresado al salón y los había dejado solos. Bromwell no tenía razón alguna para protegerla; de hecho, era probable que aprovechara aquella oportunidad para vengarse de su hermano.

Ni ella misma entendía la actitud de Sinclair. Se había puesto tan furiosa al ver que se entrometía en sus asuntos y que daba por hecho que podía ordenarle lo que debía hacer, que no se había parado a pensar por qué se había mostrado tan molesto al verla a solas con aquel hombre en concreto. Era posible que Bromwell tuviera una mala reputación... a lo mejor era dado a seducir a jóvenes casaderas, y Sinclair lo sabía.

Por su mente se sucedieron un sinfín de posibilidades, a cual más horrible, durante el instante que permaneció inmóvil. Justo cuando estaba pensando como una ilusa que era posible que él no hubiera reconocido su voz, que con un poco de suerte no alcanzaría a verla bien gracias a la capa y que quizás estaba a tiempo de huir, él fue directo hacia ella y la miró con expresión de asombro.

—¿Sois vos, lady Calandra?

Callie hizo acopio de valor y tragó con fuerza. Tenía que enfrentarse a la situación, pasara lo que pasase. Debía hacer todo lo que estuviera en sus manos para evitar que el buen nombre de su familia quedara manchado por culpa de su impulsividad.

—Buenas noches, lord Bromwell. No me extraña que os sorprenda verme —le dijo, mientras intentaba encontrar una excusa razonable que explicara su presencia allí.

—Al principio he creído que mis ojos me engañaban —se detuvo a menos de medio metro de ella, y añadió—: No deberíais estar en la calle a estas horas, ¿dónde está vuestra familia?

Callie señaló hacia el otro extremo de la calle.

—Todos están en sus respectivas camas. En cuanto a mí... no podía dormir.

—¿Y por eso habéis decidido salir a dar un paseo? —su tono carecía de inflexión, pero sus cejas enarcadas reflejaron su incredulidad.

—Ya sé que creeréis que soy una irresponsable.

—En absoluto —le dijo él, con una sonrisa—. Tengo una hermana, así que soy consciente de lo restrictiva que resulta nuestra sociedad, de lo opresivas que pueden resultarle las normas a una joven con iniciativa propia.

Callie no pudo evitar devolverle la sonrisa, y se dijo que había sido una tonta por tener miedo. La actitud de lord Bromwell no parecía condenatoria; de hecho, tanto su sonrisa como su rostro y su voz reflejaban amabilidad y comprensión. Y tampoco tenía aspecto de ser un libertino, porque no la había mirado de forma lasciva, no había usado un tono de voz sugerente, ni le había hecho ninguna proposición indecorosa.

—¿Debo entender que... que no le contaréis a nadie...?

—¿Que habéis salido a pasear? Por supuesto que no. No tiene nada de raro encontrarse a una joven que está paseando, ¿verdad?

—No, claro que no.

—Por favor, permitid que os acompañe de vuelta a casa —le dijo, mientras le ofrecía el brazo con galantería.

—No voy a mi casa, sino a la de lady Haughston.

Sus palabras parecieron desconcertarlo un poco, y Callie se sintió aliviada al ver que no intentaba averiguar por qué había decidido ir de noche a casa de Francesca.

—En ese caso, os acompañaré a casa de lady Haughston, pero vais a tener que indicarme el camino. Ya habréis deducido que no estoy familiarizado con Londres.

—Estaba convencida de que no os había visto antes —Callie lo tomó del brazo, y echaron a andar.

—Desde que heredé el título, apenas he salido de mi finca. Lamento tener que admitir que mis propiedades estaban en una condición deplorable. No he tenido tiempo para...

—¿Para frivolidades?

Él sonrió al mirarla, y le dijo:

—No he querido insinuar que la vida en la ciudad sea pura frivolidad.

—No me habéis ofendido, os lo aseguro; de hecho, soy consciente de que gran parte de la vida aquí es muy frívola.

—Un poco de frivolidad no tiene nada de malo.

Pasear con aquel hombre resultaba excitante... incluso la conversación trivial que mantenían estaba teñida de una sensación de atrevimiento y emoción. Era muy inusual que ella estuviera a solas con un hombre, aparte de su hermano, y estar con uno a solas por la noche, en una calle oscura, resultaba inconcebible. Era la primera vez que hacía algo que pudiera escandalizar a los que la conocían, pero no se arrepentía de sus acciones; de hecho, estaba un poco sorprendida, porque no se sentía culpable ni incómoda, sino libre y entusiasmada.

Era una mujer muy sincera, así que tuvo que admitir que lo que sentía no se debía tan sólo a la aventura de estar allí a aquella hora. Aquel hombre en particular era el causante de la mayor parte de la excitación que se arremolinaba en su interior.

Contempló de reojo la firme y recta línea de su mandíbula, la forma de su mentón, la barba incipiente que empezaba a oscurecer su mejilla. La dureza y el poder que exudaba iban más allá de su fuerza física, de la anchura de sus hombros y de su altura, y se reflejaban también en el aire de confianza y competencia que tenía. Era obvio que, mientras charlaba con ella y sonreía, permanecía alerta y vigilante. Sus ojos grises no perdían detalle de lo que los rodeaba, y sus músculos estaban tensos y listos para entrar en acción. Era la clase de hombre a la que los demás acudían en caso de que surgiera algún problema, pero, por otro lado, ella tenía la impresión de que no era aconsejable contrariarle.

Se sobresaltó al darse cuenta de que, en cierto modo, se parecía a su hermano. No era tan refinado como Sinclair y tenía un encanto más pícaro, pero intuía en él el mismo núcleo férreo, un centro inmutable que quedaba oculto tras la superficie aristocrática y la educación británica.

Él pareció darse cuenta de que estaba observándolo, porque se volvió hacia ella y se limitó a mirarla en silencio sin sonreír. Callie sintió que una corriente de intensa atracción la recorría de arriba abajo, y se apresuró a apartar la mirada por miedo a que sus ojos revelaran aquella reacción tan visceral. Lord Bromwell la descentraba. Jamás se había sentido así con ningún otro hombre, pero por alguna razón, la incertidumbre la atraía en vez de repelerla. Deseó saber qué era lo que tenía Sinclair en su contra, por qué había reaccionado de forma tan negativa al verla con él.

—Debo disculparme por el comportamiento de mi hermano —le dijo, al mirarlo de nuevo.

—Es lógico que un hombre se preocupe por su hermana, que quiera protegerla. Como también tengo una, lo entiendo a la perfección.

—Espero que no seáis tan estricto a la hora de protegerla.

—No, no lo soy. Ella se pondría hecha una furia si intentara decirle lo que debe hacer. Es un poco mayor que yo, aunque no le haría ninguna gracia enterarse de que se lo he dicho a alguien, así que está más acostumbrada a ser ella la mandona —el brillo de diversión desapareció de sus ojos cuando añadió con voz acerada—: Pero aun así, me enfrentaría a cualquier hombre que intentara hacerle daño.

—Quiero mucho a mi hermano y a mi abuela, pero a veces pueden ser un poco agobiantes.

—¿Por eso habéis decidido ir a casa de lady Haughston a estas horas de la noche?

Callie vaciló por un instante antes de contestar.

—Voy a verla para pedirle un favor.

Se sintió aliviada al ver que él no insistía en que contestara a su pregunta, ni comentaba que era una hora un poco rara para ir a pedir un favor. Era consciente de que había cometido una locura al actuar de forma tan impulsiva, había sido una suerte que se hubiera encontrado con lord Bromwell, y no con un rufián.

—Debéis de creer que soy joven y tonta, que me he dejado llevar por la ira —comentó, un poco ruborizada.

—No —le contestó él, con una sonrisa—. Lo que creo es que sois joven, y muy hermosa —permaneció en silencio por un segundo, y sus ojos adquirieron de nuevo un brillo travieso—. Y quizá también una fuente de quebraderos de cabeza para vuestra protectora familia.

—De eso no me cabe ninguna duda —le dijo ella, con una carcajada.

Callie tuvo que hacer un esfuerzo consciente para conseguir apartar los ojos de él, y aun así, sabía que se había quedando mirándolo durante más tiempo de lo que se consideraba apropiado. Tenía la garganta seca y la mente en blanco. Se dijo que parecía una colegiala en su primer baile, y se esforzó por encontrar algún comentario adecuado.

—No lleváis puesto el sombrero —deseó haberse mordido la lengua en cuanto hizo aquel comentario tan absurdo.

—No he sido capaz de ir por la calle con un aspecto tan ridículo.

—¿Ridículo?, ¡en absoluto! Con el sombrero estabais muy gallardo.

Callie sintió que se le aceleraba el pulso al darse cuenta de que estaba flirteando de nuevo con él, al igual que en la fiesta. Él contestó de la misma forma, con un tono de voz desenfadado pero que dejaba entrever una calidez y un significado subyacentes, y con un brillo especial en la mirada.

—Vos tampoco os habéis quitado el disfraz —le echó la capucha un poco hacia atrás con el índice, y dejó al descubierto parte de la cofia estilo Tudor—. Me alegro, os sienta muy bien.

Callie se dio cuenta de que se habían detenido y estaban muy cerca el uno del otro.

—Pero me alegro de que os hayáis quitado la máscara —añadió él con voz ronca, sin apartar los dedos del borde de su capucha—. Tenéis un rostro demasiado hermoso para ocultarlo, incluso en parte.

Callie contuvo el aliento cuando él le acarició la mejilla

con las puntas de los dedos. Creyó que iba a besarla, y el corazón empezó a martillearle en el pecho al recordar la pasión que había estallado entre los dos y la presión aterciopelada, sensual y exigente de sus labios.

Pero él apartó la mano y echó a andar de nuevo, así que no tuvo más remedio que seguir su ejemplo a pesar de que tenía el pulso acelerado y las rodillas un poco temblorosas. Se preguntó si él había sentido el mismo deseo que ella.

No tardaron en llegar a la elegante casa en la que vivía Francesca, y Callie sintió que se le caía el alma a los pies conforme fueron acercándose. Cuando se detuvieron al pie de los escalones de la entrada principal, esbozó una sonrisa forzada y alargó la mano con educación.

—Bueno, ya hemos llegado. Gracias por acompañarme hasta aquí, espero no haberos desviado demasiado de vuestro camino.

—Ha sido un placer —él tomó su mano, pero en vez de inclinar la cabeza, permaneció inmóvil sin soltarla, contemplando su rostro—. Pero quiero que me prometáis que no volveréis a hacer algo tan peligroso. Enviadme una nota si planeáis otro paseo a medianoche, os prometo que os acompañaré para manteneros a salvo.

—Seré mucho más cauta de ahora en adelante, no os necesitaré.

—¿Estáis segura de eso? —enarcó una ceja en un gesto pícaro, y con una rapidez que la sorprendió, la rodeó con el otro brazo y la atrajo hacia su cuerpo antes de inclinarse para besarla.

El beso de Bromwell era tal y como lo recordaba... incluso mucho mejor. Sintió la dureza de sus dientes contra la boca, y la suavidad de su lengua penetrándola. Sabía un poco a oporto, y sobre todo a deseo. Al notar que le flaqueaban las rodillas, le rodeó el cuello con los brazos y se aferró a él mientras le devolvía el beso.

Él le soltó la mano, deslizó la suya hacia su espalda, y fue bajándola por encima de la capa. Cuando llegó a la curva de sus nalgas, la acarició con la palma antes de hundir un poco los dedos para alzarla contra sí.

Al notar la dureza de su erección contra su cuerpo, Callie sintió una mezcla de sobresalto y curiosidad que se acrecentó ante la cálida humedad que surgió en su entrepierna.

Soltó un suave sonido lleno de pasión, y él gimió a su vez antes de levantar la cabeza. Se quedó mirándola con los ojos brillantes, y con una expresión que reflejaba una ligera sorpresa mezclada con deseo.

—No, me parece que estoy equivocado... sois vos la peligrosa —murmuró con voz ronca. Después de respirar hondo, la soltó y retrocedió un paso—. Ha llegado la hora de despedirnos —retrocedió otro paso, y sonrió de oreja a oreja al decir—: Os prometo que volveremos a vernos.

Dio media vuelta y se fue, pero Callie se dio cuenta de que se detenía junto a un árbol dos casas más abajo y se volvía hacia ella. Se sintió agradecida al darse cuenta de que estaba esperando a que entrara en la casa, mientras que a la vez protegía su reputación al no aparecer con ella. Contuvo una pequeña sonrisa mientras subía los escalones, respiró hondo para intentar calmar el ritmo frenético de su corazón, y llamó a la puerta.

Al ver que nadie respondía, se dio cuenta de que cabía la posibilidad de que Francesca aún estuviera en la fiesta de lady Odelia; al fin y al cabo, era obvio que el propio lord Bromwell iba de camino a casa cuando se habían encontrado. También era posible que la servidumbre se hubiera acostado ya, pero en ese caso, alguien acabaría oyendo que llamaban a la puerta y no tardaría en ir a abrir. El mayordomo de Francesca la reconocería y la dejaría entrar, por muy extraño que le pareciera que se presentara allí en plena noche.

Se sintió aliviada cuando un lacayo abrió al cabo de unos segundos. Al principio entreabrió la puerta un poco, pero enarcó las cejas con asombro y abrió del todo al verla.

—¿Señorita? —le preguntó, claramente desconcertado.

—Lady Calandra Lilles —Callie se esforzó en mostrarse de lo más digna.

El hombre no pareció creerla del todo, pero el mayordomo apareció en ese momento a su espalda, ataviado con un gorro de dormir y una bata.

—¡Mi señora! —exclamó, antes de decirle al lacayo—: Apártate y deja entrar a la señora.

—Siento llegar a esta hora, Fenton —le dijo Callie al entrar.

—No os preocupéis, vos siempre sois bien recibida en esta casa. Cooper os conducirá al saloncito amarillo mientras yo informo a lady Haughston de vuestra visita —después de hacer una reverencia ante ella y de hacerle un gesto imperioso al lacayo, se apresuró a subir al piso superior en busca de Francesca.

Callie siguió al lacayo, que la condujo por el pasillo hasta el saloncito amarillo. No era la estancia más grande, pero se trataba de la preferida de Francesca. Sus ventanas daban al pequeño jardín lateral, y por las mañanas el sol entraba de lleno. Debido a su reducido tamaño, aún estaba un poco caldeada gracias a las brasas del fuego que se había encendido durante la tarde.

Callie se acercó a la chimenea para aprovechar el calor residual, y Francesca llegó apresuradamente poco después mientras acababa de atarse el cinturón de su bata de brocado. Su melena rubia le caía a la espalda, y una expresión de preocupación ensombrecía su rostro de porcelana.

—¿Qué haces aquí, Callie? —le preguntó, mientras iba hacia ella con las manos extendidas—. ¿Ha pasado algo malo?

—¡No! —Callie se sintió avergonzada—. Lo lamento tanto... no me he parado a pensar. No pretendía alarmarte, no ha pasado nada.

—¡Gracias a Dios! Creí que... no sé ni lo que se me ha pasado por la cabeza —se ruborizó un poco, y soltó una pequeña carcajada—. Perdona, debo de parecerte una tonta.

—Claro que no. La tonta soy yo, no tendría que haber venido a esta hora. Es normal dar por sentado que ha pasado algo malo, disculpa que te haya alarmado.

—Eso es lo de menos. Ven, siéntate. ¿Te apetece una taza de té?

—No, ya he causado bastante revuelo en tu casa. Estoy bien.

Callie se sentó en el borde de una silla, y Francesca hizo lo propio en el extremo de un confidente mientras la miraba con preocupación.

—¿Estás segura? Según tú, no se trata de una emergencia, pero... —miró a su alrededor con una expresión elocuente—. ¿Has venido sola?

—Sí. Ya sé que no es del todo seguro, pero... ¡no podía permanecer ni un minuto más en esa casa!

—¿En tu casa? —Francesca la miró boquiabierta.

—Sí. Siento haberme presentado de improviso tan tarde. Supongo que estarás de lo más molesta, pero no sabía a quién más acudir.

—Puedes acudir a mí cuando lo necesites —Francesca la tomó de la mano, y añadió—: Y no te preocupes por la hora; en todo caso, aún no me había acostado, estaba cepillándome el pelo. Además, a Fenton le encanta disfrutar de un poco de ajetreo. No me extrañaría que apareciera en breve con té y pastas.

—Eres muy amable —Callie sonrió, y añadió con cierta timidez—: Siempre te he considerado prácticamente como una hermana.

La expresión de Francesca se suavizó. Le dio un ligero apretón en la mano, y le dijo:

—Gracias, querida. Te lo agradezco de verdad, yo siento lo mismo por ti.

—Hubo una ocasión en la que creí que ibas a convertirte en mi hermana de verdad. No recuerdo el porqué, pero lo creí durante semanas... hasta que Sinclair me lo negó de forma categórica, claro. En aquella época, aún era una niña.

Se produjo un profundo silencio. Callie sabía que Francesca estaba desconcertada por su inesperada visita nocturna, y que estaba esperando con educación a que se explicara, así que suspiró profundamente y le dijo:
—Perdona. Ahora que estoy aquí, no sé qué decir —se detuvo durante varios segundos antes de seguir—. Sinclair y yo hemos tenido una pelea terrible esta noche.

Francesca la miró con los ojos como platos.

—¿Qué ha pasado?, creía que os llevabais muy bien.

—Y así es, al menos hasta ahora, pero esta noche... —vaciló antes de seguir, porque no le gustaba airear los desacuerdos familiares, ni siquiera ante alguien a quien conocía de toda la vida.

—No hace falta que me lo cuentes si no quieres —le dijo Francesca con tacto—. Podríamos hablar sobre... la fiesta de lady Odelia, por ejemplo. Ha sido todo un éxito, ¿verdad?

—Sí —Callie la miró sonriente—. Y tú eres una anfitriona consumada, pero tengo que decirte lo que ha pasado. Tengo que contárselo a alguien, y creo que tú puedes ayudarme si quieres.

—Claro que te ayudaré —la curiosidad de Francesca iba en aumento—. Venga, cuéntamelo. Y no te esfuerces en endulzarlo. Conozco a tu hermano desde antes que a ti, y dudo que me escandalice por lo que puedas decirme.

—No es nada escandaloso; de hecho, se trata de algo bastante mundano. Lo que pasa es que mi hermano nunca se había comportado de forma tan déspota.

—Entiendo.

—Bueno, al menos, no conmigo. Ha sido muy grosero con un caballero con el que yo había estado bailando, y que según mi abuela, es un pretendiente del todo aceptable. Y me ha tratado como... ¡como si fuera una niña! —Callie se ruborizó al recordar lo sucedido, y su voz cobró fuerza mientras la vergüenza y la furia emergían de nuevo—. Ya sé que no es correcto que estuviera a solas en la terraza con el conde, pero no fue culpa suya; de hecho, me ayudó con un tipo que estaba importunándome, pero Rochford ni siquiera dejó que me explicara y me ordenó que regresara al salón, como si fuera una niña a la que había que mandar a su habitación sin cenar. Me sentí humillada.

—Te entiendo. Seguro que, cuando se haya calmado, Rochford se da cuenta de que...

—¡Por favor, no te pongas de su parte también!

—Claro que no, querida. Estoy segura de que se portó de forma abominable, he descubierto que los hombres suelen hacerlo. Pero seguro que lamentará haberse precipitado en cuanto reflexione.

—Lo dudo. He intentado hablar con él sobre el tema cuando hemos llegado a casa, pero se ha negado a darme una explicación. Según él, se ha comportado así pensando en mi bienestar... ¡y se supone que tengo que conformarme con eso!

—Sí, entiendo tu irritación.

—Mi abuela me ha dicho que él tiene razón, y que tengo que obedecerle; según ella, estoy bajo el control de mi hermano hasta que me case... y huelga decir que ella también se cree con derecho a dirigir mi vida.

—No me extraña que te hayas enfadado —le dijo Francesca, que conocía bien a la duquesa viuda.

—¡Sabía que me entenderías! —exclamó Callie, aliviada.

—Claro que te entiendo. Es muy duro que tus familiares te digan lo que tienes que hacer.

Después de desahogarse y de ver que contaba con el apoyo y la comprensión de Francesca, Callie empezó a sentirse un poco pueril. Sonrió un poco avergonzada, y dijo:

—Lo siento, no debería haber venido a molestarte, pero es que... estoy cansada de las reglas y las restricciones. Mi abuela lleva todo el invierno con nosotros, y no deja de decirme que a mi edad ya tendría que estar casada. ¡Incluso tía Odelia me ha dicho hoy que voy camino de convertirme en una solterona!

—No debes permitir que lady Pencully dicte tu vida. Sé que es más fácil decirlo que hacerlo, porque la verdad es que es una mujer que me da un miedo terrible. He optado por evitarla todo lo posible.

—Pero no es tu tía abuela. En todo caso, ella no me molesta demasiado, al menos no se dedica a hablar sin cesar de obligaciones, responsabilidades, y de lo importante que es no decepcionar a la familia ni hacer algo que pueda manchar nuestro buen nombre.

—Las familias pueden ser una carga muy pesada. Mi madre quería que me comprometiera con alguien adecuado durante mi primer año en sociedad.

—¿Qué hiciste? —le preguntó Callie con curiosidad.

—La decepcioné, pero te aseguro que no fue ni la primera ni la última vez.

—Estoy cansada de intentar complacer a los demás.

—Puede que lleves demasiado tiempo intentando complacer a demasiada gente, creo que ya va siendo hora de que empieces a pensar en ti misma.

—¡Por eso he venido a verte!, sabía que eras la única que podía ayudarme.

—No acabo de entender qué es lo que quieres que haga. Te ayudaré en lo que pueda, por supuesto, pero me temo que ni Rochford ni la duquesa van a tener demasiado en cuenta mi opinión.

—No, no quiero que hables con ellos, sino que me ayudes a encontrar marido.

CAPÍTULO 5

—¿Disculpa? —Francesca miró boquiabierta a Callie.
—He decidido que voy a casarme, y todos dicen que eres la persona a la que hay que acudir a la hora de buscar marido.
—Pero... creía que estabas indignada porque tu abuela y lady Odelia están presionándote para que te cases, me parece que estás intentando contentarlas de nuevo.
—En absoluto. La verdad es que no estoy en contra del matrimonio. No soy una intelectual de las que preferirían pasarse la vida leyendo antes que casarse, ni una mujer tan independiente como Irene, ni me da miedo unir mi vida a la de un hombre. Quiero casarme, tener un marido, hijos, y un hogar propio. No quiero pasarme el resto de mi vida siendo la hermana de Rochford o la nieta de la duquesa. Quiero mi propia vida, y la única forma de tenerla es casándome.
—Pero, si lo que quieres es valerte por ti misma... tienes más de veintiún años, y posees una fortuna considerable.
—¿Sugieres que me independice? ¿Para qué?, ¿para que la alta sociedad en pleno empiece a especular sobre las razones que me han empujado a alejarme de mi hermano? ¿Para tener que escuchar cómo mi abuela me sermonea sin parar

sobre mi ingratitud y sobre las obligaciones que tengo hacia mi hermano y hacia ella? Lo que quiero no es romper con mi familia, sino tener una vida al margen de ellos y dejar de estar sujeta a tantas restricciones, pero seguiría teniendo limitaciones aunque me fuera a vivir sola. Tendría que contratar a una acompañante mayor que yo, preferiblemente una viuda, para que viviera conmigo; aun así, al ser una mujer soltera, seguiría sin poder ir sola a ningún sitio y sin poder hacer nada por mi cuenta. Ya sabes cómo son las cosas, Francesca. Una mujer carece de la más mínima libertad hasta que se casa. Me encantaría ponerme un vestido de baile verde, o azul real, o de cualquier otro color que no fuera el blanco.

Francesca soltó una carcajada.

—Recuerdo lo que sentía al estar en tus circunstancias, pero dudo que sólo quieras casarte para poder ponerte un vestido azul.

—A veces creo que sí —Callie soltó un suspiro, y admitió—: Claro que no es sólo por eso. Quiero casarme. A veces siento que voy avanzando sin rumbo fijo, que me limito a dejarme llevar a la espera de que mi vida empiece de verdad. Quiero empezarla de una vez por todas.

Francesca se inclinó hacia delante, y la miró muy seria.

—Estoy segura de que tienes un sinfín de pretendientes. Bastaría una simple indicación tuya para que una docena de hombres se presentaran en tu casa para pedir tu mano en matrimonio.

—Es cierto que no me han faltado pretendientes, pero muchos de ellos han resultado ser cazafortunas. Me parece que algunos caballeros no se atreven a acercarse a mí por ser quien soy, que no quieren parecer oportunistas o que creen que voy a rechazarlos porque carecen de una fortuna o de un título lo bastante importante. La gente da por sentado que soy una persona altanera y elitista, pero tú me conoces y sabes que no es cierto.

—Claro que no.

—Y hay algunos que no se me acercan por culpa de Rochford. Es una suerte cuando se trata de algún cazafortunas o de alguien que no me cae bien, pero Sinclair es tan amedrentador, que ahuyenta a caballeros de lo más agradables.

—Sí, el duque puede resultar bastante imponente —admitió Francesca con sequedad.

—Eso es quedarse corto. Si protesto por su actitud, se limita a mirarme con su «cara de duque» —imitó a su hermano poniendo una expresión altiva antes de añadir—: y me dice que sólo piensa en mi bienestar.

Francesca se echó a reír.

—Sí, conozco bien esa expresión. La usa cuando no quiere que le cuestionen.

—Exacto.

—¿Tienes algún posible pretendiente en mente? —le preguntó Francesca con tacto.

—No, en absoluto —a pesar de su apresurada respuesta, Callie no pudo evitar pensar en lord Bromwell, y se preguntó si podría ser un posible candidato.

Aquel hombre tenía algo que la atraía, algo que iba más allá de su atractivo físico y de su sonrisa cálida. Cuando estaba con él, se sentía diferente, pero sabía que era una tontería plantearse si podría llegar a casarse con él. Apenas le conocía, y su hermano no quería ni verlo.

Negó con la cabeza para enfatizar sus palabras, pero Francesca la observó con perspicacia y finalmente dijo con suavidad:

—¿No preferirías esperar un poco?, aún estás en edad casadera. Tanto Irene como Constance se casaron pasados los veinticinco, y tú sólo tienes veintitrés. No hace falta que te precipites, puede que acabe apareciendo el hombre adecuado para ti.

Callie sonrió con ironía, y le preguntó:

—¿Te refieres a que puede que me enamore?, ¿que a lo mejor aparece un atractivo desconocido que me vuelve loca? —volvió a pensar en lord Bromwell, pero se apresuró a apartarlo de su mente. Su interés por casarse no tenía nada que ver con él, nada en absoluto—. Antes creía que algo así llegaría a pasarme, pero eso era cuando tenía diecisiete o dieciocho años y estaba deseando ser presentada en sociedad. No tardé en darme cuenta de lo improbable que era. He conocido a muchos hombres que cumplían con los requisitos necesarios, pero ninguno de ellos me llegó al corazón. Me sentí atraída por unos cuantos, pero de forma efímera. Flirteaba un poco, bailaba, escuchaba sus halagos, y durante una o dos semanas llegaba a pensar que el hombre en cuestión podía ser el elegido, pero al poco tiempo empezaba a verle algún defecto, a notar alguna costumbre suya que me molestaba, y no tardaba en preguntarme qué era lo que había visto en él —con cierta tristeza, añadió—: Creo que lo que pasa es que los miembros de mi familia no nos enamoramos. Mira a Rochford, ha sido el objetivo de todas las madres con hijas casaderas, y nunca ha caído presa del amor.

—Sí, supongo que eso es cierto —murmuró Francesca.

—¿Y te imaginas a mi abuela rebajándose a sentir una emoción tan plebeya? Estoy segura de que se casó con mi abuelo porque era el mejor partido disponible.

—La verdad es que resulta difícil imaginársela loca de amor —Francesca soltó una risita.

—A veces, me pregunto si hay algo que falta en nuestro interior, pero puede que resulte más fácil ser como Sinclair y como yo. Mi madre estaba muy enamorada de mi padre, y lloró por él hasta el día de su muerte. Creo que se sintió casi feliz al morir, porque así pudo reunirse con él. Lo que más recuerdo de ella es su tristeza. Pasaba sus días como un fantasma, como una carcasa a la que le habían arrebatado el corazón. Me parece que quizás es mejor conservar el corazón intacto.

—Puede ser, pero cuando una ve lo felices que son Constance y Dominic...

Callie sonrió de oreja a oreja, y comentó:

—Están tan enamorados, que incluso el aire parece más luminoso a su alrededor. Debe de ser maravilloso sentir algo así por alguien.

—Sí, es cierto.

—¿Alguna vez estuviste así de enamorada, Francesca?

—Creí estarlo —le contestó ella con ironía.

Callie se ruborizó, y se apresuró a decir:

—¡Lo siento, no pretendía...! Soy una grosera desconsiderada, se me había olvidado que estuviste casada.

—Yo también suelo olvidarlo —a juzgar por su expresión, era obvio que prefería olvidar su matrimonio por completo.

—Lo siento —Callie se inclinó hacia delante, y la tomó de la mano.

No había llegado a conocer demasiado bien al marido de Francesca, porque había muerto el año en que ella había sido presentada en sociedad y no solía acompañar a su esposa cuando ésta iba a Redfields a visitar a su familia, pero por alguna razón, tenía la impresión de que su hermano lo detestaba; además, su abuela había comentado en alguna ocasión que Francesca se había arrepentido de haberse casado con él.

—No te preocupes —Francesca le dio un pequeño apretón en la mano—. En fin, no estábamos hablando de mí, sino de ti.

Era obvio que quería cambiar de tema, así que Callie le soltó la mano y se reclinó en su silla antes de decir:

—De acuerdo. ¿Vas a ayudarme?

—Claro que sí, eso ni se pregunta. Pero no sé qué es lo que puedo hacer, más allá de lo que tu abuela y tú podéis conseguir con facilidad. Ella conoce a todos los miembros de la alta sociedad, y tú no necesitas ayuda en cuanto a estilo o encanto.

—Te agradezco el cumplido. Mi abuela me ha dicho que tienes un toque mágico a la hora de encontrarle a alguien la pareja perfecta. Sólo hay que fijarse en los últimos meses, desde la última temporada has unido a dos parejas que ahora son la viva estampa de la felicidad.

—El hecho de que tanto Constance como Irene encontraran al amor de sus vidas es mérito suyo y de sus respectivos maridos, no mío —Francesca soltó una pequeña carcajada—. De hecho, tenía pensado a otro hombre para Constance.

—Me parece que subestimas el papel que jugaste en su unión. Soy consciente de que eres una experta en lo que respecta a todo lo relacionado con la alta sociedad, y que nadie puede ayudarme tanto como tú. Es cierto que mi abuela conoce a muchos hombres adecuados, y que está deseando presentármelos, pero no tiene en cuenta los mismos parámetros que yo. A ella sólo le interesan el dinero, la familia, y el título de un posible candidato, y deja a un lado el aspecto físico, la compatibilidad y el carácter. Dudo que se pregunte siquiera si un posible marido tiene sentido del humor. Pero tú sabes cómo son las personas más allá de su posición social. Te diste cuenta de que Irene y Gideon estaban hechos el uno para el otro incluso antes que ella misma.

—Claro, porque ella estaba empeñada en negarlo, y yo no.

—Pero entiendes lo que quiero decir, ¿verdad?

—Sí. Quieres encontrar un marido que cumpla tus requisitos, no los de tu abuela.

—Exacto. Ni los de mi abuela, ni los de mi hermano, ni los de la alta sociedad. Los míos.

—Espero que tu fe en mis habilidades no sea desmedida, pero voy a ayudarte en todo lo que pueda.

—Perfecto —Callie la miró sonriente—. No sabes lo que me alegran tus palabras, porque voy a pedirte un favor incluso mayor.

—Dime.

—Ya sé que estoy abusando de tu generosidad, pero es

que… me gustaría que iniciáramos la búsqueda cuanto antes; además, quería pedirte… en fin, ¿serías tan amable de dejar que venga a vivir contigo? —Callie se puso roja como un tomate, y antes de que Francesca pudiera articular palabra, se apresuró a añadir—: Sinclair quiere regresar a la finca en cuanto acabe con sus asuntos en Londres, pero yo preferiría quedarme en la ciudad y ponerme manos a la obra cuanto antes. No puedo quedarme en la mansión familiar sin una carabina, y aunque mi abuela accedería a quedarse conmigo… la verdad, no quiero que lo haga. No quiero tenerla pisándome los talones noche y día, hablando sin parar de posibles candidatos. Y no soporto la idea de regresar a Marcastle y aguantar sus sermones sobre mis obligaciones.

—Es comprensible. Claro que puedes quedarte conmigo, será divertido. Podremos trazar nuestros planes, salir de compras, y hacer un listado de los candidatos. Adelantaremos trabajo antes de que empiece la temporada, y para mí será un placer tenerte aquí. Pero no sé si Rochford accederá.

—Seguro que sí, no tiene razón alguna para oponerse. Aunque está bastante irritado conmigo, no creo que sea capaz de negarse a que venga a vivir contigo durante una temporada, seguro que te considera una acompañante adecuada; en cuanto a mi abuela, no puede objetar nada después de lo mucho que te ha alabado siempre.

—Eres muy lista. Mañana mismo iré a verla para hablar con ella del tema.

—Gracias por ser tan amable conmigo, Francesca.

—No digas tonterías, voy a disfrutar de tu compañía. La vida aquí es bastante aburrida hasta que empieza la temporada social, así que contar con la compañía de una amiga va a ser un alivio; además, contamos con un proyecto que va a tenernos muy atareadas —Francesca la miró sonriente, y se puso de pie—. Bueno, me parece que ya es hora de que descansemos un poco. Quédate a dormir aquí, le mandaré una nota a la duquesa para que no se preocupe.

—Le he dejado una nota a Sinclair sobre mi almohada, para que no se asustaran si se daban cuenta de que había salido de casa, pero seguro que se preocupan de todas formas —Callie sonrió un poco avergonzada—. No tendría que haberme marchado de forma tan impulsiva, pero es que sentía que iba a explotar si permanecía allí un solo segundo más.

—Es comprensible, has sido muy considerada al dejar una nota. Será mejor que escribas otra, para decirle a tu hermano que estás sana y salva en mi casa.

—Gracias, eres muy amable —Callie esbozó una sonrisa traviesa—. Sobre todo teniendo en cuenta que lo más seguro es que mi hermano se presente aquí a primera hora de la mañana.

A Francesca no le sorprendió que las palabras de Callie resultaran proféticas. Su doncella la despertó a la mañana siguiente, para informarla que el duque estaba esperándola en la planta baja.

—Y parece furioso —añadió Maisie—. Fenton no se ha atrevido a decirle que aún no estabais en disposición de recibir visitas, así que lo ha llevado al saloncito principal. A juzgar por su actitud, me parece que será mejor que os alistemos cuanto antes si no queremos que suba a buscaros.

—No te preocupes, el duque no cometería una falta de educación tan vulgar ni aunque la casa estuviera ardiendo. Sin duda diría algo así como... «Por favor, decidle a vuestra señora que hay un ligero problema con un incendio en la planta baja».

Maisie soltó una risita mientras sacaba un sencillo vestido del armario.

—Puede que tengáis razón, mi señora, pero os advierto que parece bastante iracundo.

Francesca suspiró con resignación. Estaba casi convencida de que Rochford no iba a acceder a que Callie se quedara allí, ni siquiera hasta el comienzo de la temporada social. No estaba segura de si el duque la consideraría una carabina adecuada para su hermana pequeña, porque tenía la impresión de que la consideraba una mujer frívola. Rochford siempre había tenido una visión más rígida del mundo que ella.

Después de lavarse la cara y de ponerse el vestido que su doncella había elegido, dejó que ésta le cepillara el pelo y se lo recogiera en un sencillo moño. No solía arreglarse con tanta prisa antes de recibir visitas, pero a pesar de que no le hacía ninguna gracia mostrarse ante Rochford sin estar perfecta, no podía hacer nada al respecto.

Cuando bajó al saloncito, lo encontró observando la calle desde la ventana, con las manos a la espalda. Llevaba una chaqueta azul y unos pantalones beis, unas botas Weston relucientes, una corbata con un nudo perfecto, y el pelo cuidadosamente peinado. Estaba tan impecable como siempre, pero cuando se volvió hacia ella, la miró con expresión adusta y con un brillo de preocupación en sus ojos oscuros.

—Buenos días, Rochford —se acercó a él con la mano extendida.

—Os pido disculpas por presentarme tan temprano, Francesca —le dijo él con rigidez, antes de inclinarse sobre su mano.

—No os preocupéis, comprendo que estéis... preocupado —se sentó en una silla, y le indicó que se sentara en el sofá que quedaba delante de ella.

—Sí, lo estoy —su mandíbula se tensó—. Espero que... que lady Calandra esté bien.

—Sí, perfectamente bien. Aún no se ha levantado, pero he pensado que sería mejor que nosotros dos conversáramos antes.

Él asintió, y evitó mirarla a los ojos.

—Os agradezco que me enviarais una nota. Esta mañana me habría alarmado si no hubiera sabido que estaba sana y salva aquí.

El duque solía ser un conversador cortés y experimentado, así que el hecho de que estuviera expresándose con tanta rigidez dejaba entrever lo agitado que estaba. Francesca no pudo evitar sentir cierta compasión por él, pero antes de que pudiera hacer algún comentario, él añadió:

—Habéis sido muy amable al permitir que pasara la noche en vuestra casa, y debo disculparme por las molestias que pueda haberos ocasionado al aprovecharse así de vuestra buena voluntad.

—Callie no me ha causado ninguna molestia, y siempre es bien recibida en esta casa. Me siento honrada porque sintió que podía acudir a mí —le dijo ella con firmeza.

El duque se tensó aún más, y comentó:

—Supongo que Callie os contó que habíamos tenido un... desacuerdo.

—Sí.

Él la miró y pareció a punto de decir algo, pero soltó un suspiro y se reclinó contra el sofá.

—Maldita sea... me parece que cometí un grave error con ella, Francesca —admitió a regañadientes.

—Así es.

La miró con un brillo de diversión en los ojos que suavizó su expresión, y por un instante pareció él mismo.

—Mi querida Francesca, al menos podríais fingir que mi confesión sobre mi propia incompetencia os parece inmerecida.

Francesca soltó una carcajada, y comentó:

—Eso sería una pérdida de tiempo —se inclinó hacia él, y posó una mano en su brazo en un gesto de apoyo—. No os preocupéis, estoy segura de que no habéis arruinado la relación que tenéis con vuestra hermana. Callie os adora, y también le preocupa que hayáis discutido.

—Espero que estéis en lo cierto —le dijo él, con más énfasis del que solía usar—. Soy consciente de que fui demasiado severo y no supe manejar la situación, pero sólo quería protegerla.

—Según Dom, es el comportamiento normal de cualquier hermano. Como lo he sufrido en carne propia, sé que a veces puede resultar reconfortante, pero os advierto que hay ocasiones en las que la actitud excesivamente protectora de un hermano puede resultar exasperante. Callie es una joven muy sensata, y ya no es una niña. Estoy segura de que jamás cometería una locura.

—No desconfiaba de ella, sino del hombre con el que estaba —comentó Rochford, taciturno.

—¿De quién se trata?, ¿por qué os resulta tan inaceptable? Según Callie, es un caballero de lo más correcto.

Él hizo ademán de empezar a hablar, pero se apresuró a apartar la mirada antes de decir:

—Sí, supongo que lo es, pero creo que yo no le caigo demasiado bien —sacudió la cabeza, como dejando a un lado el tema—. La verdad es que no pasó nada, pero cuando lo vi en la terraza con ella... en fin, reaccioné sin pensar. Espero que Callie no me guarde rencor de forma indefinida.

—Seguro que os perdona —le dijo ella, mientras le daba vueltas al hecho de que él no le había dado el nombre del hombre en cuestión.

Se preguntó por qué se mostraba tan reacio a decirle de quién se trataba. Intentó recordar si Rochford tenía algún enemigo declarado, pero no se le ocurrió nadie en concreto. Nadie quería enemistarse con el duque; de hecho, la gente solía estar más interesada en ganarse su favor que en contrariarlo. Y además, él no había dicho que se tratara de un enemigo suyo.

Lo único que se le ocurría era que, ciñéndose al típico y exasperante comportamiento masculino, Rochford consideraba que el hombre era inapropiado por alguna razón que resultaba demasiado indiscreta para los delicados oídos femeninos. No era de extrañar que Callie se hubiera enfadado.

—Tengo una idea que podría contribuir a que Callie y vos superarais este... pequeño bache.

—¿Ah, sí? —el duque la miró con cierta cautela.

Ella se echó a reír, y le dijo:

—No os mostréis tan suspicaz, os aseguro que no se trata de nada horrible. He invitado a Callie a que se quede aquí conmigo, al menos hasta que empiece la temporada; de hecho, me gustaría que se quedara durante el transcurso de toda la temporada, si os parece bien o si no deseáis regresar a Londres para una estancia tan larga. Me parece que Callie se aburre un poco en Marcastle, y la duquesa... en fin...

Rochford no pudo evitar sonreír al ver que dejaba la frase inacabada, y comentó:

—Sí, ya sé cómo es la duquesa.

—Callie tiene mucha vitalidad, y a la duquesa debe de resultarle agotador cuidarla —dijo Francesca con diplomacia—. Vuestra hermana aprecia todo lo que su abuela ha hecho por ella, pero tengo la impresión de que la agobia un poco que la tenga tan controlada.

—Eso es cierto, y resulta comprensible. No hay situación que mi abuela no pueda empeorar aún más con un sermón. Soy consciente de que ha ido colmando la paciencia de Callie durante todo el invierno, no sé por qué se le metió en la cabeza pasar tanto tiempo con nosotros en vez de ir a relajarse a Bath con sus amistades.

—Me parece que la soltería de Callie la inquieta cada vez más.

Rochford soltó un gemido.

—Su actitud basta para que uno desee renunciar al matrimonio de por vida, con el único propósito de llevarle la contraria —la miró un poco avergonzado—. Pensaréis que soy un desagradecido al oírme hablar así de ella, después de todo lo que ha hecho por Callie y por mí... asumió la tarea de cuidarnos, cuando a su avanzada edad podría haberse limitado a disfrutar de una bien merecida vida de ocio. Pero no se puede vivir según sus dictados.

—Conocéis bien a mis padres, así que no esperéis mi conmiseración —le dijo ella, en tono de broma—. Soy consciente de que la duquesa se ha consagrado a sus obligaciones familiares, pero creo que agradecería tener un respiro, que la libraran momentáneamente de la carga que supone cuidar de una joven llena de energía. Yo estaría encantada de tener compañía, porque la ciudad es muy aburrida en esta época del año. Callie y yo podríamos ir de compras, y asistir al teatro. Para mí sería una alegría estar acompañada.

—¿Ha sido idea de mi hermana?

Francesca se echó a reír.

—Sois demasiado suspicaz. A Callie le parece una buena idea, y os aseguro que yo estaré encantada de disfrutar de su compañía. A veces me siento un poco sola.

Él la contempló en silencio durante unos segundos, y finalmente la sorprendió cuando se encogió de hombros y dijo con aparente despreocupación:

—Si tanto Callie como vos lo deseáis, estoy dispuesto a permitir que se quede aquí. A pesar de lo que mi hermana pueda haber dicho, no necesita mi permiso para quedarse unas semanas en casa de una amiga. Tiene más de veintiún años, y no soy un tirano.

—Por supuesto que no —Francesca lo miró con la sonrisa felina que la caracterizaba, y añadió—: Pero no olvidéis que os conozco desde hace mucho tiempo, y que por lo tanto estoy en disposición de afirmar que podéis llegar a ser un poco... mandón.

—¿En serio?, os reto a que me deis un ejemplo.

—Podría daros cientos de ellos. Recuerdo que, cuando tenía diez años, entré a caballo en vuestras tierras, y asusté a aquel horrible pavo real que solía pasearse con aires de grandeza por el jardín delantero de la casa. Vos me dijisteis que Dancy Park os pertenecía, y que no queríais que molestara a vuestro pájaro.

—Dios, ya no me acordaba de aquel pavo, era un bicho

muy escandaloso —el duque se echó a reír—. ¿Seguro que os dije tal cosa?, me extraña que no os aplaudiera. Pero si vais a sacar a la luz ejemplos de hace tantos años, debo puntualizar que erais una niñita insoportable, y que si os dije lo que debíais hacer, fue sin duda porque os lo merecíais.

Callie entró a toda prisa en el saloncito justo cuando Francesca estaba protestando entre risas, y sonrió aliviada al darse cuenta del buen ambiente reinante. Cuando la doncella le había llevado té y tostadas y le había dicho que su hermano se había presentado en la casa tan temprano, se había temido lo peor.

La idea de tener un nuevo enfrentamiento con él había hecho que se le formara un nudo en el estómago, pero como no podía permitir que Francesca pagara los platos rotos, se había vestido a toda prisa y había bajado al saloncito a la carrera; sin embargo, al verlos charlando amigablemente, se dijo que tendría que haber recordado que Francesca era una experta a la hora de convertir un desastre social en un triunfo. Calmar a un duque iracundo debía de ser pan comido para ella.

—Hola, Rochford —lo dijo con cierta timidez, ya que aún se sentía un poco incómoda con él a causa de la discusión de la noche anterior.

Él se volvió al oír su voz, y le dijo sonriente:

—Hola, querida.

Callie se relajó de inmediato, y se acercó a él con las manos extendidas.

—Sinclair, siento mucho haberme marchado de casa en medio de la noche. Seguro que la abuela y tú habéis estado preocupados por mi culpa.

Él tomó sus manos, y la contempló con una sonrisa.

—La abuela no sabe nada de lo ocurrido. El lacayo me trajo la nota de lady Haughston en cuanto la recibió, así que supe de inmediato que estabas a salvo. Ordené que tu doncella no fuera a despertarte esta mañana, y fui a tu cuarto en busca de la nota que me habías dejado sobre la almohada. Esta mañana he salido de casa antes de que la abuela bajara a desayunar, así que sólo le sorprenderá un poco que hayas decidido acompañarme a hacer una visita tan temprana —contempló el vestido que Francesca le había dejado a Callie la noche anterior—. A menos que creas que se dará cuenta de que el vestido que llevas no es tuyo, dudo que haya algún problema.

—Si se da cuenta, le diré que al final de la temporada pasada me lo dejé olvidado en la casa de la ciudad, y que por eso no me lo ha visto puesto últimamente.

—Eres una pilluela muy lista —le dijo el duque con afecto—. Supongo que tu capacidad para inventar mentiras debería ponerme nervioso, pero me parece que será mejor correr un tupido velo sobre el asunto. Lady Francesca me ha comentado que ha tenido la gentileza de invitarte a quedarte con ella hasta que empiece la temporada, y le he dicho que estoy seguro de que aceptarás encantada.

—Sí, por supuesto —Callie sonrió de oreja a oreja—. Me gusta Marcastle, pero...

—Sí, ya sé que la vida en el campo empieza a aburrirte. Me parece bien que te quedes aquí, aunque debo advertirle a lady Francesca que la llevarás a rastras por todas las tiendas de la calle Bruton.

—¡Eres muy exagerado! —exclamó, con una carcajada.

—Bueno, será mejor que te pongas tu abrigo y tu sombrero y que regresemos a casa, para que puedas empezar a preparar tu equipaje. Seguro que también querrás hacer un listado de las cosas que quieres que te mande el ama de llaves de Marcastle.

—No, prefiero comprar cosas nuevas —después de lanzarle otra sonrisa radiante a su hermano, Callie subió a su cuarto a toda prisa.

Rochford se volvió hacia Francesca, y le dijo:

—No digáis que no os lo advertí.

—Creo que no tendré problemas en lo referente a las compras —comentó ella, sonriente.

—Callie tiene su propia fortuna, así que puede costearse la ropa y ese tipo de cosas, pero me encargaré de que mi administrador os proporcione una cantidad adecuada para cubrir sus gastos de manutención.

Francesca se tensó de inmediato, y sintió que se ruborizaba. Se preguntó si Rochford sospechaba que tenía problemas económicos, si sabía que lord Haughston la había dejado prácticamente en la ruina cuando había muerto cinco años atrás. Aún estaba al borde de la pobreza, y salía adelante gracias a los «regalos» que le daban los padres agradecidos de las jóvenes a las que guiaba a través de las peligrosas arenas movedizas de la alta sociedad.

—Ni hablar —le dijo con firmeza—. No permitiré que una invitada mía me pague por su manutención, sería inaceptable.

Rochford se irguió al máximo, y la miró con altivez. Su expresión era tan exacta a la «cara de duque» que Callie había descrito la noche anterior, que Francesca estuvo a punto de soltar una carcajada a pesar de lo abochornada que estaba.

—Mi querida lady Haughston —le dijo él, como si no se conocieran desde la niñez—, no me creeréis tan falto de modales como para imponeros la presencia de mi hermana... no quiero oír vuestras protestas, sé perfectamente bien que la idea de su prolongada estancia aquí no fue vuestra, sino suya... y que pretenda encima que paguéis por sus gastos, ¿verdad?

—Claro que no... es decir...

¿Cómo era posible que Rochford se las ingeniara siempre para conseguir que una persona se sintiera equivocada, por muy convencida que estuviera de que tenía razón? Empezó a ponerse un poco nerviosa bajo su mirada firme y altiva, y no pudo evitar preguntarse si lo había ofendido.

—De acuerdo, entonces está decidido —le dijo él.

—Pero...

—Haré que mi administrador hable con vuestro mayordomo, para que se lleven a cabo los arreglos pertinentes.

Durante los escasos minutos que Callie tardó en regresar, el duque volvió a darle las gracias por ayudar a su hermana, se disculpó por haberse presentado en su casa tan temprano, y mantuvo un flujo continuo de comentarios corteses hasta que se despidió con una elegante reverencia y se marchó con su hermana. Francesca se preguntó quién de los dos había conseguido ganar la partida.

CAPÍTULO 6

El regreso a casa no fue tan horrible como Callie esperaba. Su hermano no volvió a sacar a colación el incidente que había desencadenado todo lo sucedido, y ella también optó por hablar de otros temas. Como Sinclair había tenido el detalle de ocultarle a su abuela que ella no había dormido en su habitación la noche anterior, no tuvo que aguantar un sermón interminable.

A la duquesa le extrañó un poco que hubieran ido a visitar a lady Haughston tan temprano, y se sorprendió aún más cuando le contaron que Francesca había invitado a Callie a pasar unas semanas en su casa. Al principio adujo que su nieta preferiría volver a Marcastle antes que aburrirse en la ciudad durante los meses que quedaban hasta el inicio de la temporada social, pero fue una protesta carente de convicción y Callie se dio cuenta de que parecía aliviada. Al llegar la tarde, su abuela ya estaba planteándose si sería mejor ir a pasar unos meses en Bath con sus amistades en vez de volver a Marcastle con Rochford.

La preparación del equipaje fue una tarea fácil, porque Callie iba a marcharse con lo que había llegado, y sólo iba a añadir unas cuantas prendas de ropa que anteriormente había dejado en la casa de la ciudad. Tal y como su hermano había predicho, decidió que le enviaran unas cuantas cosas que tenía en Marcastle, así que preparó una lista para que él se la entregara al ama de llaves. No tardó en tenerlo todo listo, así que aquella misma tarde se mudó a casa de Francesca.

Sinclair la acompañó, pero no se demoró demasiado. Después de despedirse de ella, de saludar a Francesca, y de hablar brevemente con el mayordomo, se fue de inmediato.

Callie y Francesca pasaron el resto de la velada en el saloncito amarillo, charlando sobre lo que iban a hacer. Decidieron que lo primero era comprar ropa; al fin y al cabo, no podían empezar la temporada social con vestidos del año anterior, así que tenían que ponerse manos a la obra cuanto antes.

De modo que, a la mañana siguiente, fueron de compras por la calle Bruton y la calle Conduit, que era donde estaban las sombrererías y las modistas más selectas. Regresaron por la tarde, exhaustas y ateridas por el frío y la humedad, pero muy satisfechas.

—Tengo la impresión de que hemos ido a todas las sombrererías de la ciudad —comentó Callie con un suspiro, mientras aceptaba agradecida la taza de té que el eficiente mayordomo de Francesca les había servido en cuanto habían llegado a la casa.

—Si no es así, no tardaremos en hacerlo, porque aún no he encontrado lo que quiero para las tardes de verano —le dijo Francesca—. Pero nos ha ido muy bien con los vestidos.

—Sí, aunque me gustaría poder ponerme algo que no fuera blanco. Me encantaría llevar un vestido de baile verde, o incluso rosa claro.

Francesca soltó una carcajada.

—Da gracias a que el blanco te sienta bien gracias a esa impresionante melena de pelo negro y a tu tez sonrosada. Piensa en lo mal que nos queda a las rubias, parecemos insípidas.

—Estoy segura de que tú destacabas con cualquier vestido. Todo el mundo sabe que eres la belleza reinante de Londres desde tu primera temporada en sociedad.

—Gracias por el cumplido, pero estás exagerando; en todo caso, el reflejo azulado del vestido de baile de satén rompe un poco con el blanco total.

—Sí, es verdad.

El vestido tenía una sobrefalda drapeada sobre volantes de tul blanco. La parte superior de cada pliegue estaba sujeta con un rosetón azul claro, tenía una banda azul de satén alrededor del talle alto, y las mangas raglán tenían los bordes ribeteados con lazos azules.

—El encaje y el aljófar del otro vestido de baile también son preciosos —siguió diciendo Callie—. La verdad es que no tendría que quejarme, porque salir de compras contigo es mucho mejor que hacerlo con mi abuela. Ella siempre insiste en subir los escotes.

—Cielos, ¿crees que me regañará cuando me vea? No me ha parecido que ninguno de los vestidos fuera demasiado escotado.

—No lo son. Todas las damas, incluso las debutantes, llevan escotes más pronunciados que los que mi abuela me permite a mí. No lo entiendo, porque en su época iban mucho más atrevidas; en cualquier caso, ni siquiera ella se atreverá a ponerle objeciones a un vestido que cuente con tu aprobación. Siempre me ha dicho que eres la mujer más elegante de Londres.

—Eso es todo un cumplido, todo el mundo sabe que la duquesa de Rochford es la elegancia en persona.

Las dos siguieron charlando animadamente sobre moda, y tratando con el mismo entusiasmo las ofertas en lazos, botones, encajes, y mantos de Grafton's que las pellizas y los vestidos de las modistas más exclusivas. Fenton les había llevado una bandeja con pastelitos y sándwiches junto con el té, y comieron con apetito mientras hablaban.

Cuando quedaron saciadas y acabaron con el repaso de las compras, Francesca dejó a un lado su taza y comentó:

—Había pensado en iniciar nuestro pequeño proyecto yendo al teatro, pero si estás demasiado cansada y no te apetece ir, sólo tienes que decirlo.

—En absoluto, he recobrado fuerzas —los ojos de Callie se iluminaron—. Estaré encantada de ir al teatro.

—Perfecto. Voy a enviarle una nota a sir Lucien, siempre está dispuesto a hacer de acompañante —Francesca se acercó al pequeño escritorio que había junto a la ventana, se sentó, y empezó a escribirle la nota a su amigo—. He pensado que así podremos hacer un reconocimiento del terreno, ver si hay algún soltero que merezca la pena; además, tenemos que hacer una lista de los requerimientos que debe cumplir un posible candidato.

—La verdad es que no soy demasiado exigente. No hace falta que sea rico, ni que proceda de una de las familias más encumbradas; de hecho, mi abuela suele decir que soy demasiado igualitaria. Aunque supongo que una situación financiera acomodada y un buen nombre son necesarios, si quiero estar segura de que no está interesado en mi dinero y en mi familia.

—¿Qué me dices del aspecto físico?

—No es demasiado importante, aunque sería preferible que no fuera terriblemente feo. No hace falta que sea guapo, pero me gustan los rostros fuertes y los ojos llenos de inteligencia —de repente, le vino a la mente la imagen de unos ojos grises enmarcados por unas cejas rectas. El conde de Bromwell tenía justo el tipo de rostro masculino que la atraía, pero no era tan tonta como para elegir marido en base a la apariencia física—. Debe ser un hombre con el que se pueda conversar, y tiene que tener sentido del humor. No aguantaría a un marido que estuviera serio todo el día. Y tampoco quiero a un erudito, muchos de los amigos de Rochford resultan terriblemente aburridos cuando empiezan con sus disertaciones —miró a Francesca un poco avergonzada, y soltó una risita suave—. Supongo que parezco bastante superficial.

—En absoluto. Seguro que los amigos de Rochford me resultarían igual de aburridos que a ti —después de soplar sobre la nota para que la tinta acabara de secarse, Francesca dobló el papel y lo selló.

—Pero tampoco quiero a un zopenco. Rochford sólo es aburrido cuando está con esos estudiosos con los que mantiene correspondencia... son científicos, historiadores, y cosas así. Pero tampoco me gustaría casarme con alguien que fuera incapaz de hacer un comentario inteligente, o que no pudiera mantener una conversación con Sinclair —se detuvo por un instante—. Cielos, empiezo a pensar que tengo más requisitos de los que pensaba.

—Estás en tu derecho, eres una soltera muy codiciada y el hombre que te consiga tiene que ser especial. Además, así el proceso de selección será mucho más fácil, porque al descartar a los zopencos, quedan eliminados un buen número de los miembros de la alta sociedad.

—¡Eres perversa! —Callie se echó a reír.

—Eso es cierto —Francesca se levantó, y tiró del cordón de la campanilla para llamar a un criado—. He invitado a sir Lucien a cenar con nosotras antes de la función.

A pesar de que sir Lucien era uno de sus mejores amigos y su acompañante más fiel, Francesca sabía que era mejor asegurarse su asistencia con una invitación a cenar. Como era un soltero empedernido, y un hombre de un gusto y un estilo impecables, sir Lucien solía ir justo de dinero... en parte debido a lo limitados que eran sus ingresos, y sobre todo porque se gastaba la mayor parte de dichos ingresos en ropa y en las reducidas pero bien situadas habitaciones en las que vivía de alquiler; por lo tanto, estaba acostumbrado a cenar fuera, y se valía de su atractivo físico y de su buen gusto para conseguir que le invitaran.

Después de encargarse de que enviaran la nota, las dos subieron para empezar a prepararse; al fin y al cabo, la finalidad de una velada en el teatro no era la obra en sí, sino la oportunidad de ver y de ser visto, y había que cuidar la apariencia con el mismo esmero que se tendría en caso de asistir a un baile.

Callie durmió una pequeña siesta con un paño humedecido con lavanda sobre los ojos, y al despertar se sintió como nueva. Después de bañarse, se puso con ayuda de su doncella, Belinda, su vestido de noche preferido. Era blanco, por supuesto, y tenía tanto el borde inferior de la sobrefalda como el escote ribeteados con galón blanco. Le habría gustado ponerse las chinelas verdes que había encargado aquella tarde, pero como tardarían un par de días en estar listas, tuvo que conformarse con unas de brocado. Como únicas joyas se puso un collar de perlas y unos pendientes a juego, y completó el atuendo con un elegante abanico y unos guantes largos.

Se sentó frente a su tocador para que la doncella la peinara. Belinda le hizo un moño en la coronilla, y le dejó varios mechones sueltos que enroscó cuidadosamente con el peine hasta formar tirabuzones. En la parte de delante, optó por dejar que el pelo más corto y ligeramente ondulado enmarcara el rostro de Callie. Era obvio que estaba esforzándose al máximo debido a la presencia de Maisi, la doncella de Francesca, que tenía fama de ser una artista con el pelo.

Después de agradecerle su ayuda, Callie bajó a reunirse con Francesca, y la encontró en compañía de sir Lucien. Estaban charlando mientras tomaban un vaso de jerez antes de la cena. Sir Lucien se puso de pie al verla entrar en el saloncito, y la saludó con una elegante reverencia.

—Buenas noches, lady Calandra. Es todo un placer acompañar a dos damas tan bellas al teatro, soy un hombre muy afortunado.

—Hola, sir Lucien —Callie lo miró con una sonrisa.

Sir Lucien era un hombre refinado, ocurrente, y atractivo; en definitiva, era el acompañante perfecto, aunque Callie tenía la sospecha de que estaba más interesado en el vestido de una dama que en la mujer que había debajo. Ese tipo de temas no se mencionaban delante de una joven casadera, pero ella no había tardado en darse cuenta de que los flirteos y los cumplidos de sir Lucien eran como un juego para él. Era un hombre que apreciaba la belleza en todas sus formas, ya fuera en un rostro, en la forma de un cuerpo, o en el corte de un vestido, pero jamás había visto en él el brillo de deseo que brillaba en los ojos de algunos hombres cuando la miraban... por ejemplo, lord Bromwell la había mirado con una expresión intensa y penetrante, y ella había notado la calidez casi palpable que emanaba de su cuerpo cuando la había abrazado para besarla.

Se obligó a dejar de pensar en él, y añadió:

—Me alegra que hayáis venido, aunque lo lamento por la anfitriona que se ha perdido el placer de vuestra compañía.

—Hoy pensaba asistir al recital que se celebraba en casa de la señora Doddington, así que debo agradeceros que me hayáis salvado. Sirve unos refrigerios excelentes... de hecho, el pobre de Lethingham lleva años intentando arrebatarle la cocinera... pero sus gustos musicales son deplorables, y por si fuera poco, siempre insiste en que sus hijas contribuyan con una pieza.

Sir Lucien siguió charlando con desenfado durante la cena; al fin y al cabo, una de las razones por las que nunca le faltaban invitaciones era su capacidad para evitar que una velada fuera un aburrimiento total. Para Callie, que se había pasado los últimos meses enclaustrada en Marcastle, su compañía fue como un soplo de aire fresco, además de una buena fuente de información. Sir Lucien estaba al tanto de los últimos chismorreos, sabía todo lo que había sucedido en la alta sociedad... qué caballero estaba a punto de huir del país para evitar que lo encarcelaran por moroso, qué dama había tenido un hijo que no tenía ningún parecido con su esposo, y qué noble de rancio abolengo había retado a alguien por culpa de una partida de cartas.

No se mostró extrañado por el hecho de que Callie hubiera decidido permanecer en la ciudad, porque consideraba que cualquiera en su sano juicio preferiría quedarse en Londres antes que en una finca rural, por muy extensa que fuera; sin embargo, cuando llegaron al teatro y entraron en el palco que les correspondía, pareció picarle la curiosidad cuando las oyó hablar sobre los solteros que había entre el público.

—Querida mía, a menos que estén fallándome los oídos, parecéis estar... considerando cuáles de los caballeros presentes son posibles candidatos de cara a un futuro matrimonio.

Callie se ruborizó, pero Francesca le contestó con naturalidad:

—Por supuesto. Es la principal ocupación de las damas londinenses, cada nueva temporada es otro mercado más.

—Sí, pero me extraña el interés de lady Calandra. ¿Acaso habéis decidido romperle el corazón a medio Londres con un posible matrimonio?

—Dudo que fuera un acontecimiento tan trágico, pero lo cierto es que estoy planteándomelo —le dijo Callie, con una pequeña sonrisa.

—¿Tenéis en mente a algún afortunado, o esta temporada va a ser un torneo abierto en el que va a decidirse quién gana vuestra mano?

—Ni se te ocurra difundir la noticia a bombo y platillo, Lucien. Tendríamos que aguantar a todos los cazafortunas de la ciudad.

—¡Mi querida Francesca! —sir Lucien se llevó una mano al corazón, y fingió estar horrorizado—. ¿Cómo puedes decir tal cosa? No diré ni una palabra si lady Calandra y tú no queréis que se sepa. Además, así será mucho más divertido ver cómo se desarrollan las cosas —se llevó a los ojos los impertinentes que llevaba sujetos a la solapa mediante un cordón negro de seda, y se volvió para recorrer el teatro con la mirada—. Veamos... ¿quién podría ser un posible candidato? Bertram Westin es muy atractivo, pero tengo entendido que le gusta demasiado jugar a las cartas.

—No, nunca me ha caído bien —se apresuró a decir Callie. Echó un vistazo a su alrededor, tal y como había estado haciendo con disimulo desde que habían llegado.

No quería que pareciera que estaba buscando a alguien en concreto, pero no tuvo más remedio que admitir para sus adentros que no le importaría ver a lord Bromwell entre el público. A pesar de que sabía que no podía considerarlo un posible candidato, había sido incapaz de quitárselo de la cabeza, y no podía evitar echar algún que otro vistazo para ver si había entrado en el teatro.

—Ahí están lord y lady Farrington, en el tercer palco a partir del escenario —Francesca alzó su abanico para ocultar su boca—. Su hijo mayor heredará una fortuna, aunque casi nunca asiste a los actos sociales. ¿Por qué será?

—He oído decir que es tímido —comentó sir Lucien—. Al parecer, prefiere relaciones... cómo lo diría... de índole más comercial. Resulta más fácil que enfrentarse a un aluvión de jóvenes damas casaderas.

—Cielos. En ese caso, supongo que habrá que eliminarlo de la lista —dijo Francesca.

—¿Qué me decís de sir Alastair Surton? —les preguntó sir Lucien, cuando vio al hombre en cuestión.

—Siempre está hablando de sus caballos y sus perros —protestó Callie—. Me gusta montar a caballo, pero me gustaría poder conversar sobre otros temas.

—Sí, es un tipo bastante soso. Me temo que la selección será limitada hasta que empiece la temporada —comentó sir Lucien.

—Se trata de una inspección preliminar, de una... misión

de reconocimiento. Se llama así, ¿verdad? —le dijo Francesca.

—No lo sé, el ejército no es mi fuerte.

Francesca le dio un golpecito juguetón en el brazo con el abanico.

—Lady Calandra, creo que tenéis al esposo perfecto justo en este palco —comentó sir Lucien.

—¿Estás proponiéndote como candidato? —Francesca enarcó una ceja con escepticismo—. Todo el mundo sabe que eres un soltero empedernido.

—Puede que hasta ahora no haya encontrado el incentivo adecuado —el brillo travieso de sus ojos revelaba que estaba bromeando—. Queridas mías, debéis admitir que os resultaría difícil encontrar a un hombre más servicial o entretenido. Soy un bailarín excelente.

—Eso es cierto —admitió Callie, sonriente.

—¿Y quién puede ganarme a la hora de hablar con familiares viejas y aburridas?

—Nadie —dijo Francesca.

—Además, siempre me tendríais a mano cuando necesitarais consejo sobre los vestidos de baile.

—¿Qué más se puede pedir? —dijo Callie.

—El único problema es que tendrías que casarte, Lucien —adujo Francesca.

—Sí, ése es el inconveniente —admitió él, antes de mirar a Callie con una sonrisa de oreja a oreja—. Pero seguro que el sacrificio valdría la pena, tratándose de una mujer tan hermosa como lady Calandra.

Ella se echó a reír.

—Andaos con cuidado, sir Lucien. ¿Qué haréis si alguien se toma en serio alguna de vuestras bromas?

Él le lanzó una mirada risueña, y murmuró:

—Siempre queda la opción de huir al continente.

Sin dejar de sonreír, Callie se volvió de nuevo hacia el público; de repente, un movimiento en uno de los palcos le llamó la atención, y vio cómo entraban dos hombres charlando amigablemente. Al darse cuenta de que uno de ellos era el conde de Bromwell, sintió que se le aceleraba el corazón y se apresuró a apartar la mirada. Se esforzó por mantener los ojos alejados de aquel palco, y esperó unos minutos antes de mirar de nuevo.

No había duda, era el caballero de la otra noche. Llevaba unos pantalones negros, una chaqueta del mismo color que dejaba entrever la pechera de una camisa blanca, y una corbata. Se había quitado el sobretodo, y estaba sentado en una de las sillas junto al otro hombre. Tenía el brazo apoyado en el antepecho del palco, y estaba mirando a su acompañante. Callie no podía ver su expresión, pero recordaba a la perfección su aspecto... la sonrisa que empezaba con un brillo en la mirada y se extendía hasta sus labios, el color gris de sus ojos, que podía pasar de ser plateado a adquirir el tono oscuro de una nube de tormenta según su estado de ánimo...

Se volvió hacia Francesca y sir Lucien, y les preguntó:

—¿Conocéis a los caballeros de ese palco a la derecha, el que queda casi en el centro? Uno tiene el pelo oscuro y el otro más claro, casi rubio.

—¿Te refieres al palco que hay junto al de lady Wittington y su hija? —le preguntó Francesca.

Callie se volvió a mirar, y se ruborizó al darse cuenta de que tanto Bromwell como su acompañante estaban observándola a su vez. El conde esbozó una sonrisa, y la saludó con una ligera inclinación de cabeza.

—Sí —alcanzó a decir con voz ronca. Apartó la mirada a toda prisa, y la fijó en sus propias manos.

—¿Le conoces? —le preguntó Francesca, atónita.

—No exactamente. También estaba en la fiesta de lady Pencully.

—¿Y quién no? —apostilló sir Lucien, antes de mirar también hacia los dos hombres—. No reconozco al moreno, pero el otro es Archibald Tilford —se volvió de nuevo hacia

Callie, y comentó–: No es un buen partido para vos. Se trata de un buen tipo, pero vive gracias a una asignación que le da su primo... un momento –sir Lucien frunció un poco el ceño, y lanzó otra mirada hacia el otro palco–. Sí, puede que sea su primo, el conde de Bromwell... si es él, se trata de un firme candidato. Le he visto una única vez, y de eso ya hace unos años, pero... sí, puede que sea él.

–El conde de Bromwell... me parece que no le conozco... –Francesca se tensó de repente–. ¿Es el hermano de lady Swithington?

–Exacto –le dijo sir Lucien–. Apenas viene a Londres. Cuando heredó el título se fue a su finca de Yorkshire, y de eso ya hace más de diez años. Fue poco después de que yo saliera de Oxford. El anterior conde dejó las arcas casi vacías al morir, pero dicen que el hijo ha amasado una fortuna; de hecho, tengo entendido que es inmensamente rico.

–¿Cómo ha ganado el dinero? –le preguntó Callie.

–No tengo ni idea, querida mía. Lo único que sé es que la familia no habla del tema, así que es posible que se haya dedicado al comercio.

–No sé por qué hay que ocultar que uno está ganando dinero. Sinclair siempre dice que la nobleza no tiene por qué implicar pobreza.

–Me temo que la nobleza es la única baza que tienen algunos –comentó sir Lucien.

–Sí, pero no es algo demasiado comercial –apostilló Francesca con ironía, con la mirada fija en el otro palco. Los dos hombres habían dejado de mirar hacia ellos, y estaban charlando de nuevo; de vez en cuando, el conde le echaba un vistazo al programa que tenía en la mano. Finalmente, añadió con naturalidad–: ¿Quieres añadirlo a tu lista de posibles maridos?

Callie intentó aparentar indiferencia, a pesar de que se le aceleraba el corazón cada vez que él la miraba.

–Pues no sé... en la fiesta me pareció un caballero agradable —miró a Francesca, y vio en sus ojos un brillo extraño, como de inquietud, que no alcanzó a entender. Al ver que le lanzaba una rápida mirada a sir Lucien antes de bajar los ojos, se puso un poco tensa y le dijo—: ¿Qué pasa, Francesca? ¿Sabes algo sobre ese hombre?, ¿hay algún asunto turbio en su pasado?

—No, la verdad es que no le conozco de nada —Francesca se movió con cierto nerviosismo. Al ver que Callie la miraba con escepticismo, añadió—: Conozco a su hermana, pero de forma muy superficial.

—¿Sabes algo malo sobre ella?

—Lo cierto es que apenas la conozco. Creo que lleva años viviendo en Gales, en la finca de su marido. El hombre tenía una edad muy avanzada, y tengo entendido que murió hace poco. Seguro que no tarda en regresar a Londres en busca de otro marido rico.

Callie se preguntó a qué se debía aquel tono mordaz, porque Francesca no solía mostrarse tan áspera; de hecho, solía hacer caso omiso de los comentarios cáusticos de los demás, y mitigaba los suyos propios con ingenio y jovialidad. Era obvio que la hermana del conde no le caía nada bien, y que no quería hablar del tema.

—Mirad, la obra está a punto de empezar —Francesca se volvió hacia el escenario con un alivio patente.

Callie se dijo que podría seguir indagando sobre la hermana del conde durante el descanso, cuando sir Lucien fuera en busca de refrescos y las dejara solas. Intentó centrarse en el escenario, pero la obra no era demasiado buena y se moría de ganas por mirar hacia el palco del conde. Logró contenerse a base de fuerza de voluntad, ya que no quería revelar el interés que sentía por él, pero no pudo quitárselo de la cabeza.

No entendía por qué le parecía inadecuado a su hermano. Ni Francesca ni sir Lucien, que eran dos de los pilares de la alta sociedad, lo habían reconocido al principio, y estaban mucho más enterados de los cotilleos que Sinclair. Al ver cómo había reaccionado su hermano al verla con él en la terraza, había empezado a temer que se tratara de un libertino acostumbrado a seducir a doncellas casaderas, pero de ser así, y aun suponiendo que Francesca no hubiera oído nada al respecto, no había duda de que sir Lucien estaría enterado y le habría aconsejado que se mantuviera alejada de él.

Si el conde no había protagonizado ningún escándalo, ¿a qué se debía la actitud de Sinclair? Debía de conocerlo de algo, pero sir Lucien había comentado que lord Bromwell pasaba todo el tiempo en sus propiedades de Yorkshire, y su hermano no tenía tierras en aquella zona, al menos que ella supiera. Jamás había ido con él por allí.

A lo mejor habían tenido algún trato de negocios en el pasado. A diferencia de la mayoría de los nobles, Sinclair no sólo se ocupaba de que sus muchas propiedades fueran prósperas, sino que además invertía tanto su propio dinero como la fortuna más modesta que ella había heredado. Era posible que su hermano considerara que el conde había hecho algo éticamente incorrecto en algún negocio. Estaba convencida de que su actitud beligerante no se debía a que lord Bromwell había amasado una fortuna gracias al comercio, a pesar de que la aristocracia consideraba que era muy vulgar dedicarse a ese tipo de ocupaciones.

También era posible que Sinclair se hubiera limitado a reaccionar ante la situación. Había empezado a buscarla por el salón, su preocupación había ido en aumento al no poder encontrarla, y se había alarmado tanto al verla a solas con un hombre en la terraza, que había dado por hecho que el hombre en cuestión era un sinvergüenza.

Sí, era lo más probable. Y si su hermano había llegado a una conclusión equivocada sin conocer siquiera al conde, lo más probable era que acabara dándose cuenta de que se había precipitado. Como era un hombre justo, no tendría más remedio que admitir que se había equivocado al juzgar al conde con tanta precipitación, y sin pruebas sólidas. Sinclair era un hombre que admitía sus errores y que no dudaba en disculparse si era necesario, así que seguro que acababa rectificando su actitud respecto a lord Bromwell.

Por otro lado, Sinclair lo había llamado por su nombre, y eso dejaba entrever que sí que lo conocía; además, la reacción del propio conde parecía indicar que éste a su vez había reconocido a su hermano.

Aún seguía dándole vueltas al asunto cuando las luces del teatro se encendieron y algunos de los espectadores empezaron a levantarse. En cuanto sir Lucien fue a buscarles unos vasos de ratafía, se volvió hacia Francesca con la intención de retomar la conversación sobre la hermana de lord Bromwell; sin embargo, sólo tuvieron tiempo de hacer un par de comentarios banales sobre la obra antes de que alguien llamara a la puerta del palco.

Callie intentó disimular su irritación mientras Francesca daba permiso para que el recién llegado entrara. Era normal que los asistentes al teatro o a la ópera fueran a saludarse durante los descansos, pero había creído que quizá tendría tiempo de hablar un poco con Francesca antes de que empezaran a llegar las visitas; sin embargo, era obvio que no iba a tener esa suerte.

Las dos se volvieron con una sonrisa de bienvenida. La puerta se abrió, y dio paso al hombre rubio que sir Lucien había identificado como el señor Tilford... pero no estaba solo, ya que lo acompañaba el conde de Bromwell.

CAPÍTULO 7

Callie apretó con fuerza su abanico y se le aceleró el corazón, pero se las arregló para mantener una expresión cortés y tranquila.

—Espero que no me consideréis demasiado osado, lady Haughston —dijo el rubio, de forma un poco vacilante—. Nos conocimos en la fiesta de lady Billingsley la pasada temporada. Soy el señor Archibald Tilford.

Francesca no lo había reconocido al verlo antes, así que era obvio que no recordaba el encuentro, pero como el pobre parecía tan nervioso e inseguro, se apiadó de él y sonrió con amabilidad.

—Sí, por supuesto. Pasad, por favor.

—Gracias, sois muy amable —dijo él con alivio, mientras entraba junto con el conde.

El palco era espacioso, pero a Callie le pareció que empequeñecía de repente. No pudo evitar mirar al hombre que había acaparado sus pensamientos durante los últimos dos días.

Se había dicho a sí misma que el disfraz de caballero había hecho que lo idealizara, que lo viera más apuesto de lo que era en realidad, pero mientras lo miraba con disimulo se dio cuenta de que estaba incluso más guapo vestido con normalidad. Su cuerpo largo y delgado no precisaba el relleno que proporcionaba el jubón, y los pantalones más estrechos que estaban de moda enfatizaban la fuerte musculatura de sus piernas. No le hacían falta ni unas espuelas ni una espada para acentuar su masculinidad innata.

—Lady Haughston, permitid que os presente a mi primo Richard, el conde de Bromwell —añadió el señor Tilford.

—Encantada de conoceros —Francesca, que se había levantado junto con Callie, alargó la mano hacia el conde antes de indicar a Callie con un gesto—. Lady Calandra Lilles.

Bromwell se volvió hacia Callie, y la miró con un brillo travieso en la mirada antes de saludarla con una reverencia.

—Lady Calandra y yo ya nos conocemos. ¿Os acordáis de mí, mi señora?

—Por supuesto —Callie se sintió aliviada al ver que su voz sonaba tranquila y natural—. El baile de disfraces de lady Pencully fue inolvidable.

—Debo disculparme por no reconoceros, lord Bromwell. Pero al fin y al cabo, todos íbamos disfrazados —comentó Francesca.

—Sí, pero hay quien resulta memorable incluso con un disfraz. Si no recuerdo mal, vos ibais ataviada de pastora, lady Haughston.

—Así es.

—Y lady Calandra de Katherine Parr, a pesar de que es demasiado joven para poder ser esa dama en la época de su reinado.

Francesca se volvió hacia Callie, y le dijo:

—¿Eras Katherine Parr? Te confundí con Ana Bolena.

—Mi intención era representar a una dama de la época de los Tudor, fue lord Bromwell quien me ascendió a reina.

—Tuve claro desde el principio que ése era el título que os merecíais —le dijo él.

Alguien llamó a la puerta, y dos caballeros más entraron a saludarlas. Cuando sir Lucien llegó poco después con los refrescos para Francesca y Callie, el palco quedó bastante abarrotado, así que pareció lo más normal del mundo que lord Bromwell se hiciera a un lado para dejarles un poco más de espacio a los demás. Se situó más cerca de Callie, entre el antepecho del palco y ella, y comentó con naturalidad:

—Tenía entendido que el duque se había marchado de Londres, me ha sorprendido encontraros aquí esta noche.

—Estoy pasando unas semanas en casa de lady Haughston. Tuvo el detalle de invitarme a que me quedara con ella hasta que mi familia regrese al comienzo de la temporada social.

Estaban tan cerca, que Callie tuvo que levantar un poco la cabeza para poder mirarlo a la cara. Bajo la luz tenue del teatro, los ojos del conde tenían el gris oscuro de las nubes de tormenta. Al ver que la observaba con atención, deseó saber qué era lo que estaba pensando, y se preguntó si había pensado en ella durante los últimos días, si se había alegrado al verla.

El hecho de que hubiera ido a visitarlas al palco, a pesar de que su primo apenas conocía a Francesca, era muy significativo. Callie era consciente de que era posible que se hubieran acercado a saludarlas atraídos por la belleza de Francesca, pero estaba convencida de que no era así; de hecho, y a riesgo de parecer presuntuosa, creía que lord Bromwell había ido a verla a ella. Al fin y al cabo, el conde no se había quedado cerca de Francesca, sino que se las había ingeniado para acercarse a ella. La mera idea la entusiasmó tanto, que tuvo que apartar la mirada para ocultar su reacción.

—Le estoy muy agradecido a lady Haughston —comentó él—. Temía no volver a veros antes de regresar al norte.

—¿Vuestras tierras están en el norte? —le preguntó, como si sir Lucien no hubiera estado contándole todo lo que sabía sobre él.

—En Yorkshire. Sé que voy a contracorriente, porque me marcharé de Londres cuando todo el mundo empiece a llegar para la temporada social, pero en primavera y en verano hay mucho trabajo en mis tierras —enarcó una ceja, y añadió—: Ahora es cuando me miráis atónita, y me decís que os asombra que me encargue de supervisar mi finca.

—Os equivocáis. Creo que uno debe prestar atención a sus propiedades, es la única forma de asegurarse de que las tierras se utilizan correctamente y los arrendatarios reciben un buen trato.

—Sois una dama fuera de lo común; por regla general, la gente dice que carezco de refinamiento.

—A juzgar por vuestra sonrisa, diría que tales afirmaciones no os preocupan.

—No suelo prestar atención a lo que los demás puedan pensar de mí, es otra de las razones por las que no acabo de encajar en la alta sociedad.

—No todo el mundo es tan estrecho de miras.

—Me alegro mucho de que vos os encontréis en ese grupo —le dijo él, sonriente.

Aquella sonrisa la afectó tanto, que Callie se puso nerviosa y bajó la mirada. No estaba acostumbrada a reaccionar así ante un hombre. No era una niña, llevaba cinco años en el escenario social y estaba acostumbrada a flirteos, miradas encubiertas y sonrisas insinuantes. Hacía mucho que había aprendido a restarle importancia a los cumplidos que recibía, y jamás había sido de las que se quedaban sin aliento ante la mirada de un hombre, pero todo era diferente con el conde. Se le aceleraba el corazón cada vez que la miraba, y sentía una sensación muy rara cuando la miraba con una sonrisa. Se preguntó si él era consciente de lo mucho que la afectaba.

Bromwell le lanzó una rápida mirada a su primo antes de volverse de nuevo hacia ella.

—Debo marcharme, Archie está poniéndose nervioso. Tiene miedo de que haga algo que le abochorne si nos quedamos demasiado tiempo, cree que he perdido los buenos modales en los años que he pasado fuera de Londres... aunque lo cierto es que ni siquiera sé si alguna vez los tuve.

—Seguro que exageráis, milord.

—Nunca se me ha dado demasiado bien el arte de la conversación cortés, soy demasiado dado a expresar mi opinión con sinceridad.

—No hay duda de que eso puede ser un inconveniente en la alta sociedad, pero me pareció que la otra noche no teníais ningún problema a la hora de hablar; de hecho, creo recordar que os mostrasteis muy adulador.

—Es que con vos resulta fácil decir un halago tras otro, porque basta con decir la verdad.

—¿Lo veis?, sois muy elocuente.

Él esbozó una sonrisa, y le dijo:

—Como ahora ya hemos sido presentados de forma oficial, ¿permitiréis que vaya a visitaros?

Callie sonrió y bajó la mirada con una coquetería inusual en ella, pero necesitaba darse un poco de tiempo. No podía negar la felicidad que sentía al saber que él deseaba volver a verla, pero a pesar de que el deseo era mutuo, aún tenía ciertas dudas. Sinclair le había dicho que no quería que volviera a verlo, así que estaría contraviniéndolo de forma directa si accedía a que el conde la visitara. Jamás había desobedecido a su hermano, al menos en algo importante.

Deseó saber a qué se debía la animosidad de Sinclair. Se preguntó si había algo oculto bajo el atractivo exterior del conde, alguna debilidad o algún defecto que explicara la reacción que había tenido su hermano al verla con él. Las apariencias podían resultar engañosas, y a pesar de que se consideraba bastante hábil a la hora de juzgar el carácter de los demás, había hombres capaces de engañar incluso a las personas más cínicas y suspicaces; además, hacía mucho que se había dado cuenta de que la actitud que los caballeros tenían ante las damas solía distar mucho de la que mostraban en compañía de otros hombres.

Lo más prudente sería hacer caso de su hermano, pero la sonrisa del conde la afectaba como ninguna otra, y al recordar cómo la había besado, sentía de nuevo un deseo cálido que le inundaba la entrepierna. Había querido apretarse contra él, sentir aquellos músculos duros contra su propia piel... se ruborizaba sólo con pensar en ello. Quería volver a verlo, volver a sentir el contacto de sus labios contra los suyos. Quizás estaba comportándose como una inmoral, no había duda de que estaba siendo desobediente y de que estaba dejando a un lado sus obligaciones, pero por una vez iba a hacer lo que no debía.

Alzó la cara, y le dijo con firmeza:

—Me gustaría mucho volver a veros, milord, pero olvidáis que me alojo en casa de lady Haughston. Es ella quien debe daros permiso para visitarme.

Él esbozó una sonrisa, y sus ojos se iluminaron con una expresión que la dejó sin aliento.

—No se me había olvidado, pero quería saber cuál era vuestra opinión.

Después de despedirse con una reverencia, fue hacia Francesca, que estaba hablando con el señor Tilford y con uno de los recién llegados junto a la puerta. Se despidió con una reverencia de ella, y entonces le dijo algo.

Francesca se volvió hacia ella por un segundo antes de mirarlo de nuevo, y al ver que le contestaba algo con una sonrisa, Callie supo que estaba dándole permiso para que fuera a visitarla.

Le resultó pesado aguantar el resto de la velada. No estaba interesada en la obra, y tuvo que resistir la tentación de mirar hacia el palco del conde cuando llegó otro descanso tras el segundo acto. Charló de naderías con la gente que se acercó a saludarlas, pero estaba distraída pensando en otras cosas.

Se sintió aliviada cuando la obra terminó y regresaron a casa. Apenas habló durante el trayecto, y se dio cuenta de que Francesca también estaba bastante callada. Cuando sir Lucien bromeó al respecto, su amiga se limitó a sonreír y admitió que las dos estaban cansadas después de pasarse el día de compras.

—En ese caso, no os entretendré demasiado —dijo él.

Fiel a su palabra, cuando llegaron a la casa las acompañó hasta dentro y se marchó de inmediato. Callie subió con Francesca al piso superior, y se sorprendió un poco cuando su amiga le dijo:

—¿Te importaría venir un momento a mi habitación?, me gustaría hablar contigo.

—De acuerdo —Callie entró en la habitación con cierto nerviosismo, y se preguntó de qué querría hablarle. ¿Le habría ordenado Sinclair que no permitiera que viera al conde?, ¿estaba arrepentida de haberla invitado a quedarse en su casa?—. ¿Pasa algo malo?

—No, claro que no —Francesca esbozó una sonrisa—. No habrás creído que pensaba sermonearte, ¿verdad?

Callie negó con la cabeza, y le devolvió la sonrisa.

—Sé que no me sermonearías, pero he pensado que a lo mejor estabas arrepintiéndote de haberme invitado a que me quedara contigo.

—¡Claro que no! Estoy encantada de tenerte aquí, pero no sé si... —vaciló por un momento, y frunció un poco el ceño—. No estoy segura de si las visitas de Bromwell contarían con la aprobación de Rochford.

—¿Has oído algo malo sobre él?, ¿te cae mal?

—No. Todo lo contrario, me ha causado muy buena impresión. Es educado, amable... y sin duda te has dado cuenta de que también es muy guapo.

Callie no pudo evitar ruborizarse, y se limitó a decir:

—Sí, lo he notado.

—Lo único que sé sobre él es lo que nos ha dicho Lucien, ni siquiera lo conocía.

Callie sabía que debería decirle que Sinclair le había ordenado que se mantuviera alejada de él, que le había prohibido al conde que se acercara a ella. Sabía que no era justo dejar que Francesca obrara en contra de los deseos de su hermano sin saberlo, pero fue incapaz de contarle la verdad.

—Si no le conoces, ¿por qué crees que no debería verle?

—No es que crea que no deberías verle, es que... tengo mis dudas —Francesca vaciló por un instante antes de preguntarle—: ¿Es él el hombre por el que discutiste con Rochford?

—Sí —Callie fue incapaz de mentir a su amiga—. Sinclair estaba buscándome y nos encontró en la terraza, pero no habíamos hecho nada malo. Ni siquiera habíamos salido juntos. Cometí la torpeza de salir del salón con otro hombre, que se puso impertinente y me agarró de los brazos cuando intenté volver a entrar.

—¡Callie! Intentó...

—¡Intentó besarme! —Callie se ruborizó de vergüenza y rabia—. Me puse furiosa, pero entonces llegó lord Bromwell y se deshizo de él. Tardé un momento en recuperar la calma, y fue entonces cuando Sinclair apareció y me encontró con el conde.

—¿Se lo explicaste a Rochford?

—Lo intenté, pero se negó a escucharme —le dijo Callie con indignación—. No dejó que ninguno de los dos le aclaráramos la situación, y tampoco me explicó a qué se debía su reacción exagerada. Y ahora tú me dices que crees que a él no le gustaría que viera a lord Bromwell, pero tampoco me dices por qué.

Francesca apretó los labios, y se volvió ligeramente. Callie tuvo la sensación de que estaba callándose algo que quería decirle, así que se apresuró a insistir.

—¿Qué es lo que sabes?, ¿por qué no me lo cuentas?

—No sé por qué Rochford reaccionó así, y no soy quién para meterme en ese asunto —le contestó Francesca con incomodidad.

—Puede que no lo sepas con certeza, pero está claro que sospechas algo. Tengo derecho a saberlo, soy la persona afectada.

—Sí, pero... es algo que tienes que aclarar con Rochford.

—Él se niega a hablar del tema.

Francesca soltó un suspiro, y finalmente le dijo:

—Creo que tu hermano está más preocupado por la hermana del conde que por él en concreto. No sé si Rochford tiene algo específico en contra de Bromwell.

—Mi hermano tiene algo en contra de... ¿cómo dijiste que se llamaba, lady Smittington?

—Swithington, lady Swithington. Daphne.

Callie notó de nuevo cierta animosidad en su tono al hablar de aquella mujer, así que le preguntó:

—¿La conoces?

—Sí, ella estaba en Londres cuando fui presentada en sociedad. En aquella época era viuda, su primer marido era bastante mayor que ella y había muerto un año antes más o menos. Se hablaba mucho sobre ella, tenía un comportamiento escandaloso y era el centro de los chismorreos. No sé hasta qué punto era verdad lo que se decía sobre ella, ya sabes que a las muchachas casaderas, en especial las que acaban de llegar a Londres, se las protege de los rumores, sobre todo de los más licenciosos. Pero tenía fama de ser una mujer disoluta, incluso antes de que muriera su marido.

—¿Tenía aventuras con otros hombres?

—Sí. Al menos, eso se rumoreaba.

—¡Pero no es justo que Sinclair culpe al conde por el comportamiento de su hermana!

—No creo que lo haga, pero a lo mejor cree que los dos hermanos son iguales.

—Eso son puras conjeturas, Sinclair no lo sabe con certeza.

—No sé qué es lo que sabe sobre el conde, lo único que puedo decirte es que nunca he oído nada sobre él. Callie, sabes lo frágil que es la reputación de una joven. Puede que tu hermano no quiera que te relacionen con alguien que no sea intachable, o quizá no quiere que puedas llegar a casarte con el conde por el escándalo relacionado con lady Swithington. Y si no puedes casarte con él, puede que sea mejor que no vuelvas a verlo.

—¡Eso es injusto! —Callie abrió los brazos en un gesto de frustración, y empezó a pasear de un lado a otro de la habitación—. No es justo atribuirle a lord Bromwell los pecados de su hermana —se volvió hacia Francesca, y le preguntó—: ¿Crees que es un disoluto?

Francesca la miró con indecisión, y finalmente se encogió de hombros y admitió:

—No. La verdad es que aún no me he formado una opinión sobre él, apenas le conozco. Parece una buena persona, pero sé de primera mano que a veces las apariencias engañan. Es el hermano de lady Daphne, así que cabe la posibilidad de que sean iguales en ciertos aspectos, pero los miembros de una misma familia no tienen por qué parecerse. Uno de mis dos hermanos es maravilloso, y el otro era un hombre horrible —su rostro se endureció—. No me gustaría que alguien pensara que soy como Terence debido a nuestro parentesco.

—¡Exacto! Está mal dar por sentado que lord Bromwell es disoluto como su hermana.

Francesca pareció dudar por un momento antes de contestar.

—Sí, estaría mal si eso fuera lo que está haciendo tu hermano, pero no sabemos cuáles son sus razones. Si de verdad es tan contrario a que veas al conde...

—¿Y qué pasa conmigo?, ¿qué pasa con lo que yo quiero? ¿Por qué debo permitir que mi hermano tome las decisiones por mí? Soy una mujer adulta, ¿no debería tener derecho a decidir por mí misma a quién quiero ver, con quién quiero estar?

—Claro que sí.

—No voy a cometer ninguna locura. ¿Me crees capaz de discernir si un hombre quiere aprovecharse de mí?

—Por supuesto.

—Creo que es obvio que no es la opinión de Sinclair la que cuenta en este asunto, sino la mía.

—Seguro que Rochford sólo quiere protegerte, Callie.

—Ya lo sé, pero estoy empezando a cansarme de la gente que quiere protegerme diciéndome lo que puedo y lo que no puedo hacer.

—Es comprensible.

—Quiero que me dejen tomar mis propias decisiones.

—Ya lo sé, querida.

—¿Vas a dejar que lo haga, o vas a decirme que el conde no puede venir a visitarme?

Francesca la miró con sorpresa, y le dijo:

—No es eso lo que quería decir, sólo intentaba ponerte sobre aviso. No sabía si eras consciente de lo que Rochford puede opinar sobre el tema.

—La verdad es que no tengo claro lo que piensa. Se enfadó mucho aquella noche, pero quizá fue porque estaba preocupado al no poder encontrarme. Puede que su reacción no tuviera nada que ver con el conde en particular, quizás habría actuado de la misma forma con cualquier otro hombre al que apenas conociera.

—Es posible.

—Me parece que se arrepintió de su arrebato —Callie vaciló por un segundo antes de añadir—: No voy a mentirte, Francesca. Sinclair me prohibió que volviera a ver a lord Bromwell.

—Ya veo. ¿Piensas obedecerle?

Callie se irguió, y alzó un poco la barbilla.

—Quiero tomar la decisión por mí misma. Sinclair no tiene derecho a dirigir mi vida, y a pesar de lo mucho que le quiero, no voy a vivir como a él se le antoje. Pero entendería que no quisieras contrariarlo.

Francesca alzó la barbilla con la misma firmeza que ella, y le dijo:

—No le tengo miedo al duque de Rochford.

—No me enfadaré contigo si decides que no quieres que lord Bromwell venga a visitarnos.

—Gracias, querida —a pesar de su tono de voz sereno, sus ojos relampagueaban—. Me enfadaría conmigo misma si permitiera que la opinión de otra persona, fuera quien fuese, dictara quién es bien recibido en mi casa. Le he dicho a lord Bromwell que puede venir a visitarnos, y lo mantengo. Y si a tu hermano no le gusta, pues tendrá que lidiar con el hecho de que ni tú ni yo estamos bajo sus órdenes.

—Gracias, Francesca —Callie sonrió de oreja a oreja, fue hacia ella a toda prisa, y le dio un fuerte abrazo—. Me alegro tanto de estar aquí...

—Yo también me alegro de contar con tu compañía —Francesca le dio unas palmaditas en la espalda.

Cuando Callie le dio las buenas noches y se fue a su dormitorio, Francesca se acercó a la ventana. A pesar de lo cansada que estaba, se sentía inquieta. Apartó a un lado la cortina, y miró hacia la noche.

Se preguntó si había hecho lo correcto. No quería hacer nada que pudiera exponer a Callie a una situación en la que pudiera resultar herida, y seguía preocupándole que lord Bromwell pudiera resultar ser igual que su hermana; además, no sabía si su decisión de desobedecer a Rochford se debía por entero al hecho de que Callie tenía derecho a hacer lo que quisiera, o si estaba influenciada por el resentimiento que albergaba hacia él desde hacía años.

Decidió que iba a mantenerse vigilante con Callie y Bromwell, que iba a permanecer alerta por si notaba cualquier detalle que pudiera indicar que él era un libertino, un sinvergüenza. Se prometió que nada iba a hacerle daño a Callie mientras estuviera bajo su techo.

A pesar de su determinación, se preguntó si debería informar a Rochford sobre lo que estaba pasando entre Callie y lord Bromwell, pero era incapaz de traicionar así la confianza de su amiga... al igual que había sido incapaz de hablar con Rochford sobre lo que había sucedido quince años atrás. Teniendo en cuenta el pasado, no era de extrañar que él hubiera evitado explicarle por qué había discutido con Callie.

Sólo tenía una opción: contarle a Callie lo que sabía; sin embargo, ¿cómo podía decirle que la actitud de Rochford se debía a que la hermana del conde y él habían sido amantes en el pasado?

CAPÍTULO 8

Lord Bromwell fue a visitarlas al cabo de dos días. Se quedó menos de media hora, el tiempo apropiado para aquel tipo de visitas, y Francesca no salió del saloncito en ningún momento. Durante los últimos diez minutos, también contaron con la presencia de lady Tollingford y su hija lady Mary, así que Callie y él no tuvieron oportunidad de estar a solas. La conversación estuvo limitada a los temas socialmente adecuados como el tiempo, la obra de teatro que habían visto días antes, y la cena de gala que el príncipe iba a celebrar en dos semanas en honor al príncipe de Gertensberg.

Era lo que Callie esperaba. Una primera visita era el preludio, el escopetazo de salida en la larga campaña de un cortejo, además de la ocasión idónea para que la carabina, el padre o el tutor de turno le echara un buen vistazo al posible aspirante.

Lord Bromwell había superado la prueba con creces. Llevaba una chaqueta de corte impecable que enfatizaba la anchura de sus hombros, y unos pantalones de color beis bastante ajustados. Era atractivo, amable, y tenía unos modales perfectos a pesar de los años que llevaba alejado de Londres. Se comportaba y se expresaba con naturalidad, sin zalamerías ni falsedades.

Callie se dio cuenta de que las dudas de Francesca iban desvaneciéndose, al menos en parte. Su amiga conocía como nadie los entresijos de la alta sociedad, y podía distinguir a un sinvergüenza a la legua, pero fue relajándose cada vez más durante la visita de Bromwell y pasó de una charla banal a una conversación de verdad.

Cuando Bromwell le lanzó una mirada sonriente, Callie no pudo evitar devolvérsela mientras sentía que la recorría una oleada de excitación.

Él volvió a visitarlas al día siguiente, y en esa ocasión las llevó a pasear por Hyde Park en su carruaje. Eran las cinco de la tarde, la hora en que estaba de moda salir a pasear por el parque. Algunos iban a pie, otros a caballo, y muchos otros iban en sus mejores carruajes, haciendo alarde de su ropa, de sus caballos, y de su maestría con las riendas.

El carruaje de Bromwell era un vehículo deportivo de dimensiones reducidas, cuyo diseño estaba más centrado en la velocidad que en la comodidad, y que estaba pensado para dos pasajeros, pero era obvio que Francesca no estaba dispuesta a permitir que Callie fuera a pasear sola con él, ni siquiera en un carruaje abierto como aquél.

Callie se preguntó de nuevo si su amiga sabía más de lo que decía sobre la animosidad que Sinclair sentía hacia el conde. Le parecía extraño que hubiera reaccionado de forma tan tajante por el mero hecho de que su hermana tuviera una mala reputación, y tenía la impresión de que el meollo del asunto era algo más personal.

Pero, si Francesca sabía algo más, ¿por qué no se lo había contado? Su amiga había accedido a que el conde fuera a visitarlas, así que era poco probable que tuviera algo tangible en su contra... seguro que no sabía nada, y estaba tan circunspecta porque no quería que Rochford la reprendiera.

A pesar de todo, Callie habría preferido que su amiga no se tomara tan en serio su tarea de acompañante. Se había sentado justo en medio, entre lord Bromwell y ella, así que sólo habían podido mantener una conversación banal.

A lo largo de la semana siguiente, se encontraron a lord Bromwell en todas partes. Fue a visitarlas en dos ocasiones más, y coincidieron con él en las fiestas de lady Battersea y lady Carrington, y en la cena de gala de la señora Mellenthorpe; sin embargo, y para frustración de Callie, Francesca permaneció junto a ella todo el tiempo, así que no tuvo ocasión de estar a solas con él. El momento en que lo tenía más cerca era cuando él se inclinaba sobre su mano al saludarla o al despedirse de ella. Empezaba a pensar que su amiga estaba exagerando un poco; al fin y al cabo, no podía hacer gran cosa con el conde en medio de un salón abarrotado.

No estaba acostumbrada a tener una acompañante tan estricta, ya que incluso su abuela le daba cierta libertad en las fiestas. Francesca no le negaba el derecho a estar sola, pero siempre hacía acto de presencia cuando lord Bromwell se acercaba. Seguro que, en caso de que él le pidiera un baile, Francesca se aseguraría de acercarse a ellos en cuanto salieran de la pista, y no les daría tiempo de escabullirse a algún sitio para poder hablar a solas.

Callie sabía que debería sentirse agradecida, porque ni siquiera su hermano podría enfadarse por el hecho de que ella estuviera en la misma fiesta que Bromwell si Francesca la tenía vigilada todo el tiempo; aun así, se sentía agobiada por aquella restricción tan sutil.

Francesca y ella asistieron el sábado a la fiesta de los Fotheringham. Intentó encontrar a Bromwell entre el gentío, y al cabo de media hora llegó a la conclusión de que no había asistido. Se sintió un poco desilusionada, pero al cabo de un rato, cuando Francesca y ella estaban charlando con Irene y Gideon, se giró y lo vio entrar al enorme salón.

Se quedó petrificada, y apretó con fuerza el abanico. Bromwell estaba junto a una pelirroja despampanante que lo agarraba del brazo con familiaridad. La mujer era alta, curvilínea, y llevaba un peinado de tirabuzones recogidos al estilo Medusa. Lucía un vestido de satén negro, con el escote y los bajos rematados con encaje y cuentas en un tono azabache. El escote bajo dejaba al descubierto sus elegantes hombros, y apenas lograba contener sus senos henchidos. El color negro del atuendo contrastaba a la perfección con su vívido pelo rojo, su piel pálida, y sus ojos azules. Tenía una boca demasiado fina, pero era una imperfección casi imperceptible en el conjunto de su llamativa apariencia. De vez en cuando se volvía hacia lord Bromwell, y le sonreía con afecto.

Callie sintió que se le helaban las entrañas al ver que él le devolvía la sonrisa. Francesca pareció notar algo, porque se volvió y siguió la dirección de su mirada. Al ver a la mujer, se tensó y masculló en voz baja una imprecación que hizo que tanto Callie como Irene y Gideon se volvieran a mirarla con asombro.

—¿Quién es...? —Irene se calló de golpe—. Ah, sí, ya me acuerdo. Estaba en nuestro baile de compromiso, ¿verdad? Lady... —intentó recordar su nombre, y se volvió hacia su marido.

—A mí no me preguntes, ni siquiera me acuerdo de ella.

A Callie le parecía increíble que un hombre pudiera olvidarse de una mujer así, pero tuvo la impresión de que en el caso de Gideon era cierto. Estaba tan enamorado de Irene, que ni siquiera miraba a otras mujeres.

—Swithington —dijo Francesca con sequedad—. Es lady Daphne Swithington.

—¡Cielos! —Callie se quedó boquiabierta, y se sintió un poco avergonzada por el alivio que la invadió—. Es la hermana de lord Bromwell.

—Sí, parece ser que ha venido a disfrutar de la temporada social londinense —Francesca no parecía nada entusiasmada.

Callie miró a su amiga con atención. Estaba segura de

que la antigua reputación escandalosa de lady Swithington no era lo único que la molestaba, ya que a juzgar por lo que le había contado, aquella mujer había sido el centro de los chismorreos años atrás, y desde entonces había estado alejada de la alta sociedad. Su entrada había causado algunos murmullos por todo el salón, pero nadie estaba dándole la espalda ni mirándola mal. Y el hecho de que la alta sociedad pudiera seguir vetando a aquella mujer no explicaba la actitud gélida de Francesca, que no era nada elitista. No pudo evitar preguntarse si el difunto esposo de su amiga había sido uno de los muchos amantes de lady Swithington.

Lord Bromwell y su hermana saludaron con la cabeza a varios conocidos mientras avanzaban por el salón, pero no se detuvieron hasta que llegaron junto a Callie y sus acompañantes.

—Lady Haughston, lady Calandra, permitan que les presente a mi hermana, lady Swithington.

—Lady Swithington y yo nos conocemos desde hace tiempo —comentó Francesca, con una sonrisa gélida.

—Sí, es cierto —dijo lady Swithington, con una sonrisa mucho menos reservada.

Callie se dio cuenta de que era mucho mayor de lo que le había parecido desde lejos. Tenía arrugas en los ojos, y se le formaban unos profundos surcos junto a la comisura de los labios cuando no sonreía.

—Lady Haughston y yo nos conocemos muy bien, ¿verdad? —añadió, antes de volverse hacia Callie—. Me alegro de conoceros al fin, lady Calandra. Conocía a vuestro hermano, pero en aquella época erais muy pequeña —soltó una carcajada seca—. Francesca, estoy revelando lo mayores que somos, ¿verdad? Soy terrible.

Francesca había dejado de sonreír. Hizo caso omiso de aquellas palabras, y dijo con voz fría como el hielo:

—Creo que ya conocéis a lord y lady Radbourne.

—Sí, por supuesto. Nos conocimos en su fiesta de compromiso, ¿verdad? —lady Swithington miró sonriente a la pareja—. Acababa de terminar el período de duelo, pero como lady Odelia me invitó, creí que no sería incorrecto asistir. Es prima política de nuestro padre, y siempre nos ha tratado con mucha consideración. ¿Verdad que sí, Brom? —se volvió hacia su hermano, y lo miró con afecto.

—Sí, lady Odelia es un encanto —comentó él con ironía.

Su hermana le dio un golpecito en el brazo con el abanico, y le dijo:

—Bromwell, vas a hacer que los demás se lleven una impresión equivocada.

—Lo dudo, porque todos estamos emparentados con lady Odelia —apostilló Gideon, con una carcajada.

—Ahora que lady Daphne está aquí, esperaba poder organizar una salida a Richmond Park la semana que viene —dijo Bromwell—. Me gustaría contar con la presencia de todos. ¿Lord y lady Radbourne?, ¿lady Haughston? —los miró a todos, pero sus ojos se detuvieron en Callie—. ¿Lady Calandra?

Callie se apresuró a contestar, porque tenía la impresión de que Francesca iba a rechazar la invitación.

—Será un placer, esperemos que haga buen tiempo. Debo confesar que empezaba a tener exceso de energía, un largo paseo a caballo suena ideal.

—Sí, pero me temo que ni lady Calandra ni yo tenemos caballos en la ciudad —intervino Francesca—. Me resulta difícil encontrar tiempo para cabalgar, así que sólo lo hago cuando estoy en Redfields. Y como lady Calandra ha venido a Londres a visitarme, no trajo ninguna de sus monturas.

—No os preocupéis por eso —le dijo Bromwell—. Esta semana he estado en Tattersall's, y aún no he enviado a mi finca los animales que compré. Será una oportunidad perfecta para verlos en acción.

—Nosotros tenemos algunos de nuestros caballos aquí —apostilló lord Gideon—. Estoy seguro de que entre todos tendremos bastantes.

—Entonces, por supuesto que aceptamos. Seguro que lo pasamos muy bien —dijo Francesca.

Callie sabía que su amiga había accedido a regañadientes, pero no hizo ningún comentario. Estaba entusiasmada ante la idea de pasear a caballo por los extensos prados de Richmond Park, y además, en una excursión así gozaría de mucha más libertad que en una fiesta. Empezaba a sentirse constreñida en la ciudad, porque le encantaba montar a caballo y lo hacía a menudo cuando estaba en una de sus fincas. Cuando estaba en Londres solía pasear a paso más pausado por Rotten Row varias veces por semana, y había echado mucho de menos tanto el ejercicio como el aire fresco.

Convinieron en ir al parque el martes siguiente, siempre y cuando hiciera buen tiempo. Bromwell y su hermana siguieron charlando con ellos durante varios minutos. Francesca permaneció inusualmente callada, pero lady Daphne llevó las riendas de la conversación al contarles en detalle el trayecto que había realizado desde la lejana finca de su difunto esposo hasta Londres; al parecer, el viaje había estado plagado de todo tipo de demoras y problemas, desde tener que retroceder para ir en busca de un baúl que se les había olvidado, hasta una rueda rota, pasando por una estancia obligada en una posada por culpa de una tormenta de nieve tardía.

Irene y Gideon se fueron al cabo de un rato, y Bromwell y su hermana no tardaron en hacer lo mismo. Lady Daphne le estrechó la mano a Callie al despedirse, y le dijo en voz baja que estaba deseando planear con ella la excursión. Bromwell se inclinó sobre la mano de Callie, y le rozó el dorso con los labios. Ella tensó los dedos en los suyos de forma involuntaria, y él se enderezó y la miró con una expresión cálida y sensual.

Cuando se alejaron, Callie se acercó un poco más a Francesca y le dijo con suavidad:

—No hace falta que vayas a Richmond Park si no quieres.

Irene y Gideon estarán allí, su compañía es más que suficiente. No pasa nada, diré que estabas indispuesta.

—¿Y permitir que Daphne se regodee porque no he tenido agallas de pasar un día en su compañía? —los ojos azules de Francesca relampaguearon con una mirada acerada—. Ni hablar, aguantaré como sea —apretó la mandíbula, y masculló entre dientes—: Así que «lo mayores que somos», ¿no? ¡Ja! ¡Pero si tiene seis años más que yo!

Callie ocultó una sonrisa tras su abanico. Nunca antes había visto a Francesca mostrando una lengua tan viperina. Su amiga era consciente de su propia belleza y de su puesto en la alta sociedad, así que jamás se mostraba celosa ni envidiosa. Cuando otras mujeres se comportaban así con ella, se limitaba a lidiar con la situación sin mostrarse beligerante. Era incluso tranquilizador ver que era tan capaz como cualquiera de tener un arrebato de ira.

No pensaba comentarle que lady Daphne le había parecido una persona amable y amistosa, y tampoco iba a preguntarle por qué le caía tan mal. Sería una pregunta muy grosera y personal, sobre todo teniendo en cuenta que tenía la sospecha de que la respuesta estaba relacionada con el difunto marido de Francesca, que según los rumores era un libertino. Era una lástima, porque le habría gustado saber qué era lo que lady Daphne le había hecho a su amiga para causar tanta animosidad.

A juzgar por la expresión de Francesca, era obvio que iba a quedarse con las ganas de saberlo. Como estaba convencida de que su amiga no iba a decir ni una palabra al respecto, dejó a un lado sus preguntas y se centró en pensar en un tema mucho más agradable: el martes que iba a pasar en compañía de lord Bromwell.

—Vaya, vaya... así que estás interesado en la hermanita del duque. Fascinante —lady Swithington miró de reojo a su hermano mientras se alejaban de Calandra y Francesca.

—Tendría que haberte avisado de antemano —le dijo él, con tono de disculpa—, pero me ha parecido una oportunidad perfecta cuando las hemos visto nada más llegar. Quería ver qué cara ponía al conocerte.

—¿Por qué? No creerías que uno de esos orgullosos Lilles iba a mostrar algún tipo de remordimiento, ¿verdad?

—Quería saber si tenía idea de lo que te hizo su hermano. Estaba casi seguro de que no lo sabía, porque fue hace muchos años, pero me picaba la curiosidad.

—¿Has llegado a alguna conclusión?

—Estoy convencido de que lady Calandra no sabe nada del tema —se volvió a mirarla, y añadió—: Pero no puede decirse lo mismo de lady Haughston.

—Francesca siempre fue una simplona —dijo Daphne con desdén, antes de abrir su elegante abanico color marfil.

Se abanicó con languidez mientras avanzaban entre el gentío. Cuando llegaron al otro extremo del salón, se volvieron a mirar hacia atrás. Entre los invitados se alcanzaba a ver de vez en cuando a Francesca y a Callie, que seguían hablando en el mismo sitio donde las habían dejado.

—¿Qué tienes planeado en cuanto a la pequeña lady Calandra? No esperarás que crea que estás cortejándola en serio, ¿verdad?

—Muy en serio.

—Pero no con la intención de casarte con ella.

—Me conoces bien, sabes que sería incapaz de ofenderte aliándome con los Lilles.

—Sí, claro que te conozco —Daphne esbozó una sonrisa petulante—. Entonces, ¿qué es lo que piensas hacer? Lo más adecuado sería que el duque sufriera una dosis de su propia medicina.

Bromwell la miró sobresaltado.

—¿Qué quieres decir? No me creerás capaz de seducirla y abandonarla, ¿verdad?

Daphne se encogió de hombros, y su expresión se endureció.

—Me parece una venganza perfecta, teniendo en cuenta lo que me hizo su hermano. Sería más cruel que la dejaras embarazada y te negaras a casarte con ella.

—Yo no soy como Rochford. Estoy seguro de que no le deseas algo así a ninguna mujer.

Daphne le sonrió con dulzura.

—A veces olvido lo bueno que eres conmigo. Tienes razón, no me gustaría que otra mujer pasara por lo que yo sufrí con Rochford. Pero es que me parece injusto que el duque no pagara por lo que hizo —miró a su hermano, y frunció el ceño al ver que él seguía con los ojos fijos en lady Calandra—. No estaría mal que alguien le bajara los humos a alguno de los Lilles.

Bromwell asintió, porque él mismo le había dicho lo mismo a su primo Archie poco antes, pero frunció el ceño y comentó:

—No sería justo para Callie.

—¿Callie? —su hermana enarcó las cejas de golpe.

—Así es como la llaman lady Haughston y lady Odelia. Calandra es un nombre demasiado formal para ella.

—No me digas que sientes afecto por esa muchacha —le espetó Daphne con voz cortante.

—No, claro que no —el ceño de Bromwell se acentuó aún más. Miró a su hermana, y añadió—: Es una mujer atractiva, pero me trae sin cuidado.

—Me alegro de oírlo. No hay que confiar en los Lilles.

—Ya lo sé.

Tras unos segundos, Daphne insistió:

—¿Qué es lo que piensas hacer respecto a lady Calandra?

—Quiero preocupar un poco al duque —Bromwell esbozó una sonrisa carente de humor—. Me gustaría ponerle nervioso, que se pregunte cuáles son mis intenciones, qué es lo que voy a contarle a su hermana sobre él, si voy a ponerla en su contra o incluso a arrebatársela, o si pienso emularlo seduciéndola y abandonándola. Un hombre carente de honor espera el mismo comportamiento por parte de los demás.

—No va a hacerle ninguna gracia que la cortejes.

—De eso no hay duda, ya me ha hecho una advertencia.

—¿En serio? ¿Qué hizo?, ¿qué te dijo?

—Con su arrogancia habitual, me dijo que me mantuviera alejado de su hermana; al parecer, se cree que el mundo entero debe obedecerle.

—¿Qué hiciste?

—Pensé en darle un puñetazo, pero sabía que a lady Odelia no le gustaría que lo hiciera. Tener a dos caballeros peleándose en la terraza basta para aguar cualquier fiesta. En cualquier caso, me di cuenta de que sería más divertido jugar un poco con él antes, dejar que se diera cuenta de que no puede manejar a todo el mundo... ni siquiera a su hermana. Supongo que regresará a la ciudad hecho una furia cuando se entere de que tanto ella como yo le hemos desobedecido, y entonces... será él quien venga a verme a mí —esbozó una sonrisa, y sus ojos grises brillaron de satisfacción.

—¿Quieres decir que va a retarte a un duelo? —Daphne lo miró con consternación—. ¡No, Brom! Se dice que es un tirador excelente, ¡podría matarte!

—No olvides que a mí también se me da bien disparar.

—Ya lo sé, pero aun así... arriesgar tu vida... es demasiado.

—En cualquier caso, dudo que las cosas lleguen tan lejos. Rochford no ha participado en ningún duelo, así que no es probable que lo haga ahora.

—Pero, si se lo provoca demasiado...

—Lo más probable es que lo solucionemos de inmediato a puñetazos —Bromwell sonrió, y su mano se tensó en un puño apretado.

—¿Estás seguro?, la última vez...

—La última vez, yo tenía diecisiete años. Desafiarlo fue un gesto infantil, ahora me resultará mucho más satisfactorio hacer que muerda el polvo.

—Bueno, si eso es lo que quieres... —le dijo su hermana, como si estuviera dándole un caramelo a un niño. Lo tomó del brazo, y le dijo con satisfacción—: Me parece un plan perfecto.

El martes de la excursión amaneció despejado, y un pálido sol de febrero brillaba en el cielo sin nubes. Era un día perfecto para ir a caballo desde la ciudad hasta el parque real. Callie estaba entusiasmada, y no dejó de parlotear durante el desayuno. Francesca estaba mucho menos animada, pero como tenía demasiado buen corazón como para desalentar a su amiga, sonrió y asintió, y le dio la razón cuando Callie comentó que hacía un día precioso, que iban a pasárselo muy bien, que los trajes de montar las favorecían, y que era una suerte que no tuvieran que ser blancos.

Callie llevaba un traje de terciopelo verde oscuro que acababa de estrenar, ya que se lo había encargado a la modista durante la salida de compras del primer día. A diferencia de lo que se estilaba en los vestidos más modernos, la chaqueta era larga y ceñida a la cintura, y tenía alamares negros en la parte delantera y en los puños. El sombrero era del mismo tono verde ribeteado en negro, y se lo había colocado con la parte delantera ligeramente inclinada hacia abajo.

Francesca pensó para sus adentros que estaba encantadora, y se dijo que valía la pena aguantar a lady Daphne durante un día con tal de que lord Bromwell pudiera ver así a su amiga.

Al cabo de una hora, el animado grupo se dispuso a partir hacia Richmond Park. Además de lord y lady Radbourne, lord Bromwell y su hermana, y Francesca y Callie, iban también Archie Tilford, la señorita Bettina Swanson, y el hermano de ésta, Reginald, un joven alegre recién salido de Oxford.

La señorita Swanson y su hermano iban a viajar en el elegante landó de los Radbourne junto a lord Gideon, que le había cedido su montura a Francesca y había comentado sonriente:

—Seguro que el caballo está agradecido de tener un jinete más experimentado —debido a la infancia poco convencional que había tenido, montar no se le daba tan bien como a otros nobles.

Bromwell tomó a Callie del brazo, y la condujo hacia una preciosa yegua blanca.

—He pensado que Bellissima sería una buena elección, mi señora —sus ojos se iluminaron con una sonrisa fugaz—. El nombre encaja a la perfección con vos. Es una yegua obediente sin llegar a ser dócil, y tiene un buen pedigrí. No sabía si erais una buena amazona.

—Soy capaz de mantenerme sobre la silla —le dijo ella, con una sonrisa.

—Seguro que eso significa que sois un verdadero centauro, y que voy a sentirme abochornado por asignaros una montura indigna de vos.

Callie se echó a reír, y acarició el morro de la yegua.

—Estoy segura de que Bellissima es una yegua excelente. ¿Verdad que sí, preciosa? —se volvió hacia Bromwell, y le dijo—: Gracias, milord. Seguro que es una elección perfecta, y que disfrutaré mucho montándola.

—Eso espero —vaciló por un segundo antes de añadir—: Por favor, llamadme Bromwell, o Brom. Todos mis amigos lo hacen.

Callie se quedó mirándolo en silencio. Sus palabras le habían arrebatado el aliento.

—No nos conocemos lo bastante para eso, milord.

—¿En serio? —en sus ojos se reflejó el recuerdo de los besos que habían compartido, el deseo que los había inundado. Apartó la mirada, y dijo con un tono más desenfadado—: Espero que lleguemos a conocernos mucho mejor —se apartó a un lado, y añadió–: Permitid que os ayude –después de ayudarla a montar, se quitó los guantes de cuero que llevaba para poder ajustar las riendas.

Callie sintió el roce de su brazo contra la pierna, y a pesar de la bota y de la tupida tela del traje de montar, sintió una punzada de deseo. Fue incapaz de apartar la mirada de sus dedos mientras él ajustaba las riendas. Eran largos y elegantes, y al ver la seguridad y la rapidez con la que se movían, se preguntó lo que sentiría si estuvieran acariciándola, deslizándose por su brazo, por su cuello, y por su rostro.

Se apresuró a bajar la mirada hacia sus propias manos, y aferró con fuerza las riendas mientras sentía que se ruborizaba. Se dijo que era absurdo que siempre perdiera el control de sus propios pensamientos cuando estaba cerca de aquel hombre. Estaba convencida de que él había notado su reacción, porque estaba mirándola con una expresión de lo más elocuente, aunque quizás estaba recordando el abandono con el que lo había besado en las dos veces anteriores.

¿Estaba confundiéndola con otro tipo de mujer?, ¿pensaba que era experimentada en aquel tipo de asuntos?, ¿la animosidad de su hermano se debía a que sabía que el conde era un libertino?, ¿acaso estaba interesado en ella porque creía que era una casquivana? Sabía que le había dado motivos para pensarlo. Había salido sola en medio de la noche, y había permitido que la besara... de hecho, se había derretido en sus brazos.

Se sintió cada vez más ansiosa. Se negaba a creer que aquélla fuera la razón por la que estaba interesado en ella; al fin y al cabo, era improbable que un libertino pasara tantas tardes y tantas veladas en visitas inocentes y fiestas. Un hombre interesado en encontrar a una mujer descocada podía optar por vías mucho más fáciles. El conde la cortejaba sin descanso, y su comportamiento parecía indicar que su interés en ella era mucho más profundo que el que tendría un libertino; por otra parte, era lo bastante realista como para darse cuenta de que quizás aquello era lo que él quería que pensara.

Se volvió hacia los demás, que estaban montando. Cuando su mirada se posó en lady Swithington, se dio cuenta de que ésta estaba observándola con una expresión fría y llena de malicia.

CAPÍTULO 9

Callie apretó las riendas de forma involuntaria, y la yegua se movió con nerviosismo. Para cuando logró calmarla y volvió a mirar a la hermana de lord Bromwell, ésta estaba mirándola con una sonrisa llena de dulzura.

—Formáis una bonita estampa a lomos de esa yegua, lady Calandra —comentó—. Con ese pelo negro, y montando un caballo blanco... nos eclipsáis a todas las demás.

—Nadie podría eclipsar vuestra belleza, lady Swithington —le aseguró el señor Swanson.

—Por supuesto que no —apostilló Archie Tilford—. Aunque eso no quiere decir que lady Calandra no sea increíblemente hermosa también. No hay duda de que tenéis una belleza incomparable —miró a su alrededor, y empezó a ruborizarse—. Lady Haughston, lady Radbourne, y la señorita Swanson son igual de bellas, claro. Resultaría imposible comparar a Afrodita y a Helena de Troya, ¿verdad? Aunque lo cierto es que aquí no hay dos damas, sino cinco, y...

Lord Radbourne soltó una carcajada que se apresuró a disimular tosiendo, y lady Radbourne giró la cara y se tapó la boca con la mano mientras le temblaban los hombros.

—Déjalo, Archie —le dijo lord Bromwell a su primo—. No podemos esperar a que salgas del pozo en el que te has metido. Señoras, baste decir que están todas en la cúspide de la belleza, y que no hay ni un caballero en Londres que no quisiera estar en nuestro lugar en este momento. Bueno, es hora de que nos pongamos en marcha.

Algunos avanzaron delante del carruaje, y otros detrás. Ir a caballo por las calles de Londres requería concentración, y como además iban bastante separados, nadie habló demasiado.

Callie se sintió agradecida por el silencio, porque pudo sumirse en sus propios pensamientos. No podía dejar de pensar en la mirada de malicia, quizás incluso de odio, que había visto en los ojos de lady Swithington. Se preguntó si había sido real, o un efecto óptico. Estaba casi convencida de lo que había visto, pero no entendía por qué podría odiarla la hermana de Bromwell.

Siguió pensando en el tema durante un rato, pero al ver que sus compañeros empezaban a entablar conversaciones cuando llegaron a las afueras de la ciudad, dejó el incidente a un lado y se dispuso a disfrutar del día que tenía por delante.

Fueron agrupándose en parejas y en tríos, y charlaron animadamente mientras se internaban en la campiña. Callie tenía miedo de que Francesca y lady Swithington se vieran obligadas a estar juntas, pero se había dado cuenta de que ésta última se había mantenido cerca del carruaje desde el principio. Estaba flirteando sin parar con el joven Reginald Swanson... e intentaba hacerlo también con lord Radbourne.

Irene miró hacia el carruaje, pero se limitó a poner los ojos en blanco antes de seguir charlando tranquilamente con Francesca, que iba a su lado. Su falta de preocupación era comprensible, porque Gideon se mantenía indiferente ante el flirteo de lady Swithington; de hecho, estaba visiblemente aburrido, y su mirada se desviaba mucho más hacia su esposa, que estaba a cierta distancia del carruaje, que hacia lady Daphne, que iba a caballo junto a él.

De repente, Bromwell avanzó hasta colocarse junto a Callie, y ella se sorprendió al ver que Francesca permanecía junto a Irene y al señor Tilford, que parecía haberse asignado el papel de acompañante de las dos.

Así las cosas, Callie estuvo a solas con Bromwell durante gran parte del trayecto, pero a pesar de que llevaba toda la semana anhelando tener una oportunidad así, en ese momento sintió timidez y no supo qué decir. Era algo inusual en ella, porque siempre había sido una persona vivaz. Antes de una fiesta, su abuela siempre le advertía que no hablara demasiado para evitar llamar la atención, pero lo cierto era que nunca le había hecho demasiado caso en ese aspecto.

Se dio cuenta de que su reticencia se debía a que, quizá por primera vez en su vida, le importaba de verdad caerle bien a la persona que tenía a su lado. Después de descartar un comentario sobre el tiempo por banal y uno sobre lo hermoso que era el paisaje por insípido, comentó:

—Habéis comprado una yegua magnífica —en cuanto las palabras salieron de su boca, se dio cuenta de que el comentario era incluso peor que los que había descartado, pero su inseguridad se desvaneció cuando él se volvió a mirarla con una sonrisa.

—Tenía la esperanza de que os gustara, la compré pensando en vos —se detuvo en seco y en sus ojos apareció una expresión extraña, como si lo que acababa de decir le hubiera sorprendido, y se apresuró a añadir—: Es decir... había pensado en organizar una excursión a Richmond Park, y esperaba que lady Haughston y vos pudierais venir. La compré para mi finca, por supuesto, pero pensé que vos podríais montarla durante la excursión.

—Me alegro —Callie dio unas palmaditas en el cuello del animal, para intentar ocultar lo mucho que la habían complacido aquellas palabras—. Tiene un paso firme, pero con brío.

—Tenía miedo de que fuera demasiado briosa, pero era

demasiado buena para dejarla pasar. Y es obvio que no debería haberme preocupado por si seríais capaz de manejarla.

—Mi padre me subió a un poni en cuanto aprendí a andar. Era un gran jinete, uno de los pocos recuerdos que me quedan de él es tenerlo andando a mi lado mientras yo aprendía a montar el poni, listo para ayudarme en caso de que lo necesitara.

—¿Murió joven?, lo lamento —Bromwell la miró ceñudo.

—Sí, contrajo una fiebre durante un invierno y se fue en cuestión de semanas. Ni siquiera pude verlo antes de que muriera, porque mi madre tenía miedo de que me contagiara.

—Lo siento, y lamento haber sacado a la luz unos recuerdos tan dolorosos.

Callie lo miró con una sonrisa.

—Gracias, pero no son dolorosos. La verdad es que apenas me acuerdo de mi padre, murió cuando yo tenía cinco años y sólo me quedan algunos recuerdos, y varios de ellos muy vagos. A veces ni siquiera sé si me acuerdo de su rostro de verdad, o a partir del retrato suyo que estaba colgado en el dormitorio de mi madre. Envidio a mi hermano porque le conoció durante mucho más tiempo.

—Para algunos de nosotros, no es una alegría haber conocido a nuestros padres durante un tiempo prolongado —comentó él con cierta amargura.

—¿Vos no...? Es decir... —se quedó callada, porque sabía que la pregunta era demasiado personal.

—No, no le quería cuando estaba vivo, y no le eché de menos cuando murió —le dijo él con indiferencia.

—¡Lo siento mucho! —Callie alargó la mano hacia él, pero la apartó al recordar que no estaban solos.

—No, soy yo el que lo siente. Supongo que se considera una deslealtad admitir que uno no honra el nombre de su propio padre, pero mentir no se me da bien. Era un hombre duro y frío que sólo se preocupaba de sí mismo, y estoy convencido de que pocos de los que le conocían lamentaron su muerte. Pero no tendría que haber sacado un tema tan desagradable, así que vamos a hablar de otra cosa... de vos, por ejemplo –la miró con una sonrisa–. Es obvio que seguisteis montando a caballo después de la muerte de vuestro padre, ¿vuestra madre era una buena amazona?

–En absoluto –Callie soltó una pequeña carcajada–. A mi madre no le gustaba demasiado montar a caballo, pero sabía que a mí me encantaba y quería cumplir con los deseos de mi padre. Eso era muy importante para ella, porque lo amaba de todo corazón. El encargado de las cuadras se ocupó de darme clases, tal y como había hecho antes de la muerte de mi padre, y también me ayudó Sinclair... mi hermano –lo miró antes de añadir–: Por eso se muestra tan protector conmigo. Ha sido tanto un padre como un hermano para mí en muchos aspectos, y se ha acostumbrado a cuidarme.

–No le culpo por proteger a su hermana; de hecho, yo haría cualquier cosa con tal de proteger a la mía.

Miró a la mujer en cuestión, que seguía junto al carruaje. Lady Daphne estaba riendo por algún comentario que había hecho el señor Swanson, y tenía la cabeza echada hacia atrás de forma que su cuello se arqueaba de forma seductora. Llevaba un traje de montar negro y austero, pero no necesitaba nada que resaltara su belleza; al igual que en el caso del vestido que había lucido en la fiesta, el tono oscuro contrastaba de forma impactante con su pelo rojo, sus ojos azules y su tez pálida.

Al ver que lady Daphne le daba una palmadita juguetona al señor Swanson en el hombro y que éste se ruborizaba, Callie miró a su hermana Bettina, que parecía bastante malhumorada; por su parte, Gideon estaba ignorándolos a todos y estaba anotando algo en un librito.

Callie esbozó una sonrisa, porque había oído muchas historias sobre la multitud de veces en que lord Radbourne no se había comportado de acuerdo a las normas sociales.

Se volvió de nuevo hacia lord Bromwell, y vio que estaba ceñudo.

—La gente a veces juzga mal a mi hermana, porque es una persona muy vital y cariñosa —comentó él.

Callie no supo qué decir, y al final comentó:

—Me pareció muy agradable, y es muy hermosa.

Bromwell la miró sonriente.

—Sí, y se enorgullece de ello. Pero le ha costado caro en muchos aspectos. Las mujeres suelen... mostrarse reacias a entablar amistad con ella.

Callie pensó en lo poco que le había contado Francesca sobre aquella mujer, y se preguntó si su reputación habría sido exagerada, o incluso distorsionada. Quizás era una persona coqueta. La sociedad londinense no era nada permisiva, y una mujer hermosa podía despertar la envidia de otras menos afortunadas.

Por otra parte, era posible que las palabras de Bromwell fueran la defensa normal de un hermano, ya que había personas a las que les costaba ver los defectos de una persona amada; además, no podía olvidar la mirada de desagrado que había visto en los ojos de lady Swithington, ya que no encajaba con la forma amistosa y halagadora con la que la trataba ni con la sonrisa dulce con la que la miraba.

Fuera como fuese, respetaba la lealtad de Bromwell hacia su hermana.

—¿Sólo sois dos hermanos?

—Sí, y como nuestras tierras están bastante aisladas, la verdad es que no tuvimos otros compañeros de juegos. Mi padre consideraba que ninguna de las familias de los alrededores estaba a nuestra altura en cuanto a posición social, así que no le gustaba que nos relacionáramos con ellas... a pesar de que ninguna vivía lo bastante cerca como para que hubiera una relación fluida. Mi hermana era mayor que yo... —le lanzó una mirada chispeante, y añadió—: No me atrevería a comentar nuestra diferencia de edad delante de ella, pero lo cierto es que yo no era una compañía adecuada para ella. Tenía que encargarse de cuidarme, y para cuando cumplí siete u ocho años, estaba mucho más interesada en vestidos y en peinados que en ayudarme a buscar bichos y otros animales por el jardín. Cuando cumplí los once, ya había hecho su debut en sociedad, y entonces se casó.

—Da la impresión de que habéis pasado mucho tiempo solo.

—Así es. Afortunadamente, siempre he sido una persona solitaria.

—Yo no. Tampoco tenía cerca niños de mi edad, así que pasaba gran parte del tiempo con la servidumbre... mi niñera, la cocinera, las doncellas... mi abuela estaba escandalizada.

—Y supongo que vuestra madre también.

—Ella no se involucró demasiado en mi educación.

Él la miró con sorpresa, y le preguntó:

—¿No era una madre cariñosa? —al cabo de un segundo, añadió—: Disculpadme, no debería inmiscuirme en vuestros asuntos.

—No pasa nada, no me importa hablar de ella. La verdad es que no puedo hacerlo con mi familia, porque es un tema que entristece a Sinclair. Él la conoció durante mucho más tiempo, y recuerda cómo era antes de la muerte de nuestro padre. Era una persona cálida y cariñosa, y cuando él aún estaba con vida, solía venir a vernos a la habitación de juegos. Recuerdo salir a pasear con ella por el jardín, solía decirme los nombres de las flores y las plantas. Le encantaba el jardín. En verano recogía flores, y dejaba que la ayudara a colocarlas en jarrones.

—Parece una madre maravillosa.

—Lo era, y sé que me quería. Pero cambió tras la muerte de mi padre. Lo amaba con toda su alma, y cuando lo perdió, la tristeza le arrebató la vida y la alegría. Fue como si hubiera muerto junto a él, aunque su cuerpo siguiera entre nosotros. Seguía queriéndome, pero no mostraba interés por nada. Dejó de cuidar el jardín, no recogió más flores. Salía a pasear, pero casi nunca iba conmigo... ni con nadie. Deambulaba sola por el jardín, se sentaba en los bancos y permanecía allí sin hacer nada, con la mirada perdida —se volvió hacia él, y le dijo—: Creeréis que soy muy egoísta, porque me quejo de que no me cuidara sin tener en cuenta la tragedia que sufrió.

—No, no creo que seáis egoísta —le dijo él con voz suave—. Vos también sufristeis una tragedia, perdisteis a vuestro padre... y también gran parte de vuestra madre.

—Sí.

Callie se sintió un poco avergonzada al notar que se le llenaban los ojos de lágrimas. Sus padres habían muerto años atrás, y hacía mucho que no lloraba por ellos, pero la comprensión que Bromwell mostraba por su sufrimiento la llenó de una mezcla de dolor, gratitud y ternura.

Parpadeó para controlar las lágrimas, miró hacia los campos mientras luchaba por recuperar la compostura, y finalmente le dijo con voz queda:

—Me entendéis, ¿verdad?

—Sí. Mi madre murió poco después de mi nacimiento. Mi niñera fue como mi madre, y aunque tuvo que dejar su puesto cuando tuve edad de tener una institutriz, solía escabullirme siempre que podía para ir a verla. Era la hija de uno de los granjeros que trabajaban en nuestras tierras, una viuda cuyo hijo había muerto poco después que mi madre. En ese sentido, encajábamos a la perfección. Su hermano tenía un hijo, Henry, con una edad parecida a la mía, y fue el único amigo que tuve aparte de Daphne. De modo que sí, os entiendo a la perfección.

—¿Aún mantenéis vuestra amistad con Henry?

—Sí —sonrió de oreja a oreja antes de decir—: Por escandaloso que parezca, sigue siendo mi único amigo, además de mi administrador. Su hermano mayor dirige la granja de su familia, pero Henry siempre tuvo una mente muy despierta. Cuando éramos pequeños le enseñé a leer y a contar, y le pasaba libros a escondidas. Cuando heredé el título, le contraté como administrador. El de mi padre llevaba años robando de nuestras arcas, porque mi padre era un caballero demasiado refinado para molestarse en comprobar las cuentas. Las granjas habían sufrido las consecuencias, y tanto su administrador como él se habían ganado el descontento de los arrendatarios —se detuvo de repente—. Disculpadme, no era mi intención parlotear sin cesar sobre un tema tan aburrido. Debéis de estar lamentando haber accedido a venir a esta excursión.

—En absoluto —le dijo Callie con sinceridad—. He oído a mi hermano hablar sobre sus asuntos de negocios, al menos los que están relacionados con la gestión de las tierras. Debo confesar que no me interesan demasiado sus inversiones, pero las granjas son un caso aparte. No se trata de números, sino de personas con rostro, historias, y todo tipo de vínculos. Eso sí que me gusta. Siempre he presidido junto a Sinclair las festividades que se celebran en la finca, y suelo darle la bienvenida a todos los que vienen a la celebración del veintiséis de diciembre. Como ya os he dicho, siempre pasé mucho tiempo con la servidumbre, y cuando fui creciendo, solía salir a pasear a caballo acompañada de algún mozo de cuadra. Conozco a todos los granjeros y a sus familias, al menos a los de Marcastle y Dancy Park. Debo confesar que no estoy tan familiarizada con el resto de propiedades de mi hermano, porque nunca he pasado demasiado tiempo en ellas.

—Por Dios, ¿cuántas residencias tiene ese hombre?

—Bueno, aparte de la casa de Escocia, que no tiene demasiadas tierras... Sinclair siempre va solo a ese lugar, para pescar, y creo que también para alejarse de todo y dejar de ser «el duque». También tiene la casa de campo de Cotswolds, que formaba parte de la dote de mi madre. Según él, entrará en mi dote, pero de momento la administra por mí. Después está la finca de Cornwall... se trata de un castillo viejo y de aspecto imponente que según mi hermano ni siquiera vale la pena mantener, pero como en las tierras hay minas, tiene que ir de vez en cuando de inspección. Y tiene otra casa de campo en Sussex... me parece que eso es todo, exceptuando la casa de la ciudad, que no es una finca.

—¿Que eso es todo? —Bromwell se echó a reír—. Me habéis puesto en mi lugar. Y yo que me felicitaba por haber conseguido sacar de la ruina mi finca de Yorkshire, y por haber comprado una casa en Londres...

Callie se puso roja como un tomate.

—Perdonadme, no estaba alardeando. No penséis mal de mí. Sinclair tiene tantas propiedades porque es un duque... bueno, y porque al parecer se le da bien administrarlas. Pero muchas fincas acabaron en sus manos porque algún duque se casó en el pasado con una heredera que poseía esas tierras. Nuestros antepasados empezaron siendo barones, por supuesto, y cada vez que uno de ellos ganaba un título, se le concedían más propiedades... —lo miró avergonzada—. Estoy empeorando aún más la situación, ¿verdad? Pero todas esas propiedades le pertenecen a mi hermano, no a mí.

—Excepto la casa de campo de Cotswolds —Bromwell la miró con diversión.

Callie soltó un gemido.

—Lo siento. De verdad, no es... —dejó la frase inacabada, porque ni siquiera sabía lo que iba a decir.

Él se echó a reír, y le dijo:

—No os disculpéis, no he pensado que estuvierais alardeando. Sois una mujer de muy alta cuna.

—No soporto que piensen de mí en esos términos, me hace parecer muy... presuntuosa.

—Imposible, dudo que alguien pudiera consideraros presuntuosa. Sois encantadora, querida mía.

—No, me temo que soy una parlanchina que no puede

tener la lengua quieta; según mi abuela, es uno de mis peores defectos.

—Parece una mujer bastante rígida.

Callie se echó a reír.

—Estoy siendo injusta. Lo que pasa es que se siente orgullosa de su familia, es comprensible. Siempre ha cumplido con su deber, incluso a la hora de criar a una jovencita rebelde cuando ya no tenía edad de lidiar con niños, y espera que todo el mundo siga su ejemplo. El problema es que, según su punto de vista, lo que los demás quieran o lo que pueda gustarles carece de importancia.

—¿Y qué es lo que queréis vos?

—No lo sé. No tener que casarme con algún duque estirado, ni estar después en la obligación de tener el número requerido de niños para complacer a su familia. Y todo porque soy la hermana de un duque —soltó un profundo suspiro, y añadió—: A veces desearía... no sé... poder ser una persona normal y corriente, sin una fortuna.

—Creo que carecer de una fortuna os parecería de lo más incómodo.

—Ya lo sé. Pensaréis que soy una malcriada desagradecida. Soy consciente de que no sería feliz si tuviera que ahorrar hasta el último penique, o trabajar de sombrerera o de costurera para poder salir adelante. Pero es que a veces siento que la gente no me ve a mí, a la persona, sino a la hermana de Rochford.

Él la miró, y le dijo:

—Os prometo que, cuando os miro, sólo os veo a vos y a nadie más.

Callie se volvió hacia él, y sintió que el resto del mundo se desvanecía. No había camino, ni otras personas, ni campiña. Sólo veía los ojos grises de aquel hombre, que bajo el sol habían adquirido un tono plateado, y sólo sentía una extraña sensación que iba extendiéndose por su interior, que iba llenándola hasta que creyó que iba a explotar.

En los ojos de Rochford vio el mismo torbellino de emociones. Él se apresuró a volver la cara y respiró profundamente, y ella apartó la mirada y luchó por controlar su expresión, por ocultarle al mundo aquellas emociones desatadas que apenas podía contener en su interior.

—Ya hemos llegado al parque —comentó Bromwell con alivio.

Callie asintió, y entraron en el camino de entrada. Los terrenos del parque se extendían ante ellos. No había edificios a la vista, sólo una amplia extensión de terreno bordeada por árboles a ambos lados y en el horizonte. Carecía del verdor de la primavera, y con la excepción de los tejos y los alerces, los árboles aún seguían sin hojas, pero era un lugar hermoso bajo el pálido sol invernal. Para completar la serena escena bucólica, unos ciervos que estaban en el borde de la arboleda alzaron las cabezas y los miraron con aparente interés antes de marcharse.

Callie miró a Bromwell con ojos chispeantes antes de hincar los talones en la yegua. El animal estaba tan ansioso por correr como ella, y se lanzó al galope. Oyó que Bromwell gritaba algo a su espalda, y que salía tras ella de inmediato. No tardaron en dejar atrás a los demás.

Callie saboreó la caricia del aire en el rostro, y la energía desatada de la yegua. La velocidad avivaba aún más la fuerza de las emociones que se arremolinaban en su interior, y se sentía eufórica. Cuando el viento le arrancó el sombrero, se echó a reír con abandono.

A pesar de que instó a la yegua a que se esforzara al máximo, Bromwell la alcanzó y la miró con una sonrisa antes de adelantarla. Empezó a aminorar la marcha al cabo de un momento hasta un paso sosegado, y ella siguió su ejemplo.

Como habían superado la cresta de una pequeña colina, los demás habían quedado fuera de la vista. Callie pensó que era una suerte que nadie pudiera verlos, porque Bromwell hizo que su caballo se acercara a ella y la miró con una expresión tensa y decidida. La abrazó de la cintura con un brazo, la levantó de la yegua, y la sentó delante de él. Mientras la sujetaba por la espalda con un brazo para que no se cayera, le acarició la mejilla antes de hundir la mano en su pelo.

Callie sintió que la envolvía la calidez de su cuerpo masculino. Él tenía la respiración acelerada, y a pesar de que permanecía en silencio, sus intenciones se reflejaban con claridad en la tensión de su rostro y en el brillo de sus ojos.

Alzó la cara hacia él. Permanecieron inmóviles durante un instante, mirándose a los ojos, y finalmente la besó.

Callie sintió que ardía de deseo, y se estremeció mientras él sofocaba y avivaba a la vez las llamas que la consumían. Cuando alzó una mano y lo aferró de la nuca para acercarlo más, él gimió y profundizó aún más el beso, y siguió devorándola hasta que ella creyó que iba a estallar de deseo.

—Callie... Callie... —murmuró con voz ronca, mientras trazaba la curva de su mandíbula con los labios. Bajó la mano desde su pelo hasta su cuello, y añadió—: Llevo todo el día deseando hacer esto. Dios del Cielo... llevo dos semanas deseándolo.

Callie soltó una pequeña carcajada, volvió la cara hacia su hombro, y susurró:

—Yo también.

Él gimió de nuevo y la apretó más contra sí. Volvió a besarla mientras bajaba una mano por su pecho, por encima del traje de montar, y al cabo de unos segundos se apartó un poco y le dijo:

—Debemos parar, no tardarán en alcanzarnos.

Al ver que vacilaba y que la miraba con ojos oscurecidos, Callie pensó que iba a contradecir sus propias palabras, pero él giró la cara mientras mascullaba una imprecación ahogada. Después de un último beso breve y duro, la bajó del caballo y se apresuró a desmontar también.

—Deberíamos buscar vuestro sombrero.

—Sí —a Callie le resultaba difícil pensar más allá del hormigueo de sus labios, de la pesadez de sus pechos, y del cálido anhelo que se centraba en su entrepierna.

Cuando alzó la mirada hacia él, Bromwell se quedó sin aliento. Estaba ruborizada, tenía los labios sonrosados y húmedos, sus ojos marrones resplandecían, y un mechón de pelo que se le había soltado le caía junto a la mejilla. Era la viva estampa de una mujer a la que hubieran interrumpido mientras hacía el amor, y sintió que un deseo descarnado le desgarraba las entrañas como un animal salvaje.

Se quedó sin habla durante unos segundos. Apretó los puños con fuerza, y finalmente logró decir con voz un poco temblorosa:

—Callie, no me miréis así o acabaré perdiendo el honor.

Ella parpadeó mientras intentaba salir de la sensual ensoñación en la que estaba sumida; al cabo de unos segundos, sus ojos se aclararon y sus labios se curvaron en una sonrisa deliciosamente provocativa. Entonces dio media vuelta, se alisó el traje, y fue a tomar las riendas de su yegua.

Regresaron sobre sus pasos en silencio. Ambos eran demasiado conscientes de lo que había sucedido, seguían demasiado afectados por el deseo que aún no se había desvanecido del todo, y ninguno de los dos se veía capaz de hablar de naderías.

Cuando Callie intentó volver a colocar en su sitio los mechones de pelo que se le habían soltado, Bromwell le sujetó las riendas de la yegua para que tuviera las dos manos libres. Sus dedos se rozaron, y el breve contacto bastó para que las llamas de pasión volvieran a avivarse.

Cuando llegaron a la cima de la pequeña colina, vieron a los demás en la distancia; al parecer, habían decidido detenerse en un lugar bastante abrigado en el borde de la arboleda. El conductor del carruaje y el lacayo estaban bajando la cesta con la comida de la parte trasera del vehículo, y los demás campaban a su antojo por los alrededores.

Callie respiró aliviada al darse cuenta de que aún tenía varios minutos para recuperar la compostura antes de tener que enfrentarse a las demás mujeres. Al cabo de unos segundos vio su sombrero, y Bromwell lo recogió y se lo dio con galantería.

—¿Tengo bien el pelo? —le preguntó con ansiedad. Por fortuna, el alfiler seguía fijado al sombrero, así que lo sacó y se colocó la prenda sin problemas.

—Estáis preciosa —le dijo él, sonriente.

—No me miréis así —a pesar de sus palabras, no pudo evitar devolverle la sonrisa—. Todo el mundo estará preguntándose lo que hemos estado haciendo.

—Supongo que tendrán sus sospechas, pero no hemos estado alejados el tiempo suficiente para hacer gran cosa. Os aseguro que ni mi hermana ni mi primo se irán de la lengua.

—Y lo mismo puede decirse de lord y lady Radbourne, y de Francesca. Y el señor Swanson está tan embobado con vuestra hermana, que seguro que ni siquiera se ha dado cuenta.

Bromwell soltó una carcajada, y comentó:

—Eso es cierto. En ese caso, nos queda la señorita Swanson, que es muy joven y poco sofisticada —continuaron caminando en silencio durante unos segundos, y finalmente añadió—: Espero no haberos ofendido. No suelo agarrar a las mujeres sin más y arrancarlas de sus monturas.

—¿En serio?, pues a mí me habéis parecido todo un experto —Callie lo miró de soslayo.

Él la miró sonriente, y le dijo:

—Sois una descarada, estoy intentando disculparme.

—No hace falta que lo hagáis. Yo he... participado activamente en lo que ha sucedido —Callie fue incapaz de mirarlo a la cara, y se puso roja como un tomate.

Cuando por fin se atrevió a volverse hacia él, vio que estaba mirándola con expresión sorprendida. Al ver que estaba ruborizado, pensó que lo había avergonzado, pero entonces vio el brillo de sus ojos y se dio cuenta de que lo que acababa de decirle había avivado de nuevo su deseo.

—Mi querida lady Calandra... vais a hacerme quedar como un tonto —murmuró.

—¿Por qué?

—Cuando estoy con vos, siempre estoy a punto de...

—¿De qué?

—De hacer algo como lo que acaba de suceder, por ejemplo. O de mostrarle al mundo entero lo poco caballerosos que son los sentimientos que tengo por vos.

Ella se quedó mirándolo desconcertada, pero al captar el significado de sus palabras, se ruborizó aún más.

—¡Lord Bromwell!

—¿Lo veis? Cuando estoy con vos, pierdo hasta la capacidad de tener una conversación cortés.

—Entiendo. Así que, si os comportáis de forma poco caballerosa, será por mi culpa, ¿verdad?

—La única explicación que le encuentro a mi insensato comportamiento es que vos lo inducís —dijo él con ligereza, mientras esbozaba una pequeña sonrisa—. Seguro que no es algo que os tome por sorpresa, debéis de estar acostumbrada a enloquecer a los hombres.

—No, me parece que sois el primero.

—Me resulta difícil de creer, porque sois la tentación en persona —se volvió a mirarla, y aminoró un poco el paso—. Vuestro pelo, vuestros labios... cuando sonreís, sólo puedo pensar en acariciar vuestra boca con la mía.

Sus palabras la dejaron sin aliento.

—Brom...

Cuando él se detuvo, Callie lo imitó y se volvió a mirarlo. Por un instante, el aire pareció vibrar entre ellos con un deseo casi tangible. Se obligó a apartar la mirada, y le dijo temblorosa:

—No estáis contribuyendo a que podamos aparentar tranquilidad delante de los demás.

—Tenéis razón —Bromwell respiró hondo, y soltó el aire con un suspiro. Echó a andar de nuevo, y comentó en tono de broma—: Lady Calandra, ¿no os parece que es un día precioso para salir a montar a caballo?

Ella se echó a reír, y fueron hacia los demás charlando sobre banalidades. Para cuando se unieron al grupo, parecían como siempre de cara al exterior, pero por dentro la situación era muy diferente. Callie estaba convencida de que jamás volvería a ser la misma.

CAPÍTULO 10

Las mujeres del grupo estaban sentadas en una sábana que habían colocado en el suelo, y los hombres permanecían de pie. Callie se dio cuenta de que Francesca y lady Daphne se habían colocado tan alejadas como les había sido posible, y a juzgar por el rubor que teñía las mejillas de su amiga, era obvio que no estaba de buen humor. Entre las dos estaban sentadas la señorita Swanson, que parecía ajena a la situación, e Irene, que se esforzaba por permanecer inexpresiva.

—¡Lady Calandra, Bromwell! Habéis sido muy traviesos al escabulliros así —dijo lady Daphne con una sonrisa pícara—. Ese tipo de comportamiento va a hacer que la gente empiece a chismorrear.

—No lo harán, a menos que alguien se dedique a difundir rumores —le dijo Francesca con sequedad, mientras le lanzaba una mirada gélida.

—Ninguno de nosotros va a hablar del tema, por supuesto —lady Daphne fingió sentirse dolida—. Todos sabemos lo que se siente al ser joven y lleno de vida, ¿verdad? —miró con una sonrisa coqueta a los hombres.

—No hace falta que os preocupéis por la reputación de lady Calandra, lady Swithington —le dijo Irene con calma—. Todo el mundo sabe que es una joven intachable.

—Por supuesto —apostilló Bromwell, mientras iba a sentarse junto a su hermana.

Callie se sentó junto a Francesca, que la miró con una sonrisa y comentó:

—Es un día ideal para montar a caballo, ¿has disfrutado del paseo?

—Sí. La yegua de lord Bromwell es una maravilla, es obvio que es un verdadero entendido en caballos.

—Así es —dijo lady Daphne con orgullo—. Brom siempre me ha asesorado en esos temas, y también ayudaba a mi querido difunto esposo.

Mientras la conversación se centraba en el tema de los caballos, Callie se acomodó y se limitó a intercalar algún que otro comentario mientras los demás hablaban. No se permitió el lujo de pararse a pensar en lo que había compartido con Bromwell, lo dejó para más tarde, para cuando estuviera a solas en su dormitorio y pudiera recordarlo todo segundo a segundo.

Después de comer, fue a dar un paseo con Francesca, Archie y la señorita Swanson mientras los demás se quedaban charlando. Más tarde, el grupo entero dio un paseo a caballo por el parque, y finalmente iniciaron el trayecto de regreso a Londres.

—Ha sido una salida muy entretenida —comentó lady Daphne.

La señorita Swanson comentó que había sido el mejor día que había pasado desde que estaba en Londres, y su hermano aportó su opinión afirmando que había sido «genial».

—Debemos planear otra salida —añadió lady Daphne, sonriente—. Sería divertido, ¿verdad? ¡Ya lo tengo!, podríamos ir a los jardines de Vauxhall.

La señorita Swanson asintió encantada, tanto el señor Swanson como el señor Tilford convinieron en que era una idea excelente, y Francesca se limitó a sonreír con rigidez y a murmurar una respuesta vaga.

—¿El martes que viene? Decid que sí, lady Calandra —insistió lady Daphne.

Callie le lanzó una mirada interrogante a Francesca, que comentó:

—No sé, creo que tengo un compromiso previo —a juzgar por lo tensa que estaba, era obvio que no quería ir a ningún sitio con la hermana de Bromwell.

—Pero seguro que lady Calandra sí que puede venir —lady Daphne no parecía entristecida por la posible ausencia de Francesca—. Seremos un grupo numeroso, la juventud estará bien vigilada —se volvió hacia Irene y Gideon, y añadió—: Lord y lady Radbourne también vendrán, ¿verdad?

Irene la miró antes de volverse hacia Francesca y Callie, y finalmente contestó:

—Sí, creo que sí.

—Perfecto —lady Daphne esbozó una sonrisa triunfal.

—Lady Calandra es libre de ir adonde quiera, por supuesto —dijo Francesca con rigidez.

Callie la miró con indecisión. Por un lado, quería ir, pero por el otro, se sentía culpable, como si estuviera traicionando a su amiga.

—Creo que... que debería acompañar a lady Haughston a...

—No digas tonterías —Francesca sonrió, y le dio unas palmaditas en el brazo—. No hace falta que vengas conmigo, acabo de recordar que se trata de una visita a una vieja amiga. Ve y diviértete.

—Entonces, está decidido. Seguro que lo pasaremos muy bien —la hermana de Bromwell sonrió encantada, y empezó a hablar con la señorita Swanson sobre los dominós y los antifaces que podrían ponerse para la ocasión.

Callie se quedó un poco atrasada para poder ir junto a Francesca e Irene, y dijo en voz baja:

—Francesca, puedo enviarle una nota a lady Swithington diciendo que no puedo ir.

—Me sentiría mal si te perdieras un rato de diversión sólo porque soy incapaz de aguantar un par de horas más en compañía de esa mujer. Dios sabe que no accedería si ella fuera tu única acompañante, pero como Irene y Gideon también estarán allí, no habrá ningún problema; además, sé que quieres ir.

—Me aseguraré de que se mantenga el decoro —le dijo Irene.

Todo el mundo sabía que los jardines de Vauxhall eran el escenario de comportamientos bastante reprobables, pero se trataba de un lugar en el que se podía pasar una velada entretenida siempre y cuando se fuera con una mujer casada que aportara respetabilidad, y que en el grupo hubiera caballeros que pudieran pararles los pies a los jóvenes que solían pasear por allí y que podían llegar a importunar a las muchachas casaderas.

Callie había ido con su hermano, y siempre le había parecido un lugar mágico. Había fuentes, falsas ruinas, y senderos bañados por la luz tenue de los faroles que colgaban de los árboles y a lo largo de los caminos; por si eso fuera poco, una orquesta tocaba en un pabellón en el que había baile, cantantes itinerantes, y a veces incluso acróbatas que hacían juegos malabares o que caminaban sobre la cuerda floja.

Estaba deseando ir sin tener que aguantar la vigilante mirada de su hermano, y la idea de pasear por los senderos con lord Bromwell resultaba de lo más tentadora.

—Gracias —le dijo a Irene, sonriente, antes de volverse de nuevo hacia Francesca—. ¿Estás segura?

—Sí —su amiga esbozó una sonrisa—. Ni siquiera tu abuela se negaría, sabiendo que irás con un grupo numeroso en el que estarán Irene y Gideon; además, si te niegas a ir sin mí, me veré obligada a pasar una velada en compañía de esa mujer, y hace una hora me he prometido a mí misma que no volvería a aguantar un suplicio así.

Callie le lanzó una mirada interrogante a Irene, pero al ver que ella se encogía de hombros y alzaba ligeramente las cejas, se volvió de nuevo hacia Francesca.

—De acuerdo, gracias —le dijo, con una sonrisa afectuosa.

—No seas tonta, el hecho de que esa mujer me ponga de los nervios no implica que tú debas perderte una velada agradable. En fin, voy a galopar un rato para ver si consigo animarme un poco —se marchó al trote, y no tardó en dejarlos a todos atrás; finalmente, aminoró la marcha y siguió a un paso más sosegado a cierta distancia de los demás.

Callie se volvió hacia Irene, y le preguntó:

—¿Sabes por qué le disgusta tanto lady Swithington?

—Lo único que se me ocurre es que esa mujer puede ser bastante cargante, pero he visto a Francesca aguantar con una sonrisa a personas mucho peores, como por ejemplo mi cuñada.

Callie contuvo una sonrisa, porque conocía a lady Wyngate, la esposa del hermano de Irene.

—Tengo entendido que la reputación de lady Swithington dejaba bastante que desear, pero han pasado muchos años —siguió diciendo Irene—. Ni siquiera me acordaba de ella. Creo que ha estado en Gales desde entonces, y dudo que haya causado algún escándalo allí; al menos, no he oído decir nada al respecto. Lo que está claro es que le encanta flirtear —lo dijo con total tranquilidad, a pesar de que lady Daphne había intentado coquetear con su marido—. Pero dudo que eso haya molestado a Francesca, era yo la que tenía ganas de abofetearla.

Callie la miró boquiabierta.

—¿En serio?

Irene se echó a reír, y admitió:

—Lo habría hecho, pero como Gideon no dejaba de lanzarme miradas implorantes para que lo rescatara, la verdad es que me ha resultado incluso gracioso —Irene sonrió, y en sus ojos relampagueó por un momento una expresión que rebosaba sensualidad.

Callie tuvo la impresión de que estaba invadiendo su privacidad, y apartó la mirada.

—Puede que Francesca se haya molestado porque lady Swithington no dejaba de hablar de ti, aunque no ha dicho nada impropio —siguió diciendo Irene—. Se ha limitado a hablar de lo guapa que eres, de tus buenos modales, y de lo bien que montas a caballo. Supongo que quería contribuir al cortejo de su hermano, pero quizás habría sido mejor que se hubiera quedado callada, porque sus comentarios sólo servían para recordarle a todo el mundo que en ese momento no estabas con nosotros, sino con lord Bromwell. Si hubiera habido alguien malintencionado en el grupo, o si fueras una joven menos conocida, podría haber dado pie a especulaciones.

—¿Se ha comentado nuestra ausencia? No me he dado cuenta de que tardábamos tanto en volver, ha sido un placer poder cabalgar —como se sintió incapaz de enfrentarse a la mirada límpida de Irene, giró un poco la cabeza.

—Nadie ha dicho nada. Tienes tan buena reputación, que haría falta algo mucho peor para dañarla; además, no tardasteis en aparecer de nuevo —Irene se detuvo por un segundo antes de añadir—: Lady Swithington mencionó varias veces tu parentesco con el duque, puede que Francesca pensara que estaba siendo una entrometida.

Callie asintió sin demasiada convicción. Estaba segura de que el desagrado que Francesca sentía por lady Swithington se debía a algo más que los pequeños detalles que había mencionado Irene, pero no quería hablar con nadie a espaldas de su amiga.

El trayecto de regreso transcurrió sin incidentes, y lord Bromwell no volvió a mostrar ningún interés en especial por Callie. Ella sabía que era lo más sensato, ya que no sería correcto que él mostrara preferencia por su compañía después de haber cabalgado con ella por el parque, pero echaba de menos su compañía, y le habría gustado añadir algún recuerdo más a los que iba a saborear aquella noche cuando estuviera en la cama.

Después de despedirse de ella con formalidad, pero con un brillo cálido en la mirada que hablaba por sí mismo, volvió a montar y se marchó con su hermana y los amigos de ésta. Francesca invitó a Irene y a Gideon a que se quedaran un rato para tomar un poco de té, pero ellos declinaron con amabilidad y se marcharon también.

Francesca y Callie convinieron en que lo único que les apetecía después del largo día era descansar un poco, lavarse, cenar algo ligero, y acostarse. Callie agradeció poder estar a solas. A pesar de lo mucho que apreciaba a su amiga, en ese momento quería reflexionar con tranquilidad. Se dio un largo baño mientras su doncella aparecía de forma periódica para añadir agua caliente, y después se puso una bata y se sentó en una banqueta delante de la chimenea para peinarse y dejar que se le secara el pelo.

Saboreó con deleite lo que había sucedido aquella tarde. Recordó cada palabra y cada gesto, los besos que habían compartido, y la expresión de Brom cuando la había mirado a los ojos. Se ruborizó un poco al pensar en lo que habían hecho, y en su propia reacción. Sólo con pensar en ello volvía a sentir que ardía de deseo. Nunca se había sentido así, y le resultaba tanto maravilloso como alarmante.

No tenía ni idea de lo que iba a pasar; de hecho, ni siquiera sabía lo que quería que pasara. Lo único que sabía con certeza era que estaba disfrutando más que nunca de la vida, que despertaba cada mañana deseando empezar el día.

Sabía que aquello iba a tener que terminar tarde o temprano, y que era muy improbable que la situación tuviera un final feliz. Sinclair acabaría regresando a Londres, o algún entrometido les enviaría una carta a su abuela o a él para contarles que el conde de Bromwell estaba cortejándola. No sabía lo que haría su hermano cuando se enterara de que había seguido en contacto con Bromwell a pesar de que él se lo había prohibido, y no tenía prisa por saberlo.

Tenía miedo de tener un nuevo enfrentamiento con él, y no sabía lo que haría si le ordenaba que regresara a Marcastle y que permaneciera allí durante toda la temporada social. Se negaba a permitir que la controlara, pero no podía soportar la idea de que se creara un distanciamiento entre los dos. ¿Qué iba a hacer si tenía que elegir entre Sinclair y Bromwell?

Esa pregunta daba pie a una más amplia: ¿qué obtendría si optaba por Bromwell? Él se mostraba muy atento con ella, pero no estaba claro hasta dónde estaba dispuesto a llegar; de hecho, ni siquiera sabía qué era lo que esperaba de él.

No estaba segura de los sentimientos del conde. Parecía sentirse atraído por ella, pero seguía estando un poco recelosa debido a las advertencias de Sinclair. Su hermano era una persona razonable que no se alteraba con facilidad, y al verlo tan convencido de que debía mantenerse apartada de Bromwell, no podía evitar preguntarse si el conde escondía algo negativo que ella no alcanzaba a ver. Quizá no estaba cortejándola en serio, ¿estaría jugando con ella?

Él no había aclarado sus intenciones, pero aún era demasiado pronto para que lo hiciera; además, ella tampoco tenía claro lo que quería, y no tenía ni idea de lo que contestaría en caso de que Bromwell pidiera su mano en matrimonio.

Jamás había sentido por ningún otro hombre lo que sentía por él. Sus caricias la estremecían, la idea de volver a verlo le aceleraba el corazón, y sus besos despertaban en ella un anhelo maravilloso y desconocido. Los días en que no lo veía le parecían vacíos, y cuando lo veía llegar, sentía como si una luz se encendiera en su interior. ¿Era eso el amor?

Quizás era un capricho pasajero, o pasión.

No lo sabía. Lo único que sabía con certeza era que quería seguir sintiéndose así.

Fiel a su palabra, lady Swithington las invitó a ir el martes siguiente a los jardines de Vauxhall. En vez de enviarles una nota, se presentó ella misma para invitarlas.

Francesca sonrió con rigidez mientras reiteraba que tenía un compromiso con una amiga y añadía que esperaba que Callie pudiera asistir, pero lo cierto era que la situación no acababa de gustarle. Sabía que Callie estaba deseando ir, pero también era consciente de que el duque de Rochford no iba a reaccionar nada bien cuando se enterara de que su hermana había estado en compañía de su antigua amante; aun así, ella no tenía la culpa de la precaria situación del duque en relación con lady Swithington. El culpable era él, y no podía esperar que ella lo protegiera de su propia idiotez. Pero sí que estaba obligada a proteger a Callie, y lady Swithington no era una persona de fiar.

Todo el mundo parecía haber perdonado, o incluso olvidado, la reputación que lady Daphne se había ganado quince años atrás, antes de casarse con lord Swithington; además, era probable que muy pocos se hubieran enterado de la aventura que había tenido con el duque. Rochford era un hombre muy discreto y conservador, y a pesar de que Daphne lo había perseguido con descaro y de forma pública, estaba convencida de que ella había sido una de las pocas personas que habían tenido la desdicha de verlos saliendo juntos de una habitación después de uno de sus encuentros clandestinos.

De momento, ninguna dama se había negado a recibir a lady Daphne, y la misma lady Odelia, que era uno de los pilares de la alta sociedad, le tenía bastante aprecio. Callie no entendería que de repente le prohibieran relacionarse con ella, pero explicarle la verdad implicaría sacar a la luz lo que su hermano quería ocultarle.

Francesca sabía que debería acompañarla a Vauxhall, pero le había resultado casi imposible aguantar la presencia de lady Swithington el día de la excursión. Creía que las heridas habían cicatrizado después de quince años, pero volver a ver a Daphne había hecho que recordara todas las razones por las que no la soportaba. Había ido tensándose más y más cada vez que aquella descarada había mencionado a Rochford, hasta que al final había pensado que iba a explotar.

Irene y Gideon iban a estar allí, así que Callie no estaría a solas con lady Daphne y su hermano, y tampoco iba a entablar amistad con ella; además, nadie iba a enterarse de que estaba allí, porque iba a llevar puesto un dominó y un antifaz. No iba a pasarle nada, y su reputación seguiría igual de impoluta. Si Rochford se enfadaba, que hubiera ido con más cuidado en el pasado.

De modo que decidió no intentar convencer a Callie de que no fuera, pero no pudo evitar sentir una punzada de inquietud cuando llegó el martes y la vio subir al carruaje que había enviado lady Swithington.

Por su parte, Callie estaba entusiasmada. Después de despedirse de Francesca, se reclinó en el asiento mientras el vehículo se dirigía hacia la casa de lady Daphne, que era el punto de encuentro del grupo. Se había puesto un vestido de noche blanco ribeteado con encaje plateado, y encima de la prenda llevaba un dominó de satén negro rematado en blanco que le había prestado Francesca, y que resultaba elegante e impactante a la vez. La capucha estaba doblada hacia atrás para dejar al descubierto los remates en blanco, que contrastaban de forma muy favorecedora con su melena de rizos negros. También llevaba un antifaz que le ocultaba la parte superior de la cara, y el efecto general era de sofisticación y misterio.

Soltó una risita, porque por dentro no se sentía ni sofisticada ni misteriosa. Estaba tan entusiasmada como una debutante antes de su primer baile, y tenía la impresión de que su excitación era casi tangible.

Cuando llegó a la casa de piedra gris de lady Swithington, que desprendía un ambiente festivo gracias a la cantidad de luces que había encendidas, un lacayo la saludó con una reverencia antes de abrirle la puerta. Un mayordomo procedió a conducirla hasta el saloncito, donde había un grupo de lo más alegre. Además de lady Swithington, estaban presentes los hermanos Swanson, el señor Tilford, y dos jóvenes caballeros y una muchacha a los que no conocía.

—¡Lady Calandra! —Daphne fue a recibirla, y la tomó de las manos—. Me alegro de que hayáis llegado. Venid, os presentaré al resto del grupo.

Los hombres estaban vestidos a la última moda, y llevaban los complementos más estilosos. Uno de ellos tenía un ramillete tan grande como su puño en la solapa, y la cadena del reloj del otro tenía tantos dijes, que era un milagro que no se rompiera. No dejaban de hacer comentarios banales, y sus propias ocurrencias les resultaban de lo más divertidas, aunque Callie no les encontraba la gracia.

Tanto la señorita Swanson como la otra joven, una rubia que tenía una risita bastante estridente, parecían pensar que eran extremadamente encantadores, porque los escuchaban con atención y se echaban a reír cada vez que uno de ellos hacía una gracia.

Lady Daphne, que no pudo evitar una pequeña mueca cuando la rubia soltó una risotada especialmente estridente, se encargó de las presentaciones de rigor. La joven rubia resultó ser la señorita Lucilla Turner, y los caballeros los señores William Pacewell y Roland Sackville. Callie habría sido incapaz de decir quién de los dos era quién al cabo de unos minutos de que se los presentaran, pero eso no la preocupó en lo más mínimo, porque no tardó en darse cuenta de que no tenía ni el más mínimo interés en hablar con ellos.

Saludó con una inclinación de cabeza a los hermanos

Swanson, aliviada al ver a alguien conocido, y recorrió el saloncito en busca de los demás.

—Ya veo que estáis buscando a mi hermano —comentó lady Daphne, con una sonrisa pícara—. Aún no ha llegado, se reunirá con nosotros más tarde en Vauxhall. Ya sabéis cómo son los caballeros, siempre están ocupados.

—Ya veo —Callie sonrió, y se esforzó por ocultar lo decepcionada que estaba—. Supongo que lord y lady Radbourne no han llegado aún, ¿verdad?

—No, pero aún es pronto. Permitid que os ofrezca un refresco mientras los esperamos.

Lady Daphne le hizo una indicación a un criado, y al cabo de un momento, Callie estaba tomando un vaso de ratafía mientras hablaba con su anfitriona. Se sentía un poco fuera de lugar, y a pesar de que no solía ser una persona tímida, el hecho de que no hubiera nadie con quien tuviera cierta confianza hizo que permaneciera más callada de lo normal; además, la actitud fanfarrona y afectada de los dos jóvenes caballeros le resultaba bastante desagradable.

Los minutos fueron pasando lentamente, pero Irene y Gideon siguieron sin hacer acto de presencia. Lady Daphne miraba ceñuda el reloj cada dos por tres, y después sonreía y decía con naturalidad que debían de haberse retrasado y no tardarían en llegar; sin embargo, cuando la señorita Turner le preguntó por enésima vez si iban a marcharse ya, suspiró y dijo:

—Sí, supongo que será mejor que nos pongamos en marcha. Bromwell no tardará en llegar a Vauxhall.

—Pero... ¿qué pasa con lord y lady Radbourne? —le preguntó Callie.

—No sé por qué no han venido, seguro que simplemente se han retrasado un poco. Cuando lleguen, el mayordomo les dirá que los esperamos en Vauxhall.

—Quizá debería esperarlos —comentó Callie con inquietud. Sabía que Francesca no aprobaría que se fuera con lady Swithington y los demás sin Irene y Gideon.

—Cielos, claro que no —dijo lady Daphne con desenfado—. Es posible que alguno de los dos se haya sentido indispuesto y no puedan venir, y entonces os perderíais toda la diversión. O quizás, al ver que es tan tarde, decidan ir allí directamente. No querréis pasar sola toda la velada, ¿verdad?

No, Callie no quería pasarse horas esperando sin hacer nada en casa de una desconocida. Sabía que debería volver a casa de Francesca, pero no se le ocurrió una forma delicada de decirle a lady Daphne que su amiga, y sin duda también su abuela y su hermano, no la considerarían una acompañante adecuada. Seguro que Irene y Gideon llegarían tarde o temprano, así que no merecía la pena que se perdiera toda la velada en vano; además, estaba deseando ver a Bromwell, y poder pasear con él por los jardines bajo la romántica luz tenue de los faroles.

En todo caso, no podía pedirles a los demás que esperaran a que el carruaje de lady Daphne la llevara de vuelta a casa de Francesca, así que esbozó una sonrisa forzada y dijo:

—De acuerdo, será mejor que nos vayamos ya.

Las cuatro mujeres fueron en el carruaje de lady Daphne, y los hombres tomaron uno de alquiler. Las dudas de Callie fueron desvaneciéndose durante el trayecto. La conversación entre ellas era mucho más tranquila y agradable, y tenía cada vez más ganas de ver de nuevo los jardines y de estar con Bromwell.

Vauxhall tenía la misma apariencia mágica de siempre, y la inquietud de Callie se esfumó por completo cuando bajaron del carruaje y entraron. Los hombres se encargaron de comprar las entradas, y alquilaron uno de los reservados que se alineaban a lo largo del paseo principal.

Fueron por el amplio paseo hasta llegar al reservado en cuestión, que estaba cerca del pabellón donde pronto iba a empezar a tocar la orquesta. Todos tomaron asiento, y contemplaron el flujo continuo de gente que recorría el paseo. Callie se sentía liberada bajo la protección del dominó y el antifaz, porque podía mirar a todos los que pasaban sabiendo que nadie podía reconocerla, que no surgirían rumores que pudieran llegar a oídos de su hermano.

Al cabo de unos minutos, un camarero les llevó una cena consistente en lonchas finas de jamón, pollo, y ensaladas, y les llenó los vasos con el célebre ponche de *arak* de los jardines. Era una bebida bastante fuerte, y aunque Callie sólo lo probó, no tardó en sentirse más relajada y se dispuso a pasarlo bien.

Era muy divertido observar a los demás, ya que había gente de todos las formas, tamaños y clases. Algunos de los numerosos jóvenes presentes eran dandis, y otros tenían el físico atlético de los corintios. También había muchas jóvenes solteras, que flirteaban abiertamente con los hombres. Callie las observó fascinada, y se ruborizó con algunos de los comentarios que oyó.

Se sorprendió al ver que algunos de los jóvenes cometían la osadía de mirarla con descaro, al igual que al resto de las damas que la acompañaban. Tanto la señorita Swanson como la señorita Turner respondieron con risitas. Lady Daphne no se rió, pero Callie se quedó atónita al ver que levantaba el abanico y miraba con coquetería a uno o dos jóvenes.

Creyó que los caballeros del grupo se encargarían de ahuyentar a aquellos descarados, y no le costó imaginarse cómo habría reaccionado su hermano ante tal insolencia. En las ocasiones en las que había ido allí con Sinclair, su mera presencia había bastado para evitar que alguien pudiera mirarla de forma inapropiada.

Cuando la orquesta empezó a tocar en el pabellón, la gente salió a bailar a la pista que había justo delante. Para no hacerles un feo, Callie bailó primero con Tilford y después con Pacewell... al menos, eso creía, porque seguía sin recordar quién era quién... pero como éste último no dejaba de pisarla con torpeza y el aliento le apestaba a alcohol, decidió regresar al reservado y no volver a bailar hasta que llegara Bromwell... si realmente llegaba, porque empezaba a dudarlo.

Al ver que Gideon, Irene y Brom seguían sin aparecer, empezó a sentirse cada vez más incómoda. La conversación que mantenían sus acompañantes iba ganando en volumen y estridencia conforme iba avanzando la velada y el consumo de *arak* continuaba. Las risitas de las muchachas cada vez eran más chillonas, y las risotadas de los caballeros más escandalosas. Empezaron a hablar arrastrando las palabras, a dejar los vasos sobre la mesa con demasiada fuerza, y en una ocasión, el señor Sackville... o quizás era el señor Pacewell, cuanto más borrachos estaban, más le costaba diferenciarlos... no acertó a la hora de dejar el vaso sobre la mesa y se le cayó al suelo.

El incidente pareció resultarles muy gracioso a todos menos a ella; de hecho, el señor Swanson se rió con tanta fuerza, que trastabilló hacia atrás, tropezó con una silla, la volcó, y acabó con el trasero en el suelo, con lo que los demás se desternillaron aún más.

Callie tomó un pequeño trago de licor y se esforzó por ignorar lo que estaba ocurriendo a su alrededor, pero le resultaba cada vez más difícil. El señor Pacewell... bueno, al que no se le había caído el vaso, fuera quien fuese... se había inclinado hacia la señorita Turner, y estaba mirándole el escote con descaro mientras le murmuraba algo al oído. Estaba tan cerca de ella, que estaba a punto de rozarla con los labios.

Callie se apresuró a apartar la mirada y se volvió hacia lady Swithington, pero no tardó en darse cuenta de que la dama no estaba por la labor de restablecer algo de decoro. Estaba sentada en la parte delantera del reservado, con los brazos apoyados en el antepecho, hablando en voz baja con un hombre. El desconocido estaba inclinándose hacia ella, sonriente, y de repente posó el índice sobre el dorso de la mano de lady Daphne y fue subiéndolo por su brazo hasta el codo.

Callie se volvió de inmediato, pero no sabía hacia dónde mirar. Tomó un trago con nerviosismo, y tosió cuando la potente bebida pareció abrasarle la garganta.

Se preguntó dónde estaba Bromwell, por qué no había llegado aún, y deseó con todas sus fuerzas que estuviera allí. Él pondría fin a aquella situación, y restablecería el orden... al menos, eso era lo que cabía esperar. A lo mejor llegaba y se comportaba igual que los demás, quizá se emborrachaba como los otros y también se dedicaba a devorar con la mirada a todas las mujeres presentes.

Se dio cuenta de que un segundo hombre se había parado delante del reservado para charlar con lady Daphne y la señorita Swanson, y se quedó horrorizada cuando ellas los invitaron a unirse al grupo. Apartó su silla a un lado todo lo que pudo hasta quedar contra la pared más alejada de los demás, e intentó tomar una decisión.

Estaba convencida de que Irene y Gideon no iban a aparecer, y tenía sus dudas en cuanto a Brom. La velada había adquirido tintes escandalosos, y era consciente de que no debería estar allí. El problema radicaba en que no sabía cómo marcharse. Se estremecía sólo con pensar en internarse sola entre el gentío, ya que en aquel lugar una mujer no estaba a salvo de comentarios groseros, miradas lascivas... y de cosas incluso peores.

Pero apenas conocía a sus acompañantes masculinos, y a juzgar por su comportamiento, no estaba segura de si podía confiar en que la protegieran; de hecho, ni siquiera sabía si estaría a salvo con ellos. Y suponiendo que pudiera confiar en ellos, estaban demasiado borrachos para ayudarla.

Dejó el vaso sobre una mesa, y se frotó la frente. Al darse cuenta de que estaba un poco confusa, intentó recordar cuánto ponche había bebido. Un vaso... no, dos, porque tenía la sensación de que, en cuanto dejaba un vaso medio vacío en la mesa, alguien lo reemplazaba de inmediato por uno lleno. Lady Daphne se había asegurado de que nadie se quedara sin bebida.

En ese momento, se dio cuenta de que un camarero estaba llenándole el vaso de nuevo. Negó con la cabeza para indicarle que se detuviera, pero él ni siquiera pareció darse cuenta y le llenó el vaso hasta arriba antes de marcharse. Callie soltó un suspiro, y luchó por intentar aclararse las ideas. Iba a tener que dejar de tomar sorbitos, por muy nerviosa que estuviera. Necesitaba tener la cabeza despejada para salir de aquella situación.

—¿Estás solita? —uno de los desconocidos a los que Daphne había invitado a entrar se sentó junto a ella. Era obvio que estaba ebrio, porque arrastraba las palabras—. Una preciosidad como tú no tendría que estar sola.

—No necesito compañía, gracias —le contestó con voz gélida.

Sus palabras debieron de resultarle muy graciosas, porque el individuo soltó una carcajada.

—Vaya, vaya, así que eres una finolis —agarró el vaso que Callie había dejado sobre la mesa, y se lo ofreció—. Así no vas a divertirte. Anda, toma un traguito, te entonará.

—No, gracias.

Él se encogió de hombros, y se bebió el vaso de golpe. Entonces se inclinó hacia ella, y la miró fijamente a la cara.

—¿Qué pasa?, ¿no quieres pasar un buen rato?

Callie se echó hacia atrás. El hombre apestaba a alcohol, y tenía los ojos enrojecidos.

—No, no quiero —le dijo con firmeza—. Por favor, alejaos de mí.

No solía ser tan grosera, pero era obvio que no iba a lograr que se marchara a base de peticiones amables. Al ver que la miraba y entornaba los ojos, creyó que iba a ponerse violento, pero él se limitó a encogerse de hombros y se fue hacia los demás.

Callie sintió que se le caía el alma a los pies al darse cuenta de que algunos de sus acompañantes se habían ido mientras ella lidiaba con el desconocido. Ni la señorita Swanson ni la señorita Turner estaban en el reservado, y tampoco había ni rastro de los dos dandis. Miró hacia el otro extremo del paseo, y se sintió un poco aliviada al ver que los cuatro habían decidido salir a bailar. Se dijo que no tardarían en volver, pero al cabo de unos segundos los perdió de vista entre la multitud que llenaba la pista de baile.

Recorrió el reservado con la mirada; al parecer, el señor Swanson había llegado a su límite, porque estaba repantingado en su silla con los ojos cerrados. El señor Tilford agarró un vaso, lo llenó de ponche, y salió medio tambaleándose por la puerta trasera; seguramente, iba en busca de acompañantes más alegres.

Lady Swithington estaba sentada entre los dos hombres a los que había invitado a entrar, y estaba charlando y flirteando con ellos. Tenía en la mano el abanico, y de vez en cuando lo cerraba y lo usaba para darle un golpecito juguetón a alguno de sus dos acompañantes. Uno de ellos la tomó de la mano, y depositó en el dorso un beso mucho más largo de lo que resultaba aceptable, pero en vez de intentar apartarse, ella se echó a reír y se inclinó hacia él para susurrarle algo al oído.

—Lady Swithington, debo marcharme —le dijo Callie con vehemencia—. Francesca ya habrá empezado a preocuparse por mi tardanza.

Daphne tardó unos segundos en centrarse en ella.

—Pero si aún es muy pronto, querida. No querréis marcharos ya, ¿verdad?

—Lord y lady Radbourne no han venido, y... y me temo que no debería estar aquí. Si pudierais mandar a buscar vuestro carruaje... —no estaba segura de poder llegar sana y salva al vehículo, pero quería marcharse antes de que la situación empeorara aún más.

Lady Swithington se echó a reír, y movió la mano en un gesto displicente.

—Todavía no podéis marcharos, querida. Brom no ha llegado aún. No dejéis que lord y lady Radbourne os agüen la fiesta.

—No... no creo que lord Bromwell vaya a venir, ya es bastante tarde —Callie intentó mantener la calma.

Lady Daphne se levantó, y se echó a reír.

—La velada apenas ha empezado, no podéis marcharos —alargó una mano hacia ella, y añadió—: Venid, uníos a nosotros. Vamos a salir a la pista de baile, y el pobre Willoughby necesita una pareja. ¿Verdad, señor mío?

El hombre en cuestión miró a Callie, y negó con la cabeza.

—No va a querer venir, es demasiado estirada.

—Lady Swithington, no me apetece bailar —insistió Callie.

—¿Lo ves?, ya te lo he dicho —dijo el tal Willoughby.

—Deseo marcharme, y creo que la señorita Swanson y la señorita Turner deberían venirse conmigo. Están en la pista de baile, sin nadie que las vigile.

—Podéis marcharos si queréis, por supuesto, en cuanto llegue Brom —le dijo lady Swithington, con tono magnánimo—. Aunque dudo que a la señorita Turner y a la señorita Swanson les complazca que os las llevéis a rastras de aquí. En fin, si estáis segura de que no queréis venir a bailar con nosotros... —le dio la espalda, tomó del brazo a los dos hombres, y los miró con una sonrisa deslumbrante—. Vamos, caballeros. Estoy deseando bailar.

El compañero de Willoughby soltó una carcajada, y murmuró:

—Espero que estés deseando hacer muchas cosas más.

Sus palabras no parecieron ofender a lady Swithington, que se echó a reír y contestó:

—Ya veremos.

—¡Lady Swithington! —exclamó Callie, horrorizada, mientras los tres se dirigían hacia la puerta.

Daphne ni siquiera pareció oírla. Salió del reservado con sus acompañantes, y cerró la puerta. Callie se quedó de pie como un pasmarote, y al cabo de unos segundos, se volvió y miró a su alrededor. Su única compañía era el señor Swanson, que estaba traspuesto en la silla. Nunca se había sentido tan sola. Miró hacia el exterior, donde el bullicio y el descontrol se acrecentaban por momentos. Lady Daphne y sus dos acompañantes habían desaparecido entre el gentío, y no alcanzó a ver a ninguno de los integrantes del grupo con el que había llegado.

Frunció el ceño, y se sentó en su silla mientras intentaba encontrar la forma de salir de aquella encrucijada. Quería echar a correr entre la multitud hacia la puerta, y subir a un carruaje de alquiler que la llevara de vuelta a casa, pero estaba preocupada por la señorita Swanson y la señorita Turner, que obviamente se habían excedido con el ponche... y que eran bastante tontitas de por sí. Los hombres con los que estaban no eran de fiar. Tendría que haberse esforzado más en evitar que se fueran con ellos, y le parecía irresponsable dejarlas allí sin más.

—¿Qué estás haciendo sola, ricura?

Callie se sobresaltó, y al volverse vio a un hombre de mediana edad apoyado en el antepecho del reservado. Se levantó mientras el corazón le martilleaba en el pecho, y apretó las manos en dos puños cerrados a ambos lados del cuerpo.

—Marchaos, por favor. Mi hermano está a punto de volver —le dijo de forma improvisada, mientras para sus adentros repasaba las posibles armas que tenía a mano. Se decidió por una botella vacía, así que empezó a acercarse con disimulo a la mesa donde el señor Swanson estaba apoyado con la cabeza sobre los brazos.

—Así que tu hermano, ¿no? —el hombre sonrió con incredulidad—. No tendría que haber dejado sola a una preciosidad como tú. A lo mejor tendría que entrar y hacerte compañía hasta que vuelva.

—No me parece una buena idea —Callie llegó a la mesa, y aferró con fuerza el cuello de la botella.

El hombre se echó a reír.

—Vaya, así que quieres pelea, ¿verdad? —apoyó las manos en el antepecho, como si estuviera a punto de pasar por encima para entrar en el reservado.

Callie le lanzó la botella. Se sorprendió al ver que le daba, aunque lo cierto era que había apuntado a la cabeza y le había alcanzado en el pecho. El hombre se detuvo en seco, y la miró sorprendido.

—No hacía falta que te pusieras tan violenta —le dijo con resentimiento. Se colocó bien la chaqueta, y después de lanzarle una mirada enfurruñada, dio media vuelta y se marchó.

Callie suspiró aliviada, y se alejó un poco más de la parte delantera del reservado. Miró a su alrededor, y se agachó a recoger otra botella por si volvía a necesitar otra arma. Cuando volvió a incorporarse, gritó sobresaltada al ver a otro hombre mirando desde el antepecho, y levantó la botella.

—¿Callie?, ¿sois vos? —el hombre apoyó una mano en el antepecho, y entró de un salto en el reservado—. ¿Qué demonios hacéis aquí sola?

—¡Brom! —Callie dejó caer la botella, y soltó un sollozo mientras corría hacia él y se lanzaba a sus brazos.

CAPÍTULO 11

Bromwell la abrazó con fuerza, y le preguntó:
—¿Qué ha pasado, Callie?
—Oh, Brom... —Callie se aferró a él con todas sus fuerzas—. No ha pasado nada, todo está bien.
Se dio cuenta de que sus palabras reflejaban la pura verdad. Por extraño que pareciera, la presencia de Bromwell hacía que se sintiera completamente segura. La ansiedad y el miedo se desvanecieron al sentir la dureza de su pecho musculoso contra la cabeza, al oír el latido de su corazón bajo el oído.
—¿Dónde están todos?, ¿por qué demonios estáis sola?
—No lo estoy —le dijo ella en tono de broma. Lo soltó a regañadientes, retrocedió un paso, y esbozó una sonrisa irónica al señalar hacia el señor Swanson, que seguía durmiendo en la silla.
El conde se volvió hacia él, y su ceño se profundizó aún más.
—¡Demonios! ¿Ha perdido el sentido?
—Me parece que todos hemos bebido demasiado ponche, yo misma estoy un poco mareada.
—Pero... ¿dónde está mi hermana?, ¿dónde están lord y lady Radbourne, y los demás? ¿Por qué se han ido y os han dejado aquí sola?

—Irene y Gideon no han hecho acto de presencia, pero no sé por qué. Y los demás han salido a bailar —indicó con un gesto el paseo atestado de gente—. Empezaba a pensar que vos tampoco vendríais.

—Claro que he venido, pero Daphne me dijo que... —se detuvo de golpe, y la miró ceñudo—. ¿Cuánto hace que estáis aquí?

—No lo sé, la velada se me ha hecho interminable.

—Está claro que lleváis aquí el tiempo suficiente para que el señor Swanson se embriagara —comentó él con ironía.

—Sí. Llegamos mucho antes de las diez, porque la señorita Swanson quería llegar antes de que la orquesta empezara la segunda función.

Bromwell se quedó mirando hacia la zona del paseo durante un largo momento, y al final suspiró y dijo:

—No sé cómo es posible que mi hermana os haya dejado con Swanson como única compañía. ¿Estaba así de indispuesto cuando ella se ha marchado?

Callie asintió, y esbozó una sonrisa carente de humor.

—La verdad es que no está en condiciones de protegerme.

—Eso es obvio. Me disculpo por no haber llegado antes, debo de haber confundido la hora que me dijo Daphne. Dudo que lady Haughston permita que vuelva a visitaros.

—Creo que sería mejor que Francesca no se enterara de lo que ha sucedido, porque se preocuparía innecesariamente; además, estoy convencida de que no volverá a suceder.

Callie no tenía ninguna duda al respecto, porque no pensaba aceptar ninguna invitación más de lady Swithington.

Bromwell asintió, aunque parecía un poco distraído.

—En fin, más tarde hablaré del tema con Daphne. Creo que será mejor que os lleve a casa de lady Haughston de inmediato.

—Sí, os lo agradezco —Callie vaciló por un segundo, y añadió—: La señorita Swanson y la señorita Turner aún están aquí, deberíamos asegurarnos de que están bien.

—No estarán solas también, ¿verdad?

—No, han salido a bailar con el señor Pacewell y el señor Sackville.

—¿Con esos dos fantoches? Son unos necios, pero estoy seguro de que cuidarán de ellas. Lo principal es llevaros de vuelta a casa, después regresaré a por los demás.

—Gracias —le dijo Callie, sonriente.

Él sonrió también, y alzó la mano para acariciarle la mejilla.

—Lamento profundamente que hayáis tenido que soportar esta debacle, Callie.

—No ha sido tan horrible —era mentira, pero la presencia de Brom hacía que el recuerdo del miedo que había pasado fuera desvaneciéndose.

—Sois muy amable, pero soy consciente de que no estáis acostumbrada a aguantar situaciones como ésta. Hablaré con mi hermana al respecto.

—No quiero que tengáis desavenencias con lady Swithington por mi culpa.

—No os preocupéis, no nos repudiaremos el uno al otro. Me temo que Daphne ha pasado demasiado tiempo apartada de la sociedad londinense, quizá no recuerde lo restrictivas que son las normas que rigen el comportamiento de una joven casadera; además, tampoco está acostumbrada a las bebidas alcohólicas tan fuertes que sirven aquí. Es obvio que no se ha parado a pensar en lo que hacía. Tapaos con la capucha del dominó, vamos a tener que lidiar con el gentío bullicioso que hay ahí fuera.

En vez de esperar a que ella lo hiciera, agarró él mismo los bordes de la capucha y se la puso con cuidado. Permaneció inmóvil durante unos segundos, mirándola a los ojos y con las manos en la tela, pero pareció despertar de su ensoñación de golpe y retrocedió un poco antes de ofrecerle el brazo con galantería.

Después de salir por la parte trasera del reservado, lo rodearon y se detuvieron al llegar al paseo atestado de gente. Callie miró a su alrededor, y deseó que Bromwell hubiera estado allí desde el principio de la velada, porque así habría podido disfrutar sin preocuparse. Se volvió hacia él, y le dijo:

—¿No podríamos pasear un poco antes de irnos?, apenas he visto los jardines.

Él la miró con indecisión, y al final comentó:

—No creo que sea correcto, vais sin carabina.

—No corro ningún peligro, estoy con vos.

—Algunos dirían que yo soy el peligro.

—Pero los dos sabemos que no es así —le dijo ella, sonriente.

Se había preguntado poco antes si Bromwell se comportaría como los demás, pero en cuanto lo había visto llegar, se había dado cuenta de que había sido una tonta por pensar algo así. Aquella velada había sido muy extraña, y no acababa de entender lo que había pasado ni el porqué. Aunque no podía admitirlo ante Bromwell, lo cierto era que el comportamiento de lady Swithington había sido muy raro. Tenía la sospecha de que aquella mujer lo había orquestado todo, pero no sabía por qué lo había hecho.

Pero al margen de lo que hubiera podido hacer lady Daphne, ya fuera a propósito o de forma accidental, estaba convencida de que lord Bromwell no había tenido nada que ver. Y también sabía que, si él hubiera estado allí durante toda la velada, no habría permitido que la situación se descontrolara. La estupefacción y el enfado que había mostrado al llegar hablaban por sí solos.

Él le devolvió la sonrisa, y su expresión se suavizó.

—De acuerdo, vamos a dar un paseo. El espectáculo pirotécnico debe de estar a punto de empezar.

Echaron a andar, y no tardaron en dejar el paseo principal. Bromwell la condujo hacia uno de los senderos que se internaban entre los árboles. Los faroles que había a lo largo del camino aportaban una luz tenue, y titilaban como estrellas entre las ramas. A su paso fueron encontrando fuentes, y ruinas falsas artísticamente iluminadas.

Al oír un petardazo, se detuvieron a contemplar el cielo iluminado por los primeros fuegos artificiales. Siguieron paseando mientras el colorido espectáculo continuaba, y fueron parando de vez en cuando para admirar algún estallido de luz especialmente impactante.

Fueron avanzando por senderos cada vez más apartados y menos transitados, y al final se quedaron completamente solos. Callie oyó una risita femenina a cierta distancia seguida del sonido de pasos apresurados, y después todo pareció quedar en silencio.

Cuando llegaron a un banco de piedra situado junto a un estanque, se sentaron y siguieron contemplando el espectáculo pirotécnico, que al acabar dejó a su paso un silencio absoluto y un ligero olor a pólvora en el aire.

—Ha sido precioso, gracias por dejar que nos quedáramos —dijo Callie.

—Lo único que lamento es que no hayáis disfrutado del resto de la velada.

—Eso no importa.

Él le acarició la mejilla con un dedo, y susurró:

—Sois tan bella... ojalá...

—¿Qué? —insistió ella, al ver que no continuaba.

—No lo sé... ojalá las cosas fueran diferentes.

—¿A qué os referís? —le preguntó, un poco desconcertada.

—A nada. No me hagáis caso, me temo que esta noche tengo un estado de ánimo un poco extraño —se levantó del banco, y se acercó al estanque.

Callie fue tras él, y tomó una de sus manos entre las suyas.

—¿Qué os sucede?, ¿puedo ayudaros en algo?

—Ojalá —se volvió hacia ella, y la devoró con la mirada—. No dejo de pensar en vos desde la excursión a Richmond

Park... de hecho, desde el momento en que os vi por primera vez en la fiesta de disfraces. A veces creo que me habéis hechizado –tenía la voz ronca, y parecía que le arrancaban las palabras desde muy dentro.

La recorrió una llamarada de deseo tan poderosa, que pensó que él notaría el calor en sus manos.

–No era mi intención –le dijo, con voz un poco trémula.

–Ya lo sé, es parte de vuestro encanto. Carecéis de afectación, sois natural, pero atraéis a un hombre con una simple mirada.

–No me había dado cuenta de que era tan irresistible –comentó, en un intento de aparentar despreocupación.

–En ese caso, puede que vuestro poder sólo me haya afectado a mí; de ser así, me consideraría afortunado –le dijo, antes de besarle la mano.

Callie se estremeció al sentir el contacto de sus labios aterciopelados en la piel, y cuando él le giró la mano y le dio un beso en la palma, ella la cerró de forma inconsciente en un puño, como si estuviera guardando aquella caricia.

La sangre le corría como un torrente por las venas. Quería que volviera a abrazarla, volver a saborear su boca, sentir que la envolvían su calidez y su aroma, tener su cuerpo duro y masculino contra el suyo, como en el día de la excursión. Ningún otro hombre la había tentado, pero él la enloquecía.

Bromwell alzó la cabeza y la miró, y de repente la abrazó y empezó a besarla con pasión. El deseo cobró vida de golpe, los consumió y borró cualquier resquicio de cordura.

La apretó contra su cuerpo mientras la devoraba, y cuando Callie lo rodeó con los brazos para acercarse todo lo posible, gimió enfebrecido y su cuerpo entero se estremeció. Dejó de besarla, y después de deslizar los labios por su mejilla, empezó a mordisquearle el lóbulo de la oreja; al cabo de unos segundos, susurró su nombre con voz ronca de deseo, y empezó a besarle la oreja, el rostro, y el cuello.

Callie sintió que su piel ardía al entrar en contacto con sus labios, y se estremeció mientras en su interior se arremolinaban el deseo y un profundo anhelo.

Con el último vestigio de cordura que le quedaba, Bromwell se apartó un poco y la llevó hacia las sombras, a un lado del camino. Callie sólo era consciente del fuego que la consumía, y lo siguió sin protestar. Mientras se besaban una y otra vez, él empezó a recorrerla con las manos por debajo del dominó. Callie sintió la calidez de sus dedos a pesar del vestido, y se quedó sin aliento cuando él le acarició los senos por encima de la prenda antes de meterle la mano en el escote. Al sentir el contacto de piel contra piel, se sintió extasiada y deseó poder sentir sus manos por todo el cuerpo.

Cuando él le abrió el dominó de golpe y posó los labios sobre la piel trémula de sus senos, Callie jadeó de placer y se aferró a él con fuerza, como intentando anclarse en un mundo que daba vueltas a su alrededor. Su propio cuerpo le resultaba extraño. Le palpitaban las entrañas, y entre las piernas sentía una tensión cálida y húmeda tan placentera, que casi resultaba dolorosa. Quería estar con él, conocerlo de una forma profunda y primitiva. Se dio cuenta de que, por escandaloso que pareciera, quería rodearlo con las piernas y apretarse contra él de la forma más íntima.

Bromwell bajó las manos hasta sus nalgas, y hundió los dedos en la suave piel mientras la apretaba contra su miembro duro. Ella se estremeció con la respiración jadeante, y tuvo la impresión de que estaba al borde de un precipicio mientras se debatía entre la excitación, la duda, y el miedo.

Él soltó un sonido ronco y cargado de frustración, y se apartó un poco de ella.

–Dios del Cielo, Callie...

Después de cubrirla de nuevo con el dominó, la abrazó con fuerza y apoyó la frente en la suya. Tenía la respiración jadeante, y su calidez la envolvía. Permanecieron inmóviles durante un largo momento, y el ritmo de sus corazones fue normalizándose poco a poco.

—Si no nos detenemos, me olvidaré de mi honor por completo —Bromwell apretó los labios contra su pelo, y añadió—: Tengo que llevaros a casa.

Callie sabía que tenía razón, pero no quería marcharse. Quería que aquel momento no acabara nunca, quería seguir avanzando hasta llegar a la meta que su cuerpo ansiaba. Se dio cuenta de que estaba a solas con Bromwell, protegida sólo por las sombras, besándolo, por lo que su comportamiento había sido incluso más atrevido que el de las mujeres con las que había estado cenando en el reservado. Seguramente, había sido un poco hipócrita al escandalizarse ante la actitud de lady Daphne, teniendo en cuenta que poco después se había dejado arrastrar por la pasión en brazos de Bromwell.

Pero a pesar de que se había comportado de forma inmoral, era incapaz de arrepentirse de sus actos; de hecho, sólo lamentaba no poder seguir besándolo.

Abrió los ojos, y echó la cabeza hacia atrás para poder mirarlo a la cara. Bromwell tenía los labios sensualmente relajados y un poco enrojecidos, y los ojos oscurecidos y letárgicos. Ver su rostro tenso de deseo bastaba para excitarla.

Se dijo que entre lady Daphne y ella había una gran diferencia. La hermana de Bromwell se había comportado con descaro con un hombre al que apenas conocía, y era evidente que cualquier otro le habría servido; sin embargo, ella era incapaz de plantearse siquiera la posibilidad de sentirse así con ningún otro hombre. Lord Bromwell era el único que despertaba aquella pasión dentro de ella.

Respiró hondo, y exhaló poco a poco. Se sentía de nuevo al borde de un precipicio, pero de uno que le daba mucho miedo. Sabía que, si caía allí, no iba a perder la virtud, sino el corazón.

Bromwell y Callie apenas hablaron durante el trayecto de regreso a casa. Ninguno de los dos podía dejar de pensar en la pasión que seguía latente, pero como ninguno quería hablar del tema, estaban haciendo un esfuerzo consciente por controlarse.

Él la acompañó hasta la puerta de la casa de Francesca, y sólo entró para despedirse. Cuando regresó al carruaje, su expresión se tensó y le indicó al conductor que regresara a los jardines de Vauxhall.

En cuanto llegaron, fue con paso decidido al reservado de su hermana, y allí encontró a varios jóvenes borrachos junto con la señorita Swanson y otra joven a la que no conocía. Era obvio que ellas también estaban un poco ebrias. Su hermana estaba sentada en el regazo de un desconocido que estaba besándola en el cuello con descaro.

En vez de perder tiempo en rodear el reservado para entrar por la puerta trasera, volvió a saltar el antepecho de la parte delantera. Fue hacia su hermana, la agarró del brazo, y la levantó sin miramientos.

Ella soltó una exclamación ahogada y se volvió hecha una furia, pero cambió de actitud al ver que era él.

—¡Brom! Hola, querido. Me preguntaba dónde estarías.

—¿Te has preguntado también dónde está lady Calandra? —le preguntó con voz seca.

—He dado por hecho que... estaba contigo —le dijo, mientras esbozaba una sonrisa pícara.

—Todos vosotros habéis tenido suerte de que fuera así —le espetó él con furia.

Daphne lo miró sobresaltada, y pareció quedarse sin palabras.

—Un momento, ¿quién diablos os creéis que sois? —el hombre en cuyo regazo había estado sentada se levantó tambaleante, y añadió—: Tendría que desafiaros por hablarle así a... a la dama.

—Soy el hermano de la dama, y os aseguro que sólo aceptaría el desafío de un caballero. A los hombres como vos es mejor inculcarles un poco de respeto con los puños.

—¿Qué? ¡Maldición, os desafío a que me lo digáis a la cara! —el hombre alzó los puños, pero su postura apenas se parecía a la de un pugilista.

—Creo que acabo de hacerlo.

Bromwell lo agarró de las solapas, lo levantó del suelo, y le sacó medio cuerpo por encima del antepecho. Con la otra mano lo agarró de las piernas, y acabó de tirarlo hacia fuera. A continuación fue hacia los dos hombres que estaban sentados detrás de Daphne. Se habían quedado mirándolo medio atontados por la borrachera, pero al ver que se les acercaba se pusieron de pie de golpe y fueron tambaleantes hacia la puerta trasera.

—¡Primo! —Archie Tilford se puso de pie, y lo saludó con una reverencia. El gesto le habría salido perfecto, de no ser porque se inclinó demasiado hacia delante y tuvo que agarrarse a una silla para evitar caerse de bruces—. Me alegro de verte. Has hecho bien al echar a esos tipos, me daban mala espina.

—Maldita sea, ¿por qué no has hecho algo para evitar este desastre? —le preguntó Bromwell con exasperación.

—Porque... —Tilford pensó en ello durante unos segundos—. Porque eso no encaja conmigo, sino contigo.

Bromwell se volvió hacia Pacewell y Sackville. A pesar de lo elegantes que iban, la velada había hecho mella en ellos, y parecían bastante desmejorados.

—¡Esto es inaceptable! ¿Es que todo el mundo está borracho?

Se miraron los unos a los otros, como si no supieran qué decir.

—Por el amor de Dios... —añadió Bromwell, asqueado—. Archie, levanta al señor Swanson con tus amigos y arregláoslas para volver a casa. Me encargaré de llevar a las damas a casa de mi hermana.

Los hombres se apresuraron a obedecer. Levantaron a Swanson de la silla, se colocaron sus brazos encima de los hombros para sujetarlo, y lo sacaron del reservado medio a rastras. Tanto la señorita Turner como la señorita Swanson, que estaba llorando desconsolada, agarraron sus máscaras, sus dominós y sus abanicos; al parecer, la primera había perdido un zapato, y no tenía ni idea de dónde estaba.

Bromwell fulminó a su hermana con la mirada, y comentó:

–Lady Swithington os tendrá que prestar un par. Cuando lleguemos a casa, les enviará una nota a sus respectivos padres... o a los pobres desgraciados que tengan su tutela... para avisar que, como se ha hecho muy tarde y están exhaustas, las dos pasarán la noche en su casa. Eso debería bastar para salvaguardar su reputación, siempre y cuando ningún conocido las haya visto aquí sin los disfraces.

La señorita Swanson empezó a sollozar, y la señorita Turner pareció salir un poco de su atontamiento y lo miró con un temor incipiente. Bromwell no les prestó ni la más mínima atención, y se volvió de nuevo hacia su hermana.

–De acuerdo, ya estoy lista –le dijo ella con irritación, mientras recogía sus cosas–. Te has vuelto un estirado, ¿se debe a la influencia de lady Calandra? La verdad es que tu actitud no me gusta nada.

–Ni una palabra más –le dijo con voz firme, y con el rostro muy tenso–. Ni siquiera la menciones, si no quieres oír cuatro verdades. Hablaremos de esto más tarde, cuando las damas que tienes a tu cargo se hayan acostado.

Lady Daphne se mostró indiferente ante sus palabras. Se puso el dominó, y salió del reservado con las jóvenes pisándole los talones. Bromwell las condujo hasta el carruaje, y no dijo ni una palabra durante el trayecto. La señorita Swanson no dejó de lloriquear y de secarse los ojos con un pañuelo, la señorita Turner parecía callada y alicaída, y lady Daphne permaneció con la cabeza girada hacia la ventanilla a pesar de que la cortina le impedía ver el exterior.

Cuando llegaron a la casa, una doncella condujo a las dos

jóvenes a las habitaciones que se les asignaron, y lady Daphne se sentó con un suspiro de exasperación y escribió las respectivas notas para sus padres, tal y como Bromwell le había ordenado. Después de encargarle a un lacayo que se encargara de entregarlas, se volvió hacia su hermano y se cruzó de brazos.

—Venga, suéltalo de una vez.

—¿Cómo demonios se te ha ocurrido dejar sola a lady Calandra en ese sitio? —le dijo él, furioso—. ¿No te das cuenta del daño que podrías haberle causado a su reputación?

—¿Desde cuándo eres tan puritano?, estaba intentando ayudarte.

—¿Exponiendo a Callie a un atajo de sinvergüenzas borrachos?, ¿abandonándola en medio de los jardines de Vauxhall?

—¿No crees que estás exagerando un poco? No la dejé en medio del paseo, sino dentro de un reservado.

—Cualquiera que pasara por delante podía ver que estaba sola... ¡sin contar al borracho que se había quedado traspuesto encima de la mesa, claro!

—Sabía que no tardarías en llegar, y que ella no estaría allí demasiado tiempo —le explicó Daphne con tranquilidad—. No esperaba que el necio de Swanson se quedara traspuesto, ¿cómo iba a saber que el alcohol le afecta tanto? Mi intención era que tú y ella estuvierais a solas —su expresión se suavizó, y se le acercó con las manos extendidas—. Por favor, no te enfades conmigo. Sólo quería ayudarte. Me di cuenta de que lady Haughston tiene muy controlada a lady Calandra, y procuré arreglarlo todo para que pudieras tenerla para ti solo durante un rato —sonrió con satisfacción, y añadió—: Al menos, el tiempo suficiente para que cumplieras con tu objetivo.

—¿Qué objetivo?, ¿destrozar su buen nombre? —le dijo él, sin aceptar sus manos extendidas—. ¿Cómo has podido creer que eso es lo que quiero hacer? Te dije que no quería destruir su reputación, no es justo que Callie sufra. Fue su hermano quien te hizo daño, así que es él quien debería pagar por sus malas acciones.

—¿Qué más da si sufre? —le espetó ella—. Es una Lilles, así que estoy segura de que es tan altanera y fría como el duque... y como la arpía de Francesca Haughston. Las dos son iguales, se las dan de distinguidas y delicadas como si jamás hubieran tenido ni un solo pensamiento atrevido. Claro, son demasiado refinadas para pensar siquiera en acostarse con un hombre —sus palabras estaban cargadas de dureza y amargura.

Bromwell la miró boquiabierto, y al final logró decir:

—¡Daphne! Nunca te había oído hablar tan... pareces tan...

—¡He pasado quince años atrapada en Gales, con un viejo horrible! No podía venir a Londres, ni disfrutar de un poco de diversión. ¡Para él, un viaje a Bath era el mayor de los regalos! Y mientras tanto iba haciéndome más y más vieja, iba perdiendo mi belleza... —se detuvo de golpe, y se echó a llorar.

—Daphne... —sus lágrimas le conmovieron, y gran parte de su furia se desvaneció. Se acercó a ella, y la rodeó con un brazo—. Lo siento, siento que tuvieras que casarte a la fuerza con un hombre mucho mayor que tú al que no amabas, y que después de hacer ese sacrificio perdieras el bebé que esperabas. Fue terrible, y no deberías haber pasado por algo así. Ojalá hubiera sido mayor en aquella época, más experimentado. No me habría limitado a ir a ver a Rochford hecho una furia y a intentar desafiarlo. Desearía haber podido ayudarte. Pero no eres vieja, y sigues siendo la mujer más hermosa de Londres.

Daphne se relajó, y lo miró sonriente a pesar de las lágrimas que seguían brillando como diamantes en sus ojos.

—¿Lo dices en serio?, ¿realmente crees que soy la mujer más hermosa de Londres?

Bromwell pensó en Callie, pero apartó a un lado su imagen y dijo con firmeza:

—Claro que sí, porque es la verdad. Sabes que siempre lo has sido.

—Lo sabía, sabía que no podías quererla más que a mí —le dijo con satisfacción, mientras se secaba las lágrimas con los dedos.

—Claro que no —Bromwell se sacó un pañuelo de un blanco impoluto del bolsillo, y se lo dio. Después de soltarla, retrocedió un poco y añadió—: ¿Cómo has podido creer tal cosa? No siento nada por ella, pero no quiero hacerle daño a una persona inocente. Lo que me interesa es ajustarle las cuentas al duque de Rochford. La última vez que hablamos ya te dije que no quiero deshonrar a Callie, sino conseguir que Rochford salga de su guarida y se enfrente a mí.

—¿Qué creías que pasaría con ella?, no puedes herir a Rochford sin hacerle daño a su hermana. Una mujer se hace ilusiones si ve que un hombre la corteja. Cuando un caballero le presta una atención especial a una mujer, es porque quiere seducirla o porque piensa casarse con ella. Es un bochorno que finalmente no pida la mano de la dama en matrimonio, todo el mundo empezará a especular sobre el tema.

—Pero si sólo he empezado a cortejarla, no he... —Bromwell fue incapaz de acabar la frase.

—¿Qué es lo que no has hecho? ¿Visitarla casi cada día?, ¿invitarla a ir de excursión a Richmond Park o a pasear en tu carruaje?, ¿aparecer en todas las fiestas a las que ha asistido?

—Quizás he pasado más tiempo con ella del que pretendía —admitió Bromwell, ceñudo—. Supongo que no esperaba que siempre estuviera tan protegida por sus acompañantes, pensaba que podría pasar más tiempo a solas con ella.

—Por eso preparé el pequeño interludio en Vauxhall, para que estuvierais a solas —le dijo Daphne, con expresión triunfal–. Rochford no se alarmará si no se huele un posible escándalo.

Bromwell soltó un profundo suspiro, y se pasó la mano por el pelo.

–No sé qué decir. Si lo que dices es cierto, entonces el daño ya está hecho. Ya la he perjudicado.

–Exacto, así que...

–Quizá debería dejarlo.

–¿*Qué?* –Daphne lo miró atónita–. ¿Quieres decir que piensas abandonar tu plan?, ¿que no vas a hacerle nada ni a Rochford ni a ella?

Él esbozó una sonrisa carente de humor, y comentó con sequedad:

–Creo que Rochford se pondrá en contacto conmigo.

–¿Y qué pasa con lady Calandra?, ¿dejarás de cortejarla?

–No lo sé, tengo que pensarlo.

Su hermana hizo ademán de protestar, pero Bromwell estaba sumido en sus pensamientos y la dejó con la palabra en la boca al irse sin más. Al llegar al vestíbulo, tomó el sombrero y el abrigo de manos de un lacayo y salió a la calle. Bajó los escalones de la entrada mientras se abrigaba, y echó a andar por la acera. A pesar de que el viento se le colaba por debajo del abrigo, no se molestó en abrochárselo mientras se alejaba ceñudo de la casa.

Se preguntó si debía dejar de ver a Callie, pero la mera idea hizo que se le retorcieran las entrañas. No, no quería acabar con todo aquello. Pensó en su sonrisa, en sus chispeantes ojos oscuros, en los lustrosos rizos negros que ansiaba acariciar. Tenía ganas de darle un puñetazo a algo ante la idea de no volver a verla, de no volver a abrazarla ni a besarla.

Pero, ¿en qué desembocaría aquella situación si seguía viéndola? Seguramente, Rochford y él acabarían enfrentándose. Se verían las caras en un duelo con pistolas al amanecer, o se liarían a puñetazos. Lo que estaba claro era que aquella historia no iba a acabar con la proposición de matrimonio que esperaba la sociedad londinense.

Soltó una carcajada irónica al imaginarse la reacción que tendría Rochford si él le pidiera la mano de su hermana en matrimonio. El duque jamás daría su aprobación, y él no pensaba pedírsela. Era impensable que se aliara con la familia del hombre que había deshonrado a Daphne, porque estaría traicionándola.

Pero si no tenía intención de casarse con Callie, no debería seguir viéndola. Daphne tenía razón al decir que había estado cortejándola abiertamente, y si continuaba haciéndolo, todo el mundo esperaría una proposición matrimonial. Tal y como estaban las cosas, habría comentarios y especulaciones si dejaba de verla de golpe, a pesar de que sólo llevaba varias semanas cortejándola.

Se le encogió el corazón ante la posibilidad de que Callie se convirtiera en el blanco de los chismorreos, pero sabía que sería mucho peor si alargaba la situación. Con cada día que pasaba, cada ramo de flores que le enviaba, y cada baile que compartían, se cimentaba la certeza generalizada de que pensaba proponerle matrimonio, por lo que los chismorreos serían mucho peores cuando dejara de verla.

Y si al final Rochford perdía la paciencia y volvía a Londres para enfrentarse a él, el escándalo sería incluso peor, y era posible que Callie tuviera que cargar toda la vida con ese estigma.

Su expresión ceñuda se intensificó. ¿Cómo se le había podido ocurrir que cortejar a Callie sería la forma perfecta de vengarse de Rochford? Tendría que haberle ajustado las cuentas al duque con un buen derechazo en la mandíbula, y punto. Ella no tenía nada que ver, no había hecho nada malo, pero iba a ser la más perjudicada.

Recordó la conversación que había mantenido con Archie, la indiferencia que había mostrado ante el hecho de que Callie era inocente y no se merecía que la hirieran.

Acababa de enfadarse porque Daphne había hecho algo que podría haber dañado la reputación de Callie, pero cuando había ideado su venganza, no le había importado que pudiera resultar herida por sus planes. Había sido un necio, un necio frívolo y cruel.

No podía resarcirla por el daño que ya le había causado, lo único que podía hacer era asegurarse de que no sufriera más. No iba a volver a verla... ¿por qué se sentía tan vacío por dentro al querer hacer lo correcto?

CAPÍTULO 12

Callie se sintió sorprendida y decepcionada al ver que lord Bromwell no iba a visitarla a la mañana siguiente, pero no le pareció nada fuera de lo normal; además, no se encontraba demasiado bien. Le dolía la cabeza, tenía el estómago un poco revuelto, y la luz que entraba por la ventana del saloncito hacía que le dolieran los ojos. Sabía que su indisposición se debía al ponche de la noche anterior, porque solía beber como mucho un poco de vino blanco en las cenas o un vaso de ratafía o de jerez. Teniendo en cuenta lo mal que se encontraba, decidió que en lo sucesivo se ceñiría a su moderación habitual.

Francesca le hizo varias preguntas sobre la velada de la noche anterior, y a pesar de que había decidido no contarle lo que había sucedido, se dio cuenta de que no tenía más remedio que admitir que lord y lady Radbourne no habían estado allí, porque el tema saldría a colación la próxima vez que vieran a Irene.

Después de comentar lo mucho que le habían gustado los fuegos artificiales, añadió sin andarse con rodeos:

—Lord y lady Radbourne no vinieron.

—¿Qué? —Francesca dejó caer sobre su regazo el calcetín que estaba zurciendo, y se puso alerta—. ¿No estuvieron allí contigo?

—No.

—Pero, ¿qué...? ¿Quién...? Cielo santo, sabía que tendría que haberte acompañado.

—No te preocupes, no pasó nada del otro mundo. Tanto lady Swithington como lord Bromwell estaban allí, éramos un grupo bastante grande. También fueron la señorita Swanson, su hermano, y otra joven.

—Me extraña que Irene no nos avisara de que no podía ir —comentó Francesca con preocupación—. Bueno, al menos llevabas puestos el dominó y el antifaz. No te los quitaste, ¿verdad?

—No, es imposible que alguien me reconociera. Ni siquiera salí a bailar —añadió, a pesar de que era mentira.

Francesca asintió. Parecía un poco más tranquila, pero seguía un poco ceñuda.

—Me parece que voy a ir a ver a Irene esta tarde.

—¿Crees que alguno de los dos puede estar enfermo?

—No sé qué pensar, pero me gustaría saber a qué se debió su ausencia. Irene no es de las que cambian de opinión de un día para otro. ¿Quieres venir conmigo?

Callie prefirió no hacerlo. No le apetecía salir, y esperaba que dormir una siesta con un pañuelo humedecido con lavanda contribuyera a aliviarle el dolor de cabeza; además, en los últimos tiempos prefería quedarse en casa debido a las frecuentes visitas de lord Bromwell.

Él no apareció en toda la tarde, pero después de la siesta se sintió mucho mejor. Saludó a Francesca con jovialidad cuando ésta regresó de su visita, pero su amiga no parecía estar de muy buen humor; de hecho, sus intensos ojos azules echaban chispas, y estaba visiblemente tensa.

—¡Daphne Swithington no tiene vergüenza! —exclamó, cuando Callie le preguntó si le pasaba algo.

—¿Por qué lo dices?

—Según Irene, lady Swithington le envió una nota el domingo en la que le decía que la velada en los jardines de

Vauxhall se había aplazado, y que esperaba que pudieran llevarla a cabo en unas cuantas semanas.

—Vaya —Callie no se sintió demasiado sorprendida, aunque había mantenido la esperanza de que todo hubiera sido un desgraciado accidente.

Francesca empezó a pasearse de un lado a otro mientras despotricaba sobre el engaño de lady Swithington, pero ella estaba ocupada dándole vueltas al asunto, y apenas le prestó atención.

Era obvio que la hermana de lord Bromwell había orquestado lo que había sucedido la noche anterior. Se había asegurado de deshacerse de la influencia restrictiva de Irene y Gideon, o quizá lo que había querido evitar era la respetabilidad de la pareja. También estaba claro que le había ocultado a propósito que no iban a ir a Vauxhall, porque le había asegurado una y otra vez que no tardarían en llegar. De modo que no sólo había querido tener libertad para dar rienda suelta a su comportamiento escandaloso, sino que además había querido implicarla a ella a propósito.

Pero, ¿por qué lo había hecho? Todo aquello carecía de sentido, porque lo único que había conseguido lady Swithington era ganarse su desconfianza.

Estaba convencida de que Brom no había sido consciente de lo que planeaba su hermana. Al encontrarla sola en el reservado se había mostrado sorprendido y furioso, y era obvio que pensaba que Irene y Gideon estarían allí; además, no había comentado en ningún momento que le hubiera resultado imposible sumarse a ellos antes, y había parecido sorprenderle que llevaran tanto tiempo allí. Cuando ella había comentado que empezaba a pensar que no aparecería, él la había mirado sorprendido y había dicho algo así como «Daphne me dijo que...» antes de detenerse en seco. Seguro que había estado a punto de decir que su hermana le había indicado que llegara a aquella hora tan tardía.

La conclusión obvia era que Daphne sentía una gran animadversión hacia ella, a pesar de la amabilidad con la que la trataba. ¿Acaso quería evitar que su hermano la cortejara, y estaba intentando influenciarlo en su contra?

Si no le hubiera lanzado una botella al sinvergüenza de la noche anterior, era posible que aquel individuo hubiera entrado en el reservado y hubiera intentado propasarse con ella. ¿Cómo habría reaccionado Brom si la hubiera encontrado sola en los brazos de otro hombre?

La recorrió un pequeño escalofrío. Si el objetivo de lady Daphne había sido desprestigiarla a ojos de su hermano, debía de ser una mujer fría y calculadora; además, el plan en sí dejaba bastante que desear, porque tenía un resultado incierto. Lady Daphne se había arriesgado a que las cosas no salieran según lo previsto, y así había sido. Bromwell había llegado a tiempo de evitar que pasara algo malo, y se había enfadado porque su hermana la había dejado sola.

Era una suerte que no tuviera ningún compromiso social aquella noche, porque no le apetecía salir, sobre todo teniendo en cuenta que existía la posibilidad de que se encontrara con lady Swithington.

Pasó una velada tranquila y agradable en casa, y aprovechó para escribirles sendas cartas a su abuela y a su hermano; sin embargo, no tuvo más remedio que admitir, al menos para sus adentros, que echaba de menos a lord Bromwell. Le costó recordar la última vez que había pasado un día entero sin verlo.

Esperó ansiosa que fuera a visitarla al día siguiente, y se sorprendió al ver que no aparecía. A última hora de la tarde, Francesca le dijo:

—¿Dónde está lord Bromwell? La verdad es que me he acostumbrado a verlo a diario.

Callie negó con la cabeza. Tenía un extraño dolor en el pecho.

—No lo sé.

Francesca frunció el ceño, pero comentó con naturalidad:

—Qué raro. La próxima vez que lo veamos, le reprenderemos por su desatención.

Pero no se lo encontraron aquella noche en la fiesta de la señora Cutterman, y no fue a verlas al día siguiente. Callie sonrió con cortesía mientras charlaban con las visitas y luchó por disimular que estaba pendiente en todo momento de su posible llegada, pero apenas podía concentrarse en la conversación. No podía dejar de pensar en él, en si iría a visitarla, y se preguntó a qué se debía su ausencia.

Se preguntó si había dicho o hecho algo que lo había molestado, a lo mejor la consideraba una descarada por su comportamiento en Vauxhall. Quizá consideraba que ella tendría que haberse marchado en cuanto la velada había empezado a descontrolarse, que ni siquiera debería haber ido sin Irene y Gideon.

Pero sería injusto que la culpara por ir, teniendo en cuenta que su propia hermana estaba allí para hacer de acompañante. Si lady Swithington no se hubiera comportado con tanto abandono, si hubiera controlado al resto del grupo, la situación no se habría desmadrado. Sería injusto que Bromwell la culpara por algo que había sido culpa de su hermana.

Por otro lado, quizás estaba evitándola por lo que había pasado cuando se habían ido del reservado. Ella no había querido regresar a casa de inmediato, y había preferido dar un paseo. A lo mejor la consideraba una descarada... ¿no se había dado cuenta de lo mucho que la había afectado lo que habían compartido?, ¿le había dado la falsa impresión de que era una mujer con experiencia?

Era posible que le hubiera parecido una desvergonzada. El recuerdo de los besos que habían compartido junto al estanque bastaba para ruborizarla, y no pudo evitar preguntarse si le había parecido demasiado atrevida. No era justo, porque él había participado tan activamente como ella en los besos y en las caricias que habían compartido, pero sabía que a menudo los hombres eran injustos a la hora de juzgar moralmente a las mujeres. Se consideraba normal que un joven tuviera relaciones con una mujer, pero una muchacha quedaría deshonrada si se acostara con un hombre. Un caballero podía desear acostarse con una mujer, pero si ella cedía, él no la querría por esposa. Eso era algo que le habían advertido desde que había sido presentada en sociedad.

Francesca le lanzó alguna que otra mirada llena de preocupación a lo largo de la tarde, y cuando las visitas se marcharon, se volvió hacia ella y le dijo con voz suave:

—Puede que lord Bromwell haya tenido que marcharse de la ciudad. A lo mejor regresó a su finca para encargarse de algún asunto urgente, y no tuvo tiempo de mandarte una nota.

—Puede ser —Callie logró esbozar una sonrisa—. O puede que sea un hombre voluble, tengo entendido que de esos hay muchos.

—No me ha dado esa impresión —el ceño de Francesca se profundizó—. Había llegado a pensar que... en fin, las conjeturas no sirven de nada. Habrá que esperar para ver si te manda una nota con una explicación, puede que mañana venga y te cuente lo que ha pasado.

A Callie le costó imaginarse cualquier posible explicación, porque al margen de lo que pudiera haber pasado, a aquellas alturas Bromwell había tenido tiempo de sobra para mandarle una nota. Se limitó a asentir, porque cada vez le costaba más ocultar su preocupación y sus miedos. Temía echarse a llorar de un momento a otro, así que estaba deseando dejar a un lado aquella conversación.

Afortunadamente, Francesca no insistió en el tema, y empezó a charlar sobre lo que podrían ponerse para la velada en la ópera que tenían por delante. Callie le siguió la corriente, y dejó que su amiga llevara el peso de la conversación.

Fueron a la ópera con Irene y Gideon, y ocuparon el lujoso palco de la pareja. Callie se había arreglado con esmero, ya que aún le quedaba cierta esperanza de ver a Bromwell. Si coincidían con él aquella noche, quería que la viera más guapa que nunca, alegre y despreocupada.

No lo vio por ninguna parte, y no supo si sentirse triste o aliviada. El hecho de que hubiera estado en la ópera habría indicado que no había tenido que marcharse de Londres por algún asunto urgente, que no había estado enfermo ni nada por el estilo, y habría dejado patente que no había ido a verla porque no había querido.

Al día siguiente, decidió salir a hacer varias visitas por la tarde. Últimamente pasaba demasiado tiempo encerrada en casa, esperando en vano a lord Bromwell, y no quería pasar ni un día más así. No pudo evitar preocuparse por si iba a verla justo cuando no estaba, pero no dejó que su decisión flaqueara. Si iba a visitarla y no la encontraba en casa, le estaría bien empleado, y se daría cuenta de que ella no estaba languideciendo y esperando a que le apeteciera hacer acto de presencia.

Cuando regresó a casa no pudo evitar echarles una ojeada a las tarjetas de visita que se habían entregado en su ausencia, pero no tardó en descubrir que la de Bromwell no se encontraba entre ellas.

Francesca había tenido la delicadeza de no volver a mencionarlo desde la breve charla de la tarde anterior. Era increíble que a su amiga se le ocurrieran tantos temas de conversación para evitar el obvio.

Al día siguiente, asistieron al baile de lady Smythe-Furling. Sus fiestas no solían ser demasiado memorables, pero era el único evento social que se celebraba aquella noche y Callie había decidido salir todo lo posible. Quería mantenerse ocupada, bailar, charlar, hacer lo que fuera con tal de mantener a raya las dudas y el abatimiento.

Sin embargo, deseó no haber ido en cuanto entró por la puerta. Mientras saludaba con una reverencia a lady Smythe-Furling y a sus dos hijas, alzó la mirada y vio a Bromwell en el otro extremo del salón, conversando con lord Westfield junto a la pista de baile.

El corazón le dio un vuelco, y luchó por permanecer impasible mientras la recorría una oleada de esperanza que no pudo controlar. Se dijo que él se volvería y sonreiría al verla, que se acercaría a ella, que todo volvería a la normalidad y podría dejar de preocuparse.

Al ver que no se volvía ni la miraba, se internó en el salón y procuró mantenerse alejada de él. No pensaba ir a su encuentro. Si quería hablar con ella, iba a tener que dar el primer paso... pero no lo hizo.

Callie bailó con el anfitrión, y con el marido de la hija mayor de lady Smythe-Furling. También lo hizo con sir Lucien, el amigo de Francesca, y se sintió más que agradecida al ver que él permanecía a su lado durante gran parte de la velada. Estaba convencida de que Francesca le había pedido que no se apartara de ella, y había sido muy considerado al acceder a pasarse toda la velada haciéndole compañía para que no se sintiera tan incómoda.

También se sintió agradecida por tener el carné de baile lleno, porque así pudo fingir que estaba disfrutando de la fiesta. Se dedicó a conversar y a reír con desenfado, e incluso consiguió flirtear un poco... con sir Lucien era una tarea fácil, porque era un hombre capaz de llevar casi todo el peso del coqueteo.

Su fingida alegría ocultaba el dolor que la embargaba. El hombre que pocos días antes la había besado con pasión, que la había cortejado durante las dos últimas semanas, ni siquiera se había acercado a saludarla. Quizás era una suerte que no lo hubiera hecho, porque le había resultado muy difícil mantener la compostura hasta el momento. No sabía si habría logrado seguir aparentando indiferencia si hubiera estado cara a cara con él.

Las horas fueron avanzando con lentitud. Estaba deseando regresar a casa para poder dar rienda suelta a las lágrimas en la soledad de su cuarto, pero no quiso marcharse antes de tiempo. No quería dar pie a comentarios sobre lo afectada que estaba.

Era consciente de que la gente ya había empezado a hablar del tema. Lord Bromwell la había cortejado tan abiertamente, que todos los presentes se habían dado cuenta de que no se había acercado a ella en toda la noche. Había notado el peso de las miradas disimuladas, y la forma en que algunas conversaciones se interrumpían de golpe cuando ella miraba por azar hacia los interlocutores. Aquello intensificaba aún más su dolor, pero también hacía que le resultara del todo imperativo ocultar lo que sentía.

Al ver que Francesca empezaba a mostrar signos de cansancio mucho antes de lo acostumbrado, que cada dos por tres se tapaba la boca con el abanico para ocultar un bostezo y se disculpaba por su supuesta fatiga, supo que estaba haciéndolo para ayudarla, para que pudieran marcharse pronto de la fiesta.

No la tomó por sorpresa que su amiga anunciara de pronto que estaba exhausta y que debían regresar a casa. Se despidieron de inmediato de sus anfitriones, y al subir al carruaje suspiró con alivio y se reclinó contra el suave asiento de cuero antes de decir con voz queda:

—Gracias, Francesca.

—No te preocupes, la verdad es que era una fiesta bastante aburrida —posó una mano en su brazo, y le preguntó—: ¿Estás bien, querida?

—Por supuesto que sí, aunque la verdad es que me siento un poco desconcertada.

Francesca asintió. Era obvio que su respuesta no la había convencido del todo, pero se limitó a decir:

—Creo que no hay que subestimar nunca la inconstancia masculina, pero estoy convencida de que el comportamiento de lord Bromwell está influenciado por la odiosa de su hermana.

Callie no pudo contener una carcajada, y comentó:

—Querida Francesca, siempre te las ingenias para hacerme reír.

—Mi madre me dijo en una ocasión que tengo la capacidad de trivializar incluso el asunto más serio —al cabo de un segundo, añadió en tono de broma—: Me parece que no lo dijo como un cumplido.

Francesca hizo gala de su sensibilidad innata, y no volvió a hablar del tema en todo el trayecto. Cuando llegaron a casa, le dio las buenas noches y se dirigió hacia el saloncito para, según sus propias palabras, «ocuparse de varios asuntos».

Callie se apresuró a subir a su habitación mientras las lágrimas que había estado conteniendo amenazaban con salir a la superficie. La doncella, que estaba esperándola, la miró con extrañeza cuando le dijo que podía retirarse, pero se fue sin decir palabra.

Cuando por fin se quedó sola, permaneció inmóvil durante unos segundos mientras dejaba caer las barreras que había estado erigiendo durante toda la velada. No se había permitido el lujo de sentir el dolor, ni siquiera había querido pensar en él mientras luchaba por aparentar indiferencia ante el mundo entero, pero en ese momento asimiló la verdad: el ardor de lord Bromwell se había enfriado. Por alguna razón, ya no estaba interesado en ella, así que iba a tener que vivir sin él.

Soltó un sonido profundo y primitivo, mitad gemido y mitad sollozo, y se lanzó sobre la cama mientras se echaba a llorar.

A la mañana siguiente, Callie amaneció apática y con los ojos enrojecidos, pero cuando Francesca sugirió que sería mejor no aceptar visitas en todo el día, se negó en redondo.

—No, tendré que dar la cara tarde o temprano; además, no quiero que nadie me tenga lástima. Sé que hablarán de mí a mis espaldas, que chismorrearán sobre el hecho de que lord

Bromwell se ha cansado de mi compañía, pero mostrándome abatida sólo conseguiré avivar los rumores.

—Eres una mujer muy valiente, pero me temo que sufriremos una avalancha de visitas.

A pesar de que no fue a verlas tanta gente como se temía Francesca, tuvieron toda la tarde ocupada y Callie tuvo que esforzarse por fingir que ni notaba ni le importaba la ausencia de lord Bromwell.

Las dos se sintieron aliviadas cuando se hizo demasiado tarde para que aparecieran más visitas, y decidieron tomar un poco de té. Callie no tenía apetito, pero al menos tenía la tranquilidad de saber que no iba a molestarlas nadie más.

Sin embargo, justo cuando Francesca había empezado a servir el té, oyeron que alguien llamaba a la puerta. A pesar de que se miraron sorprendidas, siguieron como si nada, pero el mayordomo no tardó en aparecer en la puerta con actitud indecisa.

—Eh... —tras una breve vacilación, dijo a toda prisa—: Su Excelencia el duque de Rochford acaba de llegar, mi señora —era obvio que Fenton no se había atrevido a negarle la entrada a alguien tan ilustre.

Callie miró alarmada a Francesca, que parecía igual de sobresaltada. Era un colofón pésimo para un día horrible. Seguro que Sinclair se había enterado de que Bromwell había estado visitándola con asiduidad, y había regresado a la ciudad para encargarse del asunto en persona.

—Hazle pasar, Fenton —dijo Francesca.

Las dos se pusieron de pie para recibir al duque, que entró en el saloncito de inmediato. Llevaba la ropa de montar, y a juzgar por lo sucias que tenía las botas, era obvio que había ido directamente a casa de Francesca sin detenerse antes en la suya propia. Estaba despeinado, y su expresión adusta y el brillo acerado de su mirada no presagiaban nada bueno.

—¿Qué demonios ha estado pasando aquí desde que me fui? —dijo con voz cortante—. La abuela me envió una carta para avisarme de que te han visto por toda la ciudad con el conde de Bromwell; al parecer, varias de las damas con las que se cartea incluso han insinuado que debemos esperar un inminente «anuncio importante».

—Lamento que la carta de la abuela te haya importunado, Sinclair, pero no creo que fuera necesario que vinieras a decírmelo en persona —le dijo Callie con serenidad.

—¡Maldita sea, no te hagas la inocente! ¡Te dije que no volvieras a ver a ese hombre, Callie! Y en cuanto a vos, Francesca... ¿cómo habéis podido cometer la irresponsabilidad de permitir que ese hombre se acercara a mi hermana?

—¿Cómo osáis reprenderme?, ¿os creéis con derecho a dictar a quién puedo recibir en mi propia casa? —le dijo Francesca, con voz gélida.

—¿No os disteis cuenta de lo que pretendía ese tipo?, ¿cómo habéis podido permitir que un hombre que me odia intente vengarse de mí a través de mi hermana?

—Si consideráis que las visitas que recibo son inadecuadas, sois libre de sacar a Callie de mi casa —le espetó ella con furia—. Si soy tan irresponsable, si carezco de criterio a la hora de decidir con quién hablo o con quién me relaciono, me sorprende que dejarais a vuestra hermana a mi cargo.

El duque se quedó mirándola boquiabierto durante unos segundos. Cuando frunció el ceño aún más y pareció estar a punto de contestar airado, Callie intervino y dijo con firmeza:

—Nadie va a sacarme de ningún sitio. Soy una mujer adulta, y haré lo que me plazca —miró a Francesca, y le dijo—: A menos que no quieras que me quede aquí debido al comportamiento grosero de mi hermano.

Francesca consiguió esbozar una sonrisa a pesar de lo tensa que estaba, y le dijo:

—Sabes que siempre serás bien recibida en esta casa, Callie —le lanzó una mirada de soslayo al duque que dejaba claro que no podía decir lo mismo de él, y se volvió de nuevo hacia Callie–. Creo que será mejor que os deje a solas, para que podáis hablar con calma.

—No, no hace falta...

Francesca la interrumpió con un gesto, y le dijo:

—Creo que tu hermano lo prefiere. Está claro que, para él, tanto el conde de Bromwell como su familia son un asunto... personal.

Después de lanzarle a Rochford una mirada gélida, salió de la habitación y cerró con cuidado la puerta. El duque se tensó aún más mientras la seguía con la mirada, pero cuando finalmente se volvió de nuevo hacia Callie, ésta se lanzó al ataque de inmediato sin darle tiempo a hablar.

—¿Cómo has podido hablarle así a Francesca?, ¡has sido un grosero! Te has comportado como si tuvieras algún derecho sobre ella, como si pudieras dictar a quién puede ver y a quién no. ¡Es inconcebible!

—Soy perfectamente consciente de que no tengo control alguno sobre lady Haughston —le contestó él con rigidez–; sin embargo, me sorprende que haya permitido que un hombre te ronde lo suficiente como para que el tema se convierta en la comidilla de la ciudad, sobre todo si el tipo en cuestión es Bromwell.

—Francesca no tiene la culpa de nada, se ha asegurado de no dejarme sin supervisión. Nadie se atrevería a insinuar siquiera que he hecho algo escandaloso.

—Por supuesto que no —le espetó él con impaciencia.

—Además, ¿cómo iba a saber ella que te ofendería tanto que un caballero intachable me cortejara? Francesca ni siquiera conocía a lord Bromwell hasta que vine a vivir con ella.

—Creí que bastaba con advertirte de forma categórica que no quería que volvieras a verlo, pero está claro que no me has hecho ni caso.

—No soy una niña, no puedes prohibirme que vea a alguien sin darme una explicación convincente. Si tenías algo concreto en contra de Bromwell, deberías habérmelo contado —al ver que su hermano la miraba con incomodidad, añadió—: ¿Qué pasa?, ¿qué es lo que tiene de malo ese hombre?, ¿por qué le odias?

—No le odio; de hecho, no me produce ningún sentimiento, ni bueno ni malo. Es él quien me odia a mí desde hace años, así que me temí que intentara lastimarte para poder herirme de alguna forma.

—¿Por qué? Nunca me dijo nada en tu contra, la verdad es que ni siquiera recuerdo que llegara a mencionarte. ¿Por qué crees que te odia hasta el extremo de cortejarme para hacerte daño a ti?

—No es un asunto que deba comentarse delante de una dama —le dijo él con rigidez.

Callie lo fulminó con la mirada, y le espetó:

—En ese caso, me temo que entre tú y yo ya está todo dicho —sin más, dio media vuelta y echó a andar hacia la puerta.

—¡Maldita sea...! ¡Estoy intentando protegerte, Callie!

—Supongo que es un gesto muy noble de tu parte, pero si eso significa que cuando te venga en gana vas a tratarme como si no fuera una mujer adulta, como si ni siquiera fuera una persona, no quiero tu protección.

Rochford se tensó aún más. Callie soltó un suspiro, y se le llenaron los ojos de lágrimas mientras echaba a andar de nuevo hacia la puerta.

—Espera, Callie. No te vayas, te lo contaré todo.

Ella se volvió a mirarlo, y se limitó a esperar en silencio.

—Hace quince años, Bromwell me desafió a un duelo —Rochford vaciló por un momento antes de añadir—: porque creía que yo había deshonrado a su hermana.

CAPÍTULO 13

—¿Qué?, ¿cómo pudo pensar algo así? —Callie se quedó mirando boquiabierta a su hermano.

Él esbozó una sonrisa antes de decir:

—¿No vas a preguntarme si la acusación era cierta?

—Claro que no, ¿me tomas por tonta? Sé que serías incapaz de deshonrar a cualquier mujer, y mucho menos a una dama. No soy tan inocente como para creer que no has tenido... relaciones, pero estoy convencida de que han sido irreprochables y... en fin, acuerdos puramente comerciales.

Él soltó una carcajada, y comentó:

—No sé por qué pensé que te afectaría saber lo que ocurrió.

—Yo tampoco, pero no entiendo cómo es posible que Bromwell te creyera capaz de hacer algo así. No es tonto.

—Él era muy joven en aquella época, y le informaron mal. Ni siquiera me conocía, así que no sabía que soy incapaz tanto de forzar a una mujer como de seducir a una dama. No me extraña que pudiera llegar a creer que yo estaba interesado en lady Daphne, porque la mitad de los hombres de la alta sociedad londinense estaban... fascinados con ella.

—¿Tú eras uno de ellos?

—No. En aquella época estaba interesado en una dama muy diferente, pero... lady Daphne puso sus ojos en mí. Era una viuda joven, y era obvio que quería casarse con un hombre más rico que su primer marido. Siempre fue una codiciosa, y creía que ningún hombre era inmune a su belleza. Decidió que yo sería su siguiente víctima, pero yo no estaba interesado en ser su marido... ni en tener nada que ver con ella. Le dejé claro que sus esperanzas eran en vano, y se puso furiosa conmigo. No estaba acostumbrada a que la rechazaran. Supongo que, como venganza, convenció a su hermano de que yo había jugado con sus sentimientos; por lo que él comentó, creo que incluso le dijo que estaba embarazada de mí.

—¡No puede ser! ¿Y Bromwell te desafió?

—Sí, a un duelo con pistolas al amanecer. Se negó a escucharme.

—¿Aceptaste el desafío?

—Claro que no. Bromwell era muy joven, debía de tener diecisiete o dieciocho años y aún no había acabado los estudios en Oxford. No podía permitir que echara a perder su vida de esa forma, y tampoco estaba dispuesto a errar el tiro a propósito, porque yo no había hecho nada malo.

—Tú tampoco eras demasiado mayor... ¿quince años, has dicho? Sólo tenías veintitrés.

—Sí, pero tuve que crecer deprisa al heredar el título siendo tan joven. Para entonces ya hacía cinco años que llevaba las riendas del patrimonio familiar, y me sentía anciano en comparación con aquel joven impulsivo —soltó un suspiro, y admitió—: Supongo que no manejé bien la situación. Lo traté con sequedad, le hablé con sarcasmo y desdén, y le dejé claro que le consideraba un muchacho que no estaba preparado para participar en un duelo; en resumen, lo dejé en evidencia, y además fue en mi club, delante de otros caballeros. Los jóvenes son orgullosos. Al odio que sentía hacia mí por mi supuesta afrenta contra su hermana, se le sumó la rabia que sintió cuando lo humillé en público. Después regresó a Oxford, y se aferró a su animadversión.

Callie se acercó a su hermano, y posó una mano sobre su brazo.

—Lo siento mucho, Sinclair. Ojalá me lo hubieras contado antes.

—Uno no le cuenta este tipo de cosas a una hermana, no me siento demasiado orgulloso de cómo manejé la situación.

—¿Lord Bromwell te odia desde entonces? —por fin lo entendía todo... por qué la había cortejado Brom, por qué había dejado de mostrar interés en ella de forma tan súbita. Su objetivo era herirla para vengarse de su hermano—. ¿Llegó a enterarse de la verdad?

—A juzgar por algún que otro comentario que he oído a lo largo de los años en boca de terceras personas, tengo entendido que sigue odiándome. Lady Daphne se casó con otro hombre, y aunque creo que no tiene hijos, pudo decirle a Bromwell que había perdido el bebé que supuestamente esperaba. Eso habría añadido más peso a su papel de mujer marcada por la tragedia. Siempre fue una buena mentirosa, su hermano no fue el único que se tragó sus patrañas.

Al ver su expresión adusta, Callie le dio un apretón en el brazo en un gesto de cariño.

—Lo siento. Es increíble que alguien que te conociera te creyera capaz de tratar así a una mujer.

—Puede que no creyeran que me porté de forma deshonrosa, pero algunos pensaron que tenía una relación con ella.

—¿Entre ellos la mujer en la que estabas interesado?

Él esbozó una pequeña sonrisa, y le dijo:

—Me temo que se enamoró de otro, no puedo culpar a Daphne de todo lo que sucedió. He descubierto que uno no puede elegir a quién quiere amar.

Callie lo miró ceñuda mientras sentía una punzada de tristeza. Jamás se había planteado la posibilidad de que su hermano hubiera estado enamorado, ni de que hubiera perdido a la persona amada. Lo cierto era que había dado por supuesto que cualquier mujer aprovecharía encantada la oportunidad de casarse con él. Se sentía un poco culpable, porque había dado por sentado que su hermano era demasiado frío y distante para enamorarse, y que por eso había permanecido soltero.

Como si hubiera intuido la dirección que habían tomado sus pensamientos, Rochford retomó el tema del conde.

—En cualquier caso, me parece que Bromwell no es consciente de la verdadera forma de ser de su hermana. El amor puede llegar a cegar a una persona; además, ninguno de los dos ha vivido demasiado tiempo entre los miembros de la alta sociedad. Tengo entendido que él se fue al extranjero cuando acabó sus estudios, y que cuando heredó el título varios años después decidió quedarse a vivir en sus tierras. El segundo marido de Daphne fue lo bastante listo como para mantenerla cerca, así que llevaba bastantes años alejada de Londres; por otra parte, dudo que alguien haya hecho algún comentario delante de Bromwell sobre la falta de moralidad de su hermana, así que es posible que siga considerándola una víctima inocente.

—Me parece que tienes razón. Él no mencionó en ningún momento lo que sucedió en el pasado, pero siempre ensalza a su hermana. Llegué a conocerla, y se mostró muy... agradable conmigo.

—A Daphne se le dan bien los subterfugios, así que hay gente que la aprecia, como por ejemplo tía Odelia. Entiendo la actitud de Bromwell, porque yo me enfrentaría a cualquier hombre que pudiera haberte hecho algún daño. Por eso reaccioné tan mal cuando te vi con él, porque tenía miedo de que te lastimara.

—Tendrías que haberme contado lo que pasó.

—Tienes razón. Estoy demasiado acostumbrado a verte como mi hermana pequeña, y se me olvida que eres una mujer maravillosa e inteligente.

Callie esbozó una sonrisa irónica, y comentó:

—No tan inteligente, porque no me di cuenta de que lord

Bromwell estaba manipulándome. Creí que su interés en mí era sincero, pero ahora entiendo por qué me prestaba tanta atención. No te preocupes, ya no viene a visitarme. Creo que ésa ha sido su venganza. Se mostró muy atento conmigo para que todo el mundo lo notara, y cuando dejó de mostrar interés en mí, todos fueron conscientes de mi humillación. He sido el centro de los cotilleos. Se trata de algo parecido a lo que le pasó a su hermana, aunque a una escala mucho más pequeña.

—No sabes cuánto lo siento, Callie —le dijo su hermano, mientras la abrazaba con fuerza—. Habría dado lo que fuera con tal de evitarte ese dolor.

Callie posó la cabeza sobre su pecho, y se permitió el lujo de apoyarse por un momento en su fuerza. Al igual que cuando era niña, dejó que la reconfortara la certeza de que Sinclair se encargaría de arreglarlo todo, pero al cabo de unos segundos se apartó un poco de él y lo miró sonriente.

—No te preocupes, está claro que tendría que haberte hecho caso. Si he resultado herida, ha sido por culpa de mi propia irreflexión, pero lo cierto es que tampoco estoy sufriendo demasiado. Más que nada, me siento mortificada por mi propia necedad. Me he sentido un poco abochornada, porque todo el mundo se ha dado cuenta de la situación, pero nada más. Mi buen nombre sigue impoluto, no pasa nada si la gente habla un poco sobre mí. El asunto quedará olvidado en un par de semanas, otro cotilleo acabará convirtiéndose en el centro de atención.

—Temí que sus intenciones fueran mucho más aviesas cuando me enteré de que estaba cortejándote —Sinclair esbozó una sonrisa—. Tendría que haberme dado cuenta de que tendrías el sentido común de no dejar que te pusieran en una situación comprometida.

Callie recordó los besos y las caricias que había compartido con Bromwell, y fue incapaz de mirar a su hermano a los ojos.

—Creo que sólo se propuso dejarme en ridículo.

—Me alegra saber que no cometió la vileza de intentar propasarse contigo. A pesar del odio que sentía por mí y de lo equivocado que estaba, sentía cierto respeto por él debido a la lealtad que mostró hacia su hermana.

Los dos se quedaron en silencio durante unos segundos. Era obvio que a Rochford seguía incomodándole hablar de aquellos temas con ella, y como Callie se sentía un poco culpable por las libertades que le había permitido a Bromwell, no quería hablar por miedo a decir más de la cuenta.

Finalmente, Rochford carraspeó y le dijo:

—En fin... tengo que regresar a Marcastle, me fui de improviso y dejé varios asuntos pendientes. También tengo que ocuparme de varias cosas en Dancy Park –la miró con una pequeña sonrisa, y añadió–: No te preocupes, no intentaré convencerte de que vengas conmigo. Es obvio que estás bien, y que eres capaz de cuidar de ti misma. He sido un tonto al venir como una exhalación.

—Sí, un poco, pero en el fondo me alegra que lo hayas hecho, porque me demuestra lo mucho que te importo.

—Por supuesto. Tu bienestar es lo principal para mí, Callie. No he venido por mi «deber familiar», ni por el «honor de nuestro buen nombre», ni nada de eso.

—Ya lo sé.

—Pero si quieres alejarte de la ciudad durante una temporada, puedes venir a casa conmigo –le dijo, mientras la miraba con preocupación.

—Supongo que te refieres a si quiero mantenerme alejada hasta que la gente deje de hablar de mí, ¿verdad? Gracias, pero prefiero no hacerlo. No me gusta ser objeto de los cotilleos, ni de miradas llenas de diversión o de lástima, pero me niego a huir y a esconderme por un pequeño bochorno. Sólo serviría para darle al tema más importancia de la que tiene, creo que a la larga será mejor que me quede y espere a que la tormenta amaine.

—Estaba convencido de que dirías eso —comentó su hermano, mientras la miraba con orgullo.

—Francesca está ayudándome mucho. Me resulta más fácil enfrentarme a la situación teniendo su apoyo que si estuviera sola... o con la abuela —lo miró con severidad, y añadió—: Quiero que te disculpes con ella por lo que le has dicho antes. Ella no ha tenido la culpa de lo que ha pasado, y la verdad es que me advirtió con su delicadeza acostumbrada que la reputación de lady Daphne no era intachable ni mucho menos. Me dijo que era posible que tú te opusieras a que lord Bromwell me cortejara, y eso era algo que yo ya sabía. Ahora entiendo por qué era un poco reacia a entrar en detalles.

—No me extraña que lo fuera.

—Se tomó muy en serio su papel de acompañante, aunque estoy segura de que a veces debió de aburrirse muchísimo.

—Es obvio que he sido injusto con ella. No le dije de forma específica que no quería que vieras a Bromwell, y en todo caso, soy consciente de que no tiene autoridad sobre ti. Me he dejado llevar por la furia, y me he precipitado al hablar. Le voy a pedir disculpas, por supuesto, pero me temo que la opinión que tiene de mí lleva muchos años cimentada.

Encontraron a Francesca en el salón principal, sentada al piano, pero con la mirada fija en la pared y las manos inmóviles sobre el regazo. Se detuvieron en la puerta, y el duque entró primero.

—Lady Haughston.

Francesca se volvió al oír su voz, y se puso en pie con una actitud fría y cortés.

—Excelencia.

Él hizo una mueca casi imperceptible de irritación, pero se limitó a decir:

—Entiendo que estéis enfadada conmigo, y os pido disculpas por mi comportamiento. Tal y como habéis dicho, no tengo derecho a reprenderos. Tanto mi hermana como vos sois libres de ver a quién os plazca, por supuesto. Sólo puedo alegar en mi defensa mi deseo de proteger a Calandra, espero que me perdonéis.

Francesca asintió con altivez, y le dijo:

—Por supuesto. No os preocupéis, nunca me he tomado a pecho vuestras críticas.

—Me quitáis un peso de encima —le contestó él con ironía—. Debo regresar a Marcastle de inmediato. A Callie le gustaría quedarse aquí con vos, si os parece bien.

—Claro que sí, ella siempre es bien recibida en esta casa —alguien que no la conociera bien no habría notado el pequeño énfasis que puso en la palabra «ella».

—Gracias —Rochford se despidió con una reverencia—. En ese caso, no os entretengo más.

Callie lo acompañó hasta la puerta. Al ver que se volvía a mirar a Francesca, que estaba en la puerta del salón, le dijo en tono de broma:

—No te preocupes, haré lo que pueda por conseguir que Francesca te perdone. Los enfados no suelen durarle demasiado, es una persona muy comprensiva.

—¿En serio? —Rochford esbozó una pequeña sonrisa—. No te preocupes, Callie. Lady Haughston y yo estamos... acostumbrados el uno al otro.

Callie frunció el ceño mientras veía cómo se alejaba, y por primera vez, se preguntó qué era lo que había entre su hermano y su amiga. Siempre había aceptado a Francesca como parte de su vida, como una amiga de la familia. A priori, habría dicho que Sinclair y ella eran amigos, pero en ese momento se dio cuenta de que había algo raro en cómo se trataban.

Francesca no tenía con él la misma relación afectuosa y relajada que con su hermano Dominic o con Lucien, y tampoco flirteaba con desenvoltura con él como con otros miembros de la nobleza. Incluso mientras estaban conversando con naturalidad, entre ellos había una tensión latente.

Francesca se había sorprendido mucho cuando ella le había dicho que era una de las pocas personas a las que Sinclair les confiaría la seguridad de su hermana; por su parte, él acababa de comentar con ironía que la opinión de Francesca llevaba muchos años cimentada, y había dado a entender que dicha opinión no era demasiado buena.

Ella había dado por hecho que eran amigos, pero empezaba a dudar que ellos estuvieran de acuerdo con su apreciación; por otro lado, estaba convencida de que no se tenían antipatía. Que ella recordara, era la primera vez que Francesca mostraba cierta aspereza hacia Sinclair, y estaba segura de que su hermano escuchaba con interés cada vez que el nombre de su amiga salía a colación en una conversación. Bailaban un vals juntos en casi todos los bailes en los que coincidían. Sería un detalle sin importancia si se tratara de cualquier otro hombre, pero su hermano no solía bailar demasiado.

Sin dejar de darle vueltas al asunto, volvió a entrar en la casa y fue hacia el salón más pequeño, ya que estaba convencida de que encontraría allí a su amiga. Su suposición resultó ser acertada. Francesca estaba sentada en el sofá, y tenía sobre el regazo una esterilla de cañamazo sobre la que estaba bordando. Al oírla entrar, alzó la mirada y sonrió antes de volver a centrar su atención en la labor.

—¿Has solucionado el problema con tu hermano? —le preguntó con naturalidad.

—Sí —Callie vaciló antes de preguntarle—: ¿Por qué no me dijiste que lord Bromwell le odia?

Francesca se ruborizó, y alzó la mirada hacia ella por un instante antes de volver a apartarla.

—Porque no lo sabía... no estaba segura de si lord Bromwell odiaba a Rochford, ni hasta qué punto. Estaba convencida de que era una posibilidad real, por lo del duque y... y...

—¿Y lady Daphne?

—¿Tu hermano te lo ha contado? —le preguntó Francesca, atónita.

—No ha tenido más remedio que hacerlo. Sabía que iba a tener que explicarme por qué se había negado de forma tan categórica a que me viera con lord Bromwell, por qué le daba tanto miedo lo que el conde pudiera estar tramando. Y cuando me ha contado que Bromwell le retó a un duelo...

—¿*Qué*? —la aguja con la que estaba bordando se le cayó de la mano, y fue a parar al suelo—. ¿Retó a un duelo a Sinclair?

—Sí, ¿no lo sabías?

Francesca negó con la cabeza con tanta fuerza, que sus rizos rubios fueron de un lado a otro sin ton ni son.

—¿Es que perdió el juicio?, ¡todo el mundo sabe que Rochford tiene una puntería endiablada!

—Me parece que la furia le cegó. Sinclair me ha dicho que lord Bromwell sólo tenía unos diecisiete o dieciocho años en aquel entonces, y que creía... en fin, creía que mi hermano se había portado como un sinvergüenza con su hermana, que la había seducido y después la había abandonado. Sinclair me lo ha contado con un poco más de delicadeza, pero ése es el meollo del asunto.

—¡Como si un hombre tuviera que tomarse la molestia de seducir a lady Daphne! —exclamó Francesca.

—Bromwell adora a su hermana, he oído cómo habla de ella. Estoy convencida de que no sabía cómo era en realidad. Él era joven, y estaba estudiando en Oxford.

—Sí, y Daphne debió de decirle que la habían deshonrado. Seguro que quería poner a tu hermano entre la espada y la pared, porque ansiaba con todas sus fuerzas ser la duquesa de Rochford.

—Está claro que no conocía demasiado bien a Sinclair.

Francesca esbozó una sonrisa, y comentó:

—No, supongo que no. A Rochford no le gusta que le presionen. Dime, ¿qué fue lo que pasó? Espero que tu hermano no aceptara el desafío.

—Por supuesto que no, pero me ha dicho que lamenta cómo manejó la situación; al parecer, se mostró muy despectivo, y cree que hirió a lord Bromwell en su orgullo. Brom... es decir, Bromwell... debe de haberle guardado rencor desde entonces, y cuando tuvo la oportunidad de vengarse de él, la aprovechó de inmediato. Cortejó a la hermana del duque, y después la abandonó de repente y la dejó expuesta a las habladurías de la gente.

–No sabes cuánto lo siento, Callie –Francesca la tomó de la mano, y la miró con los ojos inundados de lágrimas–. No sabía que le tuviera tanto odio a tu hermano, ni siquiera me enteré de lo del duelo. Estaba... ocupada con mi primera temporada en sociedad, y lord Haughston acababa de pedirme que me casara con él. Estaba tan inmersa en mis propios asuntos, que supongo que no presté demasiada atención a los cotilleos –no añadió que, en aquella época, se había esforzado por evitar enterarse de cualquier cosa que estuviera relacionada con el duque de Rochford–. Al principio tuve mis sospechas sobre lord Bromwell, pero porque era el hermano de lady Swithington y creía que podía ser tan codicioso, ambicioso, y libertino como ella. Desconfié de las razones que pudiera tener para cortejarte, porque pensé que quizás sentía algún resentimiento hacia tu hermano, pero no me pareció apropiado contarte que entre Rochford y Daphne había habido algo; además, no tenía ni idea de lo fuerte que era la animadversión que sentía Bromwell, ni que te utilizaría para vengarse de tu hermano. Lo lamento muchísimo, no tendría que haber permitido que viniera a visitarte. Tendría que haberle vigilado con más ahínco.

Callie sonrió, y le apretó la mano para intentar reconfortarla.

–Eres muy dulce, pero dudo que hubieras podido hacer algo. Yo sabía que Sinclair no se fiaba de él, que no quería que se me acercara. La culpa la tengo yo, por ser tan obstinada y por negarme a hacerle caso a mi hermano. He sido una tonta, creí que lord Bromwell sentía algo por mí.

–Es un hombre despreciable, se propuso romperte el corazón a propósito. Te prometo que trazaré algún plan diabólico para causarle la ruina social.

Callie se echó a reír, y le dijo:

—No es para tanto, no me rompió el corazón. Te dije cuando me vine a vivir aquí que no soy una romántica. No me enamoré de él. Tal y como le he dicho a Sinclair, lo que he sufrido es un pequeño bochorno, pero la temporada social ni siquiera ha empezado aún. La mitad de mis conocidos no están en la ciudad, y dentro de varias semanas habrá cotilleos mucho más interesantes que mi pequeño traspiés.

Francesca no parecía del todo convencida, pero Callie se sintió aliviada al ver que no insistía en el tema. No había sido del todo sincera, y le resultaba difícil fingir indiferencia.

Era cierto que creía que los cotilleos no tardarían en desaparecer, y a pesar de que no le gustaba que la gente hablara de ella, podía soportarlo; sin embargo, había mentido en lo referente a cómo se sentía. Su orgullo no era lo único que había resultado herido, su corazón también había recibido un duro golpe.

Se recordaba una y otra vez que no se había enamorado de él, pero no podía negar que los días le resultaban vacíos sin Brom. Echaba de menos hablar con él, ver su rostro y su sonrisa, oír su voz, sentir la forma en que su presencia llenaba una habitación. La noche anterior, cuando le había visto en el otro extremo del salón, el corazón le había dado un brinco. El problema radicaba en que se sentía sola y triste sin él. Cuando se levantaba por la mañana se sentía por un instante como antes, pero entonces la inundaba una profunda tristeza cuando recordaba que él ya no formaba parte de su vida.

A pesar de todo, estaba decidida a que el mundo que la rodeaba no notara su abatimiento, así que hizo de tripas corazón y siguió con su rutina social de siempre; al fin y al cabo, una Lilles tenía que mantener las apariencias.

A lo largo de los días siguientes, realizó visitas y recibió a sus amistades cada tarde, acompañó a Francesca a fiestas donde charló sonriente con amigos y conocidos, y en ningún momento dejó entrever de cara al exterior que algunas noches lloraba hasta que se quedaba dormida, y que algunas mañanas deseaba no tener que levantarse.

Durante una velada en el teatro, Sally Pemberton, una joven rubia de rostro delgado, fue a visitarlas junto con su madre al palco en el que estaban, y después de charlar durante unos minutos de banalidades, comentó:

—Es extraño lo poco que se deja ver lord Bromwell últimamente.

—¿Ah, sí? No me había dado cuenta —le contestó Callie, impasible.

—Pero querida, si lo teníais prácticamente en el bolsillo. Coincidíais en todas las fiestas, en todas las cenas. Teniendo en cuenta la atención que os prestaba, creía que habría un feliz anuncio de forma inminente, pero de pronto... en fin, una no puede evitar preguntarse lo que ha pasado.

—He aprendido que es una necedad tomarse en serio las acciones o las palabras de un joven caballero —le dijo Callie—. Los hombres suelen ser volubles, por lo que una mujer debería tener la sensatez de mantener protegido el corazón.

Miró a la señorita Pemberton con una sonrisa serena, y aunque tuvo que apretar los puños con tanta fuerza que se hincó las uñas para lograr mantenerse impasible, aunque aquella noche volvió a llorar hasta quedarse dormida, al menos las señoritas Pemberton del mundo eran ajenas a su dolor.

Como muchas mañanas bajaba a desayunar con los ojos enrojecidos y la tez pálida por la falta de sueño, estaba convencida de que Francesca se había dado cuenta de que dormía mal, pero su amiga había tenido la delicadeza de no hacer ningún comentario al respecto.

Callie sabía que su amiga había rechazado multitud de invitaciones, y que elegía las mínimas necesarias para demostrarle a la sociedad londinense que no estaba encerrada en casa con el corazón roto; además, Francesca solía permanecer junto a ella durante casi toda la velada, se apresuraba a cambiar el rumbo de la conversación si empezaba a tomar un cariz preocupante, o le paraba los pies de forma tajante a cualquiera que cometiera la insolencia de mencionar las habladurías. Aunque sólo fuera por eso, Callie sabía que Francesca siempre ocuparía un lugar especial en su corazón.

Como no vio a Bromwell en ninguna de las fiestas a las que asistió, pensó que a lo mejor se había ido de Londres, porque sabía que su estancia en la ciudad era transitoria y que preferiría vivir en su finca; sin embargo, en algunas fiestas oyó que se mencionaba su nombre, y sir Lucien le comentó a Francesca que le habían visto con frecuencia en el Cribb's Parlour, un establecimiento al que solían ir los caballeros interesados en el pugilismo, y que también había pasado varias tardes en el Jackson's Saloon, donde había tenido el honor de entrenar un poco con Jackson en persona.

Callie no pudo evitar preguntarse si Bromwell se había quedado en la ciudad para poder ver de primera mano el daño que le había causado a la hermana de Rochford. Aquella posibilidad reafirmó su determinación de aparentar normalidad, y la impulsó a ir a un par de fiestas a las que no pensaba asistir por miedo a toparse con él.

Con cada día que pasaba iban llegando a la ciudad más miembros de la nobleza, así que la temporada social daría comienzo en un par de semanas. Como el número de invitaciones que Francesca y ella recibían a diario iba incrementándose, cada vez pasaban más veladas fuera.

Se sentía exhausta sólo con pensar en los meses que tenía por delante, en la vorágine agotadora de fiestas y visitas. No estaba segura de si iba a aguantar aquello durante toda la primavera y hasta junio, no sabía si iba a poder asistir a un acontecimiento social tras otro mientras por dentro se sentía triste y vacía.

El plan original de buscar marido durante la temporada había quedado descartado; de hecho, se preguntaba por qué había estado dispuesta a casarse, por qué había querido malgastar tiempo y esfuerzo en buscar a un candidato adecuado.

Se planteó ir a Marcastle junto a Sinclair, o mejor aún, a Dancy Park, donde podría pasarse el día recorriendo la campiña a caballo o dando largos paseos a pie. También podría visitar a Dominic y a Constance, disfrutaría de paz y soledad, y no tendría que aguantar las miradas de los curiosos que estaban deseando verla mostrar algún signo de dolor o de bochorno. No tendría que preocuparse por lo que haría si se encontraba a lord Bromwell en una fiesta.

Pero sabía que no podía marcharse aún, porque era demasiado pronto y sólo conseguiría avivar los rumores. Nadie se marchaba de la ciudad justo cuando iba a empezar la temporada social, a menos que tuviera una razón de peso, y en su caso, todos darían por sentado que la razón en cuestión era un corazón roto. No tenía más remedio que quedarse uno o dos meses más, hasta mayo, a pesar de que la mera idea hacía que tuviera ganas de llorar.

—He pensado que esta noche podríamos asistir al recital que se celebra en casa de lady Whittington —comentó Francesca. Al ver que no parecía demasiado entusiasmada ante la idea, añadió—: Sí, ya sé que a veces ese tipo de veladas son bastante aburridas.

—¿A veces?

—Bueno, siempre, pero también tienen sus ventajas. Duran hasta las diez como mucho, y como puedes fingir que estás escuchando la música, no tienes que tomarte la molestia de conversar durante todo el rato.

—Sí, pero hay que ser una gran actriz para ocultar el aburrimiento. En fin, tienes razón, por lo menos sólo durará dos horas.

La corta duración de la velada la animó un poco, así que se arregló con menos renuencia que de costumbre y dejó que su doncella se tomara unos cuantos minutos de más a la hora de peinarla.

Tal y como solía hacer últimamente, Francesca se las ingenió para que fueran de las últimas en llegar. Era un detalle que no llamaba la atención y que se achacaba a la forma de ser de lady Haughston, pero Callie sabía que su amiga lo hacía a propósito, para acortar el tiempo que ella iba a tener que pasar charlando sobre naderías y fingiendo indiferencia ante la ausencia de lord Bromwell.

En el vestíbulo se encontraron con lady Manwaring y su hermana, la señora Beltenham, y entraron todas juntas en el salón de música. Se detuvieron por un momento para intentar encontrar asientos libres, y Callie sintió que le daba un vuelco el corazón cuando miró hacia la pared oeste, la que quedaba justo enfrente de los ventanales.

Lord Bromwell estaba allí de pie, con el codo apoyado con actitud indolente sobre un pedestal y la mirada fija en ella.

Verlo allí la dejó sin aliento. Hacía una semana que no lo veía, dos desde la última vez que habían estado juntos, y su enorme atractivo la impactó como el primer día. Sintió pánico al ver que se enderezaba sin apartar la mirada de la suya, porque parecía dispuesto a acercarse a ella.

No podría soportarlo, allí no. Era incapaz de enfrentarse a él cara a cara delante de toda aquella gente. Dio media vuelta a toda prisa, y posó una mano en el brazo de Francesca.

—Me... me duele un poco la cabeza, si me disculpas...

—¿Quieres que nos vayamos? A lo mejor has enfermado, he oído decir que ha habido varios casos de fiebres altas.

—No, supongo que... que es por el calor que hace aquí. Por favor, no te preocupes. Siéntate, y disfruta de la música.

Callie se volvió, y salió del salón sin atreverse a volver a mirar hacia Bromwell.

CAPÍTULO 14

Callie avanzó por el pasillo a toda prisa, sin prestar atención a dónde iba. Al ver la puerta entreabierta de una pequeña biblioteca, se apresuró a entrar y cerró a su espalda. Suspiró con alivio al sentarse en un sillón, y se dio cuenta de que le temblaban las piernas.

Se arrepintió de inmediato de haber huido. Estaba casi convencida de que alguien debía de haberse dado cuenta, y se preguntó si al menos había conseguido disimular un poco lo afectada que estaba. Le resultaba mucho más difícil mantener su fingida indiferencia sabiendo que Bromwell estaba allí. Al principio, cuando había dejado de ir a visitarla, había esperado coincidir con él cada vez que llegaba a una fiesta, así que se había preparado mentalmente para soportar un posible encuentro... y había albergado un atisbo de esperanza de que todo volviera a ser como antes cuando volviera a verlo.

Pero como había acabado por acostumbrarse a no tenerlo cerca, había bajado la guardia, y verlo de repente la había impactado de lleno; además, como por fin sabía por qué la había cortejado y la había abandonado, ya no le quedaba ni la más mínima esperanza, y lo único que sentía al verlo era un terrible dolor.

Sabía que tenía que volver al salón, que no podía esconderse en la biblioteca durante toda la velada, ni siquiera durante un par de minutos más. La gente no tardaría en notar su ausencia y en empezar a murmurar. Si dejaba entrever lo mucho que la había herido lord Bromwell, el esfuerzo que había realizado durante las dos últimas semanas para aparentar indiferencia habría sido en vano.

Cerró los ojos y luchó por prepararse para la dura prueba que tenía por delante, pero los abrió de golpe al oír que la puerta se abría, y vio a lord Bromwell entrando en la habitación. Se quedó mirándolo en silencio mientras las terminaciones nerviosas de todo su cuerpo hormigueaban, y finalmente se puso de pie y apretó los puños con fuerza, como si estuviera lista para pelear.

—Lord Bromwell —no dijo nada más, y se sintió aliviada al ver que su voz reflejaba una serenidad que no sentía por dentro.

Él cerró la puerta a su espalda, pero no se acercó a ella.

—He pensado que... ¿estáis bien?

—Por supuesto —le contestó con frialdad—. Si esperabais encontrarme con el corazón roto por vuestra culpa, me temo que vais a llevaros una desilusión.

—¡No quería romperos el corazón! —le dijo él, indignado—. Sólo quería... —dejó la frase inacabada, la miró con frustración, y empezó a pasear de un lado a otro de la biblioteca—. ¡Maldita sea...! No os tuve en cuenta, sólo pensé en incordiar un poco al duque.

Callie se tensó de pies a cabeza.

—Soy consciente de que yo sólo os interesaba como instrumento de venganza contra mi hermano, pero dudo que le afecten demasiado unos cuantos cotilleos. Sin duda lamentáis no haber podido mancillar mi buen nombre, habría sido un escándalo mucho mayor.

Bromwell se detuvo en seco, y se volvió a mirarla.

—¡Jamás tuve intención de hacer tal cosa! ¿Tan mal concepto tenéis de mí?, ¿me creéis capaz de deshonrar a una dama para vengarme de su hermano?

—¿Qué queréis que piense? —le espetó ella con furia. Su cuerpo entero temblaba mientras la rabia y la angustia que había reprimido hasta el momento emergían por fin. El dolor, las lágrimas, la ansiedad y las dudas se arremolinaron en su interior, y sintió una furia tan intensa, que fue incapaz de seguir conteniéndola—. ¿Qué pretendíais al cortejarme? Por eso mi hermano me advirtió que no me acercara a vos. Queríais manchar nuestro buen nombre, y la forma más fácil de conseguirlo era utilizándome.

—¿En serio? —Bromwell se acercó un poco más a ella—. Si ése era mi objetivo, ¿por qué no os deshonré?

—Supongo que porque tuvisteis mala suerte.

La agarró con fuerza del brazo, y le dijo con incredulidad:

—¿Lo decís en serio?, ¿por qué creéis que tuve mala suerte? No me faltaron oportunidades... y vos estabais más que dispuesta a aceptar mis atenciones —la atrajo hacia sí de un tirón—. Seguro que seguís estándolo.

Se inclinó hacia ella, y se apoderó de sus labios con un beso salvaje. Callie sabía que debería sentirse aterrada y asqueada, pero se dio cuenta con consternación de que no era así. Aquel beso febril y posesivo encendió un fuego en su interior que fue intensificándose más y más, que estalló y la consumió antes de arremolinarse como una bola candente en su vientre.

Cuando la abrazó y la atrajo contra su cuerpo musculoso, ella le rodeó el cuello con los brazos y lucharon por acercarse todo lo posible mientras se devoraban el uno al otro. Bromwell empezó a recorrerla con las manos, pero la barrera de la ropa hizo que soltara un gruñido de frustración y le alzó el vestido hasta que pudo introducir la mano por debajo de la falda.

Le acarició un muslo sobre la fina tela de la ropa interior, y entonces fue subiendo la mano hasta su entrepierna húmeda. Callie se estremeció de placer, y él siguió besándola mientras sus dedos le acariciaban la pierna, se deslizaban hacia la suave curva de sus nalgas, y volvían hacia delante para volver a internarse entre sus piernas.

Callie estaba respirando jadeante, y se movió de forma instintiva mientras él le acariciaba el abdomen y volvía a bajar hasta su entrepierna. Jamás se le había pasado por la cabeza que alguien pudiera tocarla así, pero la experiencia estaba enloqueciéndola de placer. Se movió de nuevo, porque quería más... necesitaba más.

Brom soltó un gemido gutural mientras trazaba con los dedos su sexo cálido y húmedo. La acarició una y otra vez, consumido por el deseo de poder tocarla sin la fina tela que seguía separándolos.

Dejó de besarla y fue bajando los labios por su cuello hasta sus senos, que se alzaban por encima del escote. La saboreó a conciencia, dejó un rastro húmedo con la lengua sobre su piel tersa, y la mordisqueó con cuidado.

Callie se estremeció, y pensó que iba a perder la cordura. El placer era avasallador, y avivaba el fuego que la consumía. Quería sentir las caricias de Brom por todo el cuerpo, tenerlo en su interior. La embargaba un anhelo profundo y primitivo de frotar las caderas contra él, de abrir las piernas ante la dureza de su virilidad.

Él empezó a tirar hacia abajo del escote del vestido con su mano libre, y le bajó la prenda junto con la camisola. Cuando consiguió liberar un pecho, se quedó contemplándolo inmóvil durante un largo momento, y entonces se inclinó y empezó a trazar círculos alrededor del pezón con la lengua antes de soplar suavemente sobre el rastro húmedo que acababa de dejar. El pezón fue tensándose más y más, y Callie sintió una llamarada de placer que la dejó sin aliento y la llenó de deseo.

Él la saboreó poco a poco, a conciencia, excitó el tenso

pezón con los labios, los dientes y la lengua, hasta que finalmente empezó a succionar con fuerza mientras sus dedos se movían al mismo ritmo entre sus piernas.

Brom sólo podía pensar en tumbarla en el suelo, en desnudarla, en hundirse en ella hasta alcanzar el orgasmo. Estaba tan enfebrecido de deseo al sentir la calidez y la tersura de su piel, al notar sus movimientos y oír cómo jadeaba y gemía por el placer que él le estaba dando, que creyó que iba a explotar.

Callie tenía los pechos pesados y doloridos, y sentía un pálpito incesante en la entrepierna. Se arqueó contra él en un gesto mudo que exigía más, mientras en su interior iba creciendo algo intenso y arrollador.

Apenas tuvo tiempo de reaccionar cuando él masculló una imprecación y se apartó de ella. Se quedó mirándolo, aturdida y un poco tambaleante. Quería acercarse a él de nuevo, lanzarse a sus brazos y rogarle que la tomara, que la condujera al éxtasis que su cuerpo ansiaba, pero consiguió permanecer inmóvil y en silencio gracias al último vestigio de orgullo que le quedaba.

Fijó la mirada en su espalda mientras él apoyaba las manos en la mesa y luchaba por controlar su respiración acelerada. Seguía temblorosa y aturdida, y se sentía tan vulnerable como un animalito fuera de su caparazón. Fue recuperando la compostura poco a poco, y logró levantarse el escote y alisarse la falda para volver a tener una apariencia más o menos decente. Retrocedió un poco, y le dijo con voz trémula:

—Supongo que estarás satisfecho por haber podido humillarme.

—¿Que yo te he humillado a ti? Soy yo el que no puede ni dar un paso —masculló él entre dientes.

Callie seguía estando acalorada e insatisfecha, pero no estaba dispuesta a empezar a discutir sobre cuál de los dos se sentía más frustrado.

—Esto es una pérdida de tiempo —le dijo con voz tensa,

mientras se llevaba las manos a las mejillas. En su interior, el deseo iba dando paso al dolor y la angustia–. No dejaré que me uses para hacerle daño a mi hermano. A pesar del efecto descabellado que provocas en mí, no conseguirás que arruine ni su buen nombre ni el mío. Me aseguraré de no volver a quedarme a solas contigo.

–Lo que acaba de suceder no ha sido premeditado. No tienes nada que temer de mí, ni de mis intenciones hacia ti –se volvió a mirarla con una expresión llena de dolor–. Cuando puse en marcha mi plan, no pensé en lo que podría pasarte, y me disculpo por ello. Sólo quería acicatear a tu hermano, que se preocupara por si yo iba a hacerte lo mismo que él le hizo a mi hermana. Incluso tenía la esperanza de que viniera a enfrentarse conmigo en persona, para poder zanjar lo que empezó hace quince años. En ningún momento me propuse hacerte daño, y Dios sabe que no tenía intención de... de acabar deseándote hasta tal punto, que estoy volviéndome loco. No esperaba pasar todos los días contando los minutos que faltaban hasta poder estar otra vez junto a ti, ni convertirme en un necio dispuesto a asistir a un evento tan aburrido como el recital de lady Whittington por la mera posibilidad de volver a verte.

Callie se debatió entre la esperanza y el abatimiento.

–En ese caso, ¿por qué dejaste de venir a verme?, ¿por qué...?

–¡Porque es imposible que la hermana del duque de Rochford y yo tengamos un futuro común! –Brom se pasó las manos por el pelo, y las presionó contra la cabeza como si quisiera evitar que le estallara. Dio media vuelta, fue hacia una de las paredes, y se volvió de nuevo hacia ella–. ¡Tu hermano destrozó a Daphne! Le creó falsas esperanzas, la sedujo y la dejó embarazada, y entonces se negó a casarse con ella.

–¡Sinclair es incapaz de hacer algo así! Es un hombre honorable, jamás le causaría un daño semejante a una mujer. Además, él me dijo que jamás tocó a tu hermana.

—Claro, y tú le creíste —comentó él, con una sonrisa irónica.

—Es la verdad.

—No, mi hermana me contó la verdad. Sé lo que pasó, Callie.

—Tu hermana te mintió —le dijo ella con firmeza.

—No —Bromwell la fulminó con la mirada.

—¿Acaso estás diciendo que nunca ha mentido? Me engañó al decirme que lord y lady Radbourne iban a ir también a Vauxhall. Francesca y yo hablamos con Irene del tema, y ella nos contó que tu hermana les había dicho que la velada se había cancelado. Lo ideó todo para que yo estuviera allí sin carabina, y me dejó sola en el reservado. Intentó que...

—¡Ya lo sé! Ya lo sé, lo hizo para intentar ayudarme. Creyó que me parecería bien, sabía que yo estaba interesado en ti y quiso ayudarme. No es lo mismo, no me habría mentido sobre... sobre lo que sucedió en el pasado.

—Y mi hermano no me mentiría a mí.

Él la miró con una mezcla de dolor y pesar, y le dijo:

—¿Lo ves? Los dos somos leales a nuestros respectivos hermanos, no tenemos ningún futuro.

Callie sintió una punzada de dolor al ver que iba hacia la puerta. Después de abrirla, se volvió a mirarla y añadió:

—Siento haberte hecho daño, Callie. Ojalá... —fue incapaz de acabar la frase. Salió de la biblioteca, y cerró la puerta.

Callie se llevó un puño a la boca para sofocar un gemido. Consiguió llegar hasta una silla, y se sentó mientras luchaba por controlar las lágrimas.

Tenía que marcharse de allí. Le daba igual que la gente chismorreara sobre cómo había reaccionado al ver a Bromwell, tenía que marcharse para poder dar rienda suelta a su sufrimiento en privado.

Tragó con fuerza, hizo acopio de valor, y salió de la biblioteca. Al llegar al vestíbulo, le encargó a un lacayo que fuera a decirle a Francesca que se iba de inmediato. Para cuando otro de los criados localizó su abrigo y la ayudó a ponérselo, su amiga salió a toda prisa del salón de música.

—¿Te encuentras mal, Callie? Nos iremos ahora mismo —le dijo, mientras la miraba con preocupación.

—No hace falta que me acompañes, Francesca —le dijo en voz baja.

—No digas tonterías —Francesca le hizo un gesto al lacayo para indicarle que quería su abrigo, y añadió—: No puedo quedarme aquí sabiendo que estás mal. Le he dicho a lady Manwaring que estabas indispuesta, ella se encargará de presentarle nuestras excusas a lady Whittington.

Callie asintió, y se puso la capucha del abrigo para sentirse un poco más protegida.

Francesca la condujo hacia la calle, y después de entrar tras ella en el carruaje, se sentó a su lado y la tomó de la mano.

—¿Qué ha pasado, Callie? Me he dado cuenta de que lord Bromwell se ha ido del salón de música poco después de que tú salieras, ¿ha ido a hablar contigo? ¿Por eso...?

—¡Sí, por eso! —Callie fue incapaz de seguir conteniendo sus emociones, y se echó a llorar—. ¡Es imposible, Francesca! Fui una tonta al conservar la esperanza de que... —su voz se quebró, y soltó un sollozo—. Es tan leal con su hermana como yo con Sinclair. Da igual lo que yo sienta, o lo que él pueda sentir por mí. Lo nuestro es imposible.

—Oh, querida... —Francesca la miró con los ojos llenos de lágrimas, y la abrazó mientras Callie se apoyaba en ella y lloraba desconsolada.

Lord Bromwell se levantó cuando su hermana entró en el saloncito. Se había ido del recital y había ido directamente a casa de Daphne, impulsado por la vorágine de emociones que se arremolinaban en su interior.

—¡Brom! —su hermana sonrió con deleite, y fue hacia él con las manos extendidas.

Se sintió un poco culpable al verla tan contenta, porque apenas había ido a verla últimamente. No había querido ver a nadie, ni siquiera a su hermana, y se había pasado la mayor parte del tiempo en su club, bebiendo, o en su casa, bebiendo también. También había ido en varias ocasiones a practicar boxeo al Jackson's Saloon, porque darle puñetazos a algo o a alguien parecía ser lo único que le daba cierto respiro.

—Temía que siguieras irritado conmigo por lo que pasó en los jardines de Vauxhall —Daphne le dio un ligero apretón en las manos—. Venga, vamos a sentarnos.

—Sé que lo hiciste para intentar ayudarme.

—Por supuesto —Daphne lo miró con una sonrisa radiante, porque había interpretado sus palabras como una muestra de aprobación—. Sabes que eres lo único que me importa.

Bromwell consiguió esbozar una sonrisa, y comentó:

—Bueno, me parece que ocupo un puesto cercano al de las joyas y la ropa.

—¡No seas malo! —Daphne le dio un empujoncito juguetón en el brazo—. ¿Quieres que vayamos a algún sitio esta noche?, ¿tienes planes? He oído hablar de un antro de juego bastante bueno. No puedo ir sola, por supuesto, pero no habrá ningún problema si voy con un acompañante.

—Me temo que no estoy de humor para juegos de azar, que te acompañe alguno de tus incontables pretendientes. He venido a decirte que me marcho de Londres.

—¿Qué quieres decir?, ¿adónde vas?

—De vuelta a mis tierras, allí estoy mejor.

—Pero, ¿qué pasa con Rochford y con lady Calandra?

—Ese asunto está zanjado —Bromwell se levantó y se acercó a la chimenea. Agarró el atizador, y removió los leños con la mirada fija en las llamas.

—Me habían comentado que ya no frecuentabas a su hermana, pero no pensé que hubieras puesto punto y final a tus planes.

Bromwell volvió a dejar el atizador en su sitio, y se volvió hacia ella.

—El duque no ha venido a pedirme explicaciones, así que decidí que era inútil alargar la situación.

—¿Cómo puedes decir eso?, ¡creía que ibas a vengarte de él por lo que me hizo! —Daphne se puso de pie hecha una furia.

—¿Qué es lo que quieres que haga?

—¡Algo más que ridiculizar un poco a esa muchacha!

—¿No te parece bastante hacerle eso a una mujer inocente?

—¡No, claro que no! ¡No basta para pagar por lo que su hermano me hizo!

—No puedo cambiar lo que te pasó, ojalá pudiera. Haría lo que fuera por evitarte ese dolor, por borrarlo de tu mente y de tu corazón, pero no puedo. Estoy seguro de que no quieres herir aún más a Callie.

—¡Quiero que la deshonres! —le espetó ella con rabia.

Bromwell se quedó mirándola sin poder creer lo que acababa de oír.

—No lo dirás en serio, ¿verdad? El dolor y la amargura que sientes por lo que te hizo el duque te impiden pensar con claridad, es imposible que quieras que mancille la reputación de una joven inocente. Creí que tú misma te habías dado cuenta de eso cuando hablamos del tema, que no te gustaría que fuera un hombre capaz de hacer algo así.

Daphne respiró hondo, y al final esbozó una sonrisa y le dijo:

—Tienes razón, por supuesto que no me gustaría. No quiero que esa muchacha sufra ningún daño de verdad, pero es que... me di cuenta de lo mucho que la deseabas, y... —le dio la espalda, y se inclinó para colocar bien uno de los cojines que había sobre el sofá. Agarró otro, y lo ahuecó antes de empezar a juguetear con los flecos que había a lo largo de los bordes—. Me entristece que te vayas tan pronto, apenas nos hemos visto durante los últimos años. Estaba deseando disfrutar de esta temporada social en Londres contigo.

—Ya lo sé, pero tengo obligaciones en la finca que no puedo descuidar. Lo único que puedo hacer aquí es mantenerme en contacto por carta con mi administrador y mi agente comercial.

—Qué aburrimiento. Tienes que aprender a divertirte, deja de trabajar tanto. Eres un caballero.

—Soy un caballero que necesita mantenerse ocupado.

—¡Ya lo tengo! ¿Por qué no vas al pabellón de caza de lord Swithington?, puedes descansar allí durante unos días antes de regresar a tus tierras.

Bromwell se sintió aliviado al ver que había superado su anterior arrebato. No soportaba ver cómo la había amargado lo que había sucedido en el pasado, ni hasta qué punto su antigua forma de ser alegre había ido agriándose por culpa del deseo de venganza.

—Daphne, no estamos en temporada de caza. En ese sitio me pasaré el día de brazos cruzados.

—De eso se trata, ¿no? Podrás pasear por el campo, y leer junto a la chimenea.

—Eso puedo hacerlo en casa.

—Sí, pero estarías mucho más lejos. En el pabellón de caza estarás más cerca de Londres, así que podría ir a visitarte en un par de días. No podré ir hasta después de que se celebre el baile de los Wentwhistle, porque justo ayer confirmé mi asistencia, pero sólo faltan un par de días. Al día siguiente iré a verte, y podremos pasar algo de tiempo juntos. Seguro que será divertido. Estaremos los dos solos, como cuando éramos pequeños, y podremos hablar durante horas sobre todo lo que se nos ocurra. Desde que llegué a Londres, he estado pensando en cuánto te he echado de menos durante todos estos años.

—Daphne, nos hemos visto dos o tres veces al año desde que te casaste con lord Swithington.

—Sí, ya lo sé. Supongo que te pareceré una tonta, pero me ha gustado mucho vivir cerca de ti durante las últimas semanas, y no quiero que se acabe aún. Por favor, dime que irás al pabellón, o pensaré que aún sigues enfadado conmigo por lo que pasó en Vauxhall.

—De acuerdo, Daphne —le dijo él, con una sonrisa—. Ya sé que estás acostumbrada a salirte con la tuya, así que acabaría cediendo tarde o temprano.

—Eso por descontado —Daphne se echó a reír, fue hacia él, y lo tomó del brazo—. Nos lo pasaremos muy bien, ya lo verás. Voy a escribirle una nota al ama de llaves, para que espere tu llegada pasado mañana, ¿te parece bien?

—Sí, tardaré un día en dejar mis asuntos en orden.

—Perfecto —Daphne esbozó una sonrisa—. No te arrepentirás, ya lo verás.

A la mañana siguiente, Francesca decidió que Callie ya se había esforzado bastante en cubrir las apariencias.

—Creo que deberías quedarte en casa, al menos por un tiempo —le dijo, mientras estaban desayunando.

Callie, que apenas había probado bocado y estaba limitándose a juguetear con la comida, miró a su amiga sin poder disimular lo mucho que la habían alegrado sus palabras.

—¿Lo dices en serio?, eso dará pie a habladurías.

—Siempre hay habladurías, pero le has demostrado a todo el mundo que no estás herida, que apenas te has dado cuenta de que has perdido a uno de tus admiradores, y que no te ha afectado en lo más mínimo. Llevas dos semanas fingiendo indiferencia, yo diría que es tiempo más que suficiente para acallar incluso a las lenguas más viperinas.

—Pero la gente estará comentando mi comportamiento de anoche, tendría que haberme controlado mejor.

—No te preocupes por eso, lo que sucedió anoche servirá para corroborar nuestra historia. Te fuiste del recital porque te sentiste indispuesta, y para que sea creíble, debes seguir enferma durante una semana por lo menos... quizás incluso dos. Quién sabe, puede que debas regresar al campo para poder recuperarte.

Callie esbozó una sonrisa, y comentó:

—Eso suena muy bien, pero no sé si me gusta la idea de estar a las puertas de la muerte.

—Quizá no haga falta llegar a tales extremos, la gente acabaría agobiándote con un sinfín de preguntas. Mantener una mentira puede resultar muy difícil. Bueno, digamos que podrías estar enferma durante una semana más o menos, y después empezarías a salir un poco. Pero yo insistiría en que tuvieras cuidado y dosificaras tus salidas, por miedo a que te agotaras y sufrieras una recaída —Francesca esbozó una sonrisa abierta y traviesa que sacó a la luz un hoyuelo en su mejilla.

Callie no pudo evitar sonreír a su vez, y le dijo:

—De acuerdo, me has convencido. No puedo negar que va a ser un alivio no tener que ver a nadie.

—En ese caso, está decidido. Me encargaré de cumplir con nuestras obligaciones sociales durante los próximos días, aunque me parece que voy a tener que hacer una selección; al fin y al cabo, no sería una buena amiga si no me encargara de cuidarte.

De modo que, mientras Francesca permanecía en la planta baja para recibir a las visitas, Callie se retiró a su dormitorio con un libro. Tal y como le había dicho a su amiga, para ella era todo un alivio no tener que fingir una alegría y una calma que no sentía; de hecho, ni siquiera sabía si habría sido capaz de mantener la compostura.

Aún tenía los ojos enrojecidos debido a la llorera del día anterior, y a una larga noche de duermevela en la que los pocos momentos de sueño se habían visto interrumpidos por la llegada de más lágrimas. Por la mañana había pensado que era un milagro que le quedaran más lágrimas por derramar, pero había estado a punto de echarse a llorar de nuevo al ver el vestido que Belinda le había preparado sobre la cama, ya que era el que se había puesto la primera vez que Bromwell había ido a visitarla.

A pesar de que le había echado de menos durante dos semanas, el encuentro que habían tenido la noche anterior la había dejado destrozada, porque había servido para que se diera cuenta de que era imposible que él volviera a formar parte de su vida.

Había llegado a estar tan cerca del amor, que la pérdida era demoledora... aunque quizá ya era demasiado tarde, porque empezaba a preguntarse si quizá se había enamorado por fin... pero de un hombre que jamás se casaría con ella.

Francesca estaba sentada frente a su escritorio a primera hora de la tarde del día siguiente, preguntándose cómo le había resultado tan fácil pagar las facturas del último mes, sobre todo teniendo en cuenta lo bien que habían comido y que no habían escatimado ni en carbón ni en velas.

Estaba convencida de que aquello tenía algo que ver con la conversación que el administrador del duque había mantenido con su mayordomo sobre los gastos de Callie, pero como no sabía si Fenton se las había ingeniado para sacarle al administrador mucho más dinero del necesario, o si el duque le había ordenado a su empleado que pagara una suma desorbitada, tenía la duda de con quién de los dos debería enfadarse. Lo que estaba claro era que no iba a poder sacarle la verdad a Fenton, porque era el ser más hermético que había pisado la faz de la tierra.

Cuando lo vio entrar en el saloncito, creyó por un instante que el hecho de que estuviera pensando en él había hecho que apareciera por arte de magia, pero el mayordomo anunció que lady Pencully había ido a visitarla y estaba esperándola en el salón formal.

Aquello bastó para quitarle de la cabeza las cuentas que la habían tenido atareada. A pesar de que era una mujer adulta que llevaba años manejando sus propios asuntos, lady Odelia hacía que se sintiera como una colegiala. Tenía la impresión de que, cuando alzaba sus impertinentes para mirarla, era capaz de ver todos sus defectos.

Deseó con cierta cobardía no haber decidido que Callie fingiera estar enferma, porque a pesar de su juventud, su amiga nunca parecía sentirse intimidada por su tía abuela.

Se miró brevemente en el pequeño espejo que había junto a la puerta, y después de comprobar que su peinado estaba impecable y que no tenía ninguna mancha en la cara, salió mientras se alisaba la falda. Lady Odelia siempre iba de visita muy temprano, así que ni siquiera cabía la esperanza de que llegara alguien más que pudiera interrumpirlas.

—Buenas tardes, lady Odelia —le dijo con una sonrisa al entrar en el salón. Después de hacer una reverencia, añadió—: Me alegro de veros, aunque me sorprende que aún no os hayáis marchado de la ciudad. ¿Tenéis pensado quedaros durante toda la temporada social?

—Hola, Francesca —lady Odelia le indicó con un gesto que se sentara en la silla que había junto a la suya, como si fuera la dueña de la casa. Como era habitual, iba vestida con ropa que llevaba por lo menos diez o quince años pasada de moda, y llevaba el pelo recogido en un tocado con plumas—. Siéntate, muchacha. No quiero tener que estirar el cuello para mirarte —esperó a que Francesca obedeciera antes de seguir—. Aún no he decidido si voy a quedarme o no. No tenía pensado hacerlo, pero me he sentido revigorizada desde mi fiesta. No hay nada como cumplir ochenta y cinco años para que una se pregunte si debería perder el tiempo muerta de aburrimiento en Sussex.

—A mucha gente le gusta ir a Bath, sobre todo en verano —comentó Francesca.

—No he venido a hablar de planes de viaje.

—Lo supongo.

Francesca se preguntó si estaba maquinando algo y había ido a pedirle su colaboración. La última vez, lady Odelia se había propuesto casar a uno de sus sobrinos nietos, lord Radbourne, y aunque todo había acabado bien, no pudo evitar sentirse un poco recelosa. A lady Odelia se le daba bien hacer que los demás trabajaran por ella.

—Fenton me ha dicho que Calandra está enferma.

—Sí, es cierto —Francesca intentó parecer convincente, porque siempre tenía la sensación de que aquella mujer era capaz de adivinar si estaba mintiendo—. Anteayer empezó a sentirse mal cuando estábamos en el recital de lady Wittington.

—¿Está enferma de verdad, o echa de menos a ese tunante de Bromwell? —le dijo lady Odelia con sagacidad.

—Lady Calandra no albergaba ninguna expectativa en ese aspecto —le contestó Francesca con tranquilidad—; de hecho, apenas conoce a lord Bromwell, creo que le conoció en vuestro baile.

—El tiempo no siempre es lo principal. Maldito muchacho, no comprendo su actitud; según tengo entendido, ha regresado a sus tierras. Es una pena, tenía la esperanza de que Callie y él... en fin, a ella no le faltarán los pretendientes.

—No, por supuesto que no.

—¿Qué tienes pensado hacer mañana?

—Eh... no estoy segura —la pregunta la había tomado desprevenida, y Francesca intentó ganar un poco de tiempo. No sabía por qué su mente, que por lo general era rauda a la hora de generar mentirijillas corteses, siempre parecía quedarse en blanco cuando lady Pencully estaba cerca—. ¿A qué hora?

—Durante todo el día. Quiero visitar a la duquesa de Chudleigh, la madrina de tu madre —añadió, como si Francesca no supiera a quién se refería.

—Ya veo —le dijo ella, mientras sentía que se le formaba un nudo en el estómago.

—He pensado que podrías acompañarme. Vive en Sevenoaks, no queda lejos de Londres. Supongo que estará encantada de verte, y así podrás escribirle una carta a tu madre para contarle cómo se encuentra su madrina. No sé si sabes que este invierno ha estado bastante delicada de salud.

—Sí, creo que mi madre lo mencionó —admitió Francesca a regañadientes.

No le apetecía nada pasarse el día metida en un carruaje con lady Odelia, ni sentada junto a dos ancianas que no dejaban de gritarse la una a la otra... la duquesa estaba medio sorda, pero se negaba a utilizar una trompetilla porque, según ella, hacía que pareciera vieja; sin embargo, tal y como acababa de insinuar lady Odelia, era lo que su madre esperaría de ella.

Al igual que a Callie, le habían inculcado desde niña que debía cumplir con su deber, así que era incapaz de mirar a lady Odelia a los ojos y decirle que no iba a visitar a la anciana madrina de su madre, por mucho que deseara hacerlo; en todo caso, y suponiendo que tuviera las agallas de negarse a ir, lady Odelia seguiría insistiendo hasta que acabara dándose por vencida, así que sería mejor que cediera con dignidad.

—Supongo que a Callie no le pasará nada por estar sola un día —dijo al fin.

—Claro que no. Tiene a toda la servidumbre para cuidarla, estará perfectamente bien.

—De acuerdo, os acompañaré —Francesca contuvo un suspiro de resignación.

—¡Perfecto!, pasaré a buscarte a las nueve en punto.

—¿A las nueve?, ¿las nueve de la mañana?

—Por supuesto —lady Odelia la miró con extrañeza—. Tardaremos todo el día, es mejor que nos vayamos cuanto antes.

—Claro.

Lady Pencully no alargó demasiado su visita, porque ya había conseguido lo que quería. Cuando se marchó, Francesca pensó con acritud que sin duda iba a fastidiar a alguna otra víctima desprevenida para conseguir cualquier otra cosa.

Subió de inmediato a ver a Callie, que se echó a reír cuando le contó lo que había ocurrido.

—Bueno, me alegro de que mi infortunio te haga tanta gracia —le dijo con fingida indignación, aunque en realidad se alegró de verla reír por primera vez en días.

—Lo siento mucho, de verdad —le dijo Callie, con ojos chispeantes—. Ya sé que va a ser una tortura para ti, pero no sabes cuánto me alegro de que decidieras que debo fingir que estoy enferma.

—No me extraña, porque de no ser así, te habría obligado a venir con nosotras —Francesca no pudo contener una sonrisa, y cuando vio que se estremecía con teatralidad, añadió—: ¿Estás segura de que no quieres venir?, podríamos decir que te has recuperado de forma milagrosa. Seguro que te aburres si te quedas aquí sola.

—Lo prefiero a pasarme medio día encerrada en un carruaje con lady Odelia. ¿Crees que llevará a ese horrible perro achacoso que tiene?

—¡No me acordaba de ese chucho senil!, no quiero ni pensarlo.

Callie se echó a reír al verla tan horrorizada, y se sintió mucho mejor. No era de esas personas que se recrearan en su propio dolor. Se prometió que al día siguiente encontraría alguna tarea, algo que la distrajera de sus problemas.

De modo que a la mañana siguiente, después de desayunar sola en la planta baja, llamó a su doncella y pasó un par de horas revisando su guardarropa, decidiendo qué prendas iba a retocar con un lazo o alguna flor, y cuáles debería regalar o destinar al saco de los trapos viejos.

Como sólo tenía la ropa que se había llevado desde casa

y la que había comprado recientemente, la tarea no le llevó demasiado tiempo, y acabó antes del mediodía. Si hubiera estado en su casa, habría subido al ático para trastear entre los objetos inservibles, y se habría distraído con vestidos anticuados o juguetes viejos, pero no podía hacerlo en casa de Francesca.

Cuando empezó a pensar de nuevo en Brom, decidió que a lo mejor una novela lograría distraerla, así que fue a buscar una al saloncito de Francesca. Mientras le echaba una ojeada a las estanterías, Fenton entró a la habitación y la miró con una ansiedad que distaba mucho de su habitual expresión imperturbable.

—Mi señora...

—¿Qué sucede, Fenton?

—Ha llegado un hombre, dice que tiene un mensaje urgente para vos. Dice... mi señora, dice que... que Su Señoría el duque está herido.

CAPÍTULO 15

Callie empalideció de golpe mientras miraba estupefacta al mayordomo.

—¿Qué? ¿Mi hermano...?

Se apresuró a salir al pasillo y vio a un hombre en el vestíbulo, con el sombrero en la mano. A juzgar por su aspecto, acababa de realizar un arduo trayecto a caballo, y parecía cansado. Fue a toda prisa hacia él, y le preguntó:

—¿Traéis noticias sobre el duque de Rochford?, ¿le ha pasado algo?

—Está vivo, mi señora, pero ha sufrido un accidente —se apresuró a contestar el hombre—. Esta carta es para vos —añadió, al darle una hoja de papel doblada y sellada donde ponía *Lady Calandra Lilles*.

Callie se apresuró a romper el sello, y la abrió con manos temblorosas. En la parte superior derecha ponía *Blackfriars Cope Cottage, Lower Upton*, y la fecha. Bajó la mirada hasta el mensaje, y empezó a leer.

Querida lady Calandra Lilles,
Lamento tener que comunicaros que el duque de Rochford ha sufrido un accidente de carruaje cerca de mi pabellón de caza. Mi esposo y un lacayo lo trasladaron a la casa, y llama-

mos al médico. Tiene rotas la pierna y varias costillas, pero se recuperará. Está despierto, y me ha pedido que os pida que vengáis. El doctor no quiere que se mueva demasiado.

Atentamente,
Sra. de Thomas Farmington

Callie soltó un suspiro de alivio, y miró al mensajero.
—¿Seguro que se encuentra bien?
—No lo he visto con mis propios ojos, señorita. Sólo sé lo que me dijo la señora Farmington, pero ella me pidió que os asegurara que el duque está bien.
—Partiré de inmediato. Si pudierais indicarme dónde está exactamente Lower Upton...
—En Buckinghamshire. La señora Farmington me ordenó que alquilara un carruaje para llevaros hasta allí en cuanto os diera el mensaje.
—Os lo agradezco. Voy a por un par de cosas, podremos irnos enseguida.

Cuando el hombre asintió y se fue en busca de un carruaje de alquiler, Callie se volvió y vio al mayordomo, que había recuperado su habitual compostura.
—¿Lo has oído, Fenton? —al verlo asentir, añadió—: Voy a preparar una bolsa de viaje con unas cuantas cosas, y me iré de inmediato. Te dejaré una nota para que se la entregues a lady Haughston.
—Como gustéis, mi señora. Haré que vuestra doncella suba a ayudaros.

Callie asintió, y subió a su cuarto a la carrera. Los pensamientos se agolpaban en su mente, y el corazón le martilleaba en el pecho. Se preguntó cuál sería el alcance real de las heridas de su hermano. Según la señora Farmington, estaba bien, pero quizá la mujer no se había atrevido a decirle por carta que su hermano estaba grave. A lo mejor estaba malherido, o a punto de morir; y aun suponiendo que sólo tuviera unos cuantos huesos rotos, podían surgir complicaciones que podían causar fiebres altas, o incluso la muerte. Fuera como fuese, era obvio que estaba sufriendo y que necesitaba a alguien conocido a su lado, así que estaba decidida a partir cuanto antes.

Mientras empezaba a abrir cajones y a lanzar hacia la cama la ropa que pensaba llevarse, se dijo que Buckinghamshire no estaba tan lejos. Seguro que llegaba antes de que anocheciera.

Belinda llegó al cabo de un momento. Tenía los ojos muy abiertos, y estaba pálida.

—¿Su Señoría está herido, mi señora?

—Sí, pero me han dicho que no es nada grave. Se ha roto varios huesos —le dijo con firmeza—. Parto en su busca de inmediato.

—Ahora mismo os preparo el equipaje.

—Limítate a meter en un bolso de viaje lo suficiente para uno o dos días, me voy cuanto antes. Como es posible que tenga que quedarme con él durante más tiempo, prepara un baúl con más ropa y podrás llevármelo tú misma en la diligencia del correo cuando te mande a llamar. No sé cuál es la situación exacta. Si podemos trasladarle, regresaremos a nuestra casa de la ciudad.

Mientras Belinda le preparaba el bolso, Callie le escribió una nota a Francesca en la que le explicaba de forma sucinta adónde iba y por qué. Sabía que Fenton le explicaría a su amiga lo que había pasado, pero prefería contárselo ella misma con más detalle y decirle el nombre del lugar donde estaba Sinclair. Acabó la nota con la promesa de enviarle un mensaje en cuanto viera a su hermano y supiera con exactitud cómo estaba, porque sabía que su amiga querría permanecer informada a pesar del desacuerdo que había tenido con Rochford en su último encuentro.

Después de sellar la nota, se la dio a Fenton y le pidió que se la entregara a Francesca en cuanto ésta llegara. Belinda ya tenía listo el equipaje, y el mensajero había regresado con el carruaje de alquiler.

Callie no perdió el tiempo en ponerse ropa adecuada para el viaje, se limitó a cambiar las delicadas zapatillas que llevaba por unas botas más resistentes. Se apresuró a subir al carruaje, y partieron poco más de media hora después de que hubiera recibido la noticia.

Se reclinó en el asiento mientras intentaba tranquilizarse, y por primera vez dejó que su mente fuera más allá de los detalles prácticos con los que había tenido que lidiar antes de poder marcharse. En primer lugar, pensó en las heridas que podía haber sufrido su hermano. Se sacó del bolsillo del vestido la nota que le había enviado la señora Farmington y volvió a leerla con más calma, pero no descubrió ningún detalle nuevo. Seguía sin saber cómo había ocurrido el accidente, y si su hermano había sufrido alguna herida grave. La señora Farmington se había limitado a decirle que se había roto una pierna y varias costillas, pero eso no bastaba para darle una idea del estado en que se encontraba. No podía culpar a la mujer, que sin duda había escrito la nota a toda prisa, pero le habría gustado tener más información; por ejemplo, no sabía si las fracturas habían sido simples o no. Había visto suficientes lesiones en la finca para saber que había una gran diferencia entre un hueso roto con una fractura simple que volvía a soldarse con facilidad, y una pierna fracturada en varios sitios o en la que el hueso había llegado a romper la piel.

Se estremeció ante las imágenes que le pasaban por la cabeza, y se esforzó por pensar en otra cosa. Se preguntó si Sinclair habría tenido el accidente mientras iba conduciendo su carruaje abierto de dos caballos, o si iba en el elegante carruaje ducal que solía conducir Haskell, el cochero jefe de la familia. Como los dos eran unos verdaderos expertos con las riendas, era de suponer que la culpa la hubiera tenido otro conductor, pero la señora Farmington no había mencionado que hubiera habido otros heridos... aunque lo cierto era que la mujer no se había entretenido en explicar el accidente en detalle.

Por otro lado, no entendía qué era lo que estaba haciendo Sinclair en Buckinghamshire. Él le había dicho que pensaba regresar a Marcastle, y a pesar de que no era una experta en geografía, estaba casi segura de que nunca habían pasado por Buckinghamshire cuando viajaban desde Londres hasta la finca familiar; además, su hermano se había marchado de Londres días atrás, así que era imposible que aún estuviera de camino.

Quizá se había demorado en la ciudad por alguna razón, pero en ese caso, la habría avisado. No, aquella posibilidad carecía de sentido... a lo mejor había partido hacia Marcastle y había decidido ir a otra parte cuando estaba a medio camino, aunque no era propio de él ser tan impulsivo.

Sinclair solía hacer lo que decía, así que seguramente había regresado a Marcastle, y después de completar los asuntos que tenía pendientes allí, había decidido ir a otro sitio para encargarse de alguna otra cosa. Le había comentado que quizás iría a Dancy Park, pero Buckinghamshire no le habría tomado de camino.

Quizás había decidido ir a otra de sus propiedades. Si pensaba ir a las tierras que tenía en Cornwall, era posible que hubiera optado por una ruta alternativa que no pasara por Londres. Era extraño que dejara escapar la posibilidad de ir a visitarla, pero a lo mejor seguía enfadado con ella por su desobediencia y no había querido ir a verla.

Aunque también era posible que simplemente hubiera ido a visitar a un amigo, o que hubiera ido a inspeccionar alguna propiedad con la intención de comprarla; en todo caso, las razones por las que su hermano estaba en Buckinghamshire carecían de importancia, pero si se centraba en ese detalle, al menos no podía obsesionarse dándole vueltas a asuntos mucho más preocupantes, como el alcance de sus heridas, el dolor que debía de estar sufriendo, o si el trayecto hasta Blackfriars Cope iba a durar mucho.

Sólo se detuvieron para cambiar de caballos, y Callie

aprovechó esos pequeños intervalos para estirar las piernas. En una de las posadas pidió un pequeño refrigerio consistente en carnes frías, pan, y queso, pero no tenía apetito y acabó dejando casi toda la comida en el plato.

Sabía que iban lo más rápido posible, ya que cambiaban de caballos con la suficiente frecuencia para tener siempre animales descansados, pero tuvo la impresión de que el viaje duraba una eternidad. Se le antojó incluso más lento cuando empezó a oscurecer, porque dejó de tener la distracción del paisaje. Sabía que el tiempo le habría pasado más deprisa si hubiera sido capaz de conciliar el sueño, pero ni siquiera pudo dar una cabezadita. En su mente se arremolinaban dudas, temores, y terribles imágenes de Sinclair tumbado en una cama, pálido, dolorido, y con el cuerpo vendado.

En más de una ocasión, deseó que Francesca no se hubiera ido con tía Odelia, porque sabía que la habría acompañado sin dudarlo. Habría sido un alivio contar con su apoyo y poder hablar con ella, pero al margen de eso, también habría agradecido su capacidad de organización. Su amiga siempre sabía lo que había que hacer, y con una sonrisa y unas cuantas palabras, conseguía obtener los mejores resultados de los demás.

Cuando notó que el carruaje se detenía, pensó que habían llegado a otra posada y que iban a cambiar de nuevo de caballos, pero al apartar a un lado la cortina se dio cuenta de que estaban delante de una casa de campo. No era la casita cubierta de hiedra que se había imaginado al leer la nota de la señora Farmington, sino una sólida construcción de piedra de dos plantas con dinteles también de piedra sobre la puerta y las ventanas; como era obvio que no se trataba de una posada, se dio cuenta de que habían llegado a su destino.

—¿Hemos llegado a Blackfriars Cope? —le preguntó al mensajero, que había pasado todo el trayecto en la parte superior del carruaje y acababa de bajar de un salto para ayudarla a salir.

—Sí, mi señora. Parece que todo el mundo sigue en el piso de arriba —miró hacia las ventanas que había encima y a un lado de la puerta principal, que estaban iluminadas.

—Gracias.

A pesar de que sabía que Sinclair debía de haberle dado dinero para el alquiler del carruaje y los cambios de caballos, además de alguna suma en pago a sus servicios, le dio una moneda de oro. Como había empezado a lloviznar, se puso la capucha del abrigo y se apresuró a ir hacia la puerta de la casa.

Segundos después de que llamara a la puerta, le abrió una mujer bajita y robusta que llevaba un sencillo vestido de muselina y un delantal blanco.

—Dígame.

—¿Es usted la señora Farmington? —le preguntó con ansiedad.

—Sí.

—Soy lady Calandra Lilles. ¿Sigue despierto?, ¿dónde está?

—En el estudio, señorita —la mujer se volvió y señaló hacia el pasillo, donde había una puerta abierta de la que salía luz.

—Gracias —Callie se apresuró a ir hacia allí, y apenas se dio cuenta de que la puerta principal se cerraba a su espalda.

Se echó la capucha hacia atrás sin detenerse, se quitó los guantes y los dejó sobre una mesita que había en el pasillo, y entró como una exhalación en la habitación que le había indicado la señora Farmington.

Se detuvo en seco, y por un instante fue incapaz de asimilar la escena que tenía ante sus ojos.

Lord Bromwell estaba medio reclinado en un sofá, con una pierna extendida hacia delante sobre el asiento y la otra doblada y con el pie en el suelo. Estaba apoyado contra un extremo del sofá y ligeramente ladeado, de modo que su torso quedaba en parte contra la esquina. Su chaqueta y su pañuelo estaban tirados con descuido sobre la silla que quedaba más cercana a él, tenía el chaleco abierto, y la camisa medio desabrochada. A su lado, en el suelo, había una bandeja de plata en la que descansaba una licorera medio llena, y en la mano tenía un vaso que contenía el mismo líquido oscuro.

Se quedaron mirándose el uno al otro con estupefacción por un momento, y él fue el primero en reaccionar.

—¡Callie! —dejó el vaso sobre la bandeja de golpe, y se levantó un poco tambaleante—. ¿Qué haces aquí? —le preguntó alarmado, antes de echar a andar hacia ella—. ¿Qué ha pasado?, ¿estás bien?

—¿Qué es lo que haces tú aquí? —le preguntó ella, cuando por fin logró recobrar el habla. Se preguntó si Bromwell tenía algo que ver con el accidente de Sinclair, si su hermano no había resultado herido en un accidente, sino en una pelea con el conde—. No lo entiendo... ¿dónde está Sinclair?, ¿se encuentra bien?, ¿qué ha pasado?

—¿Sinclair? —le preguntó él, claramente desconcertado—. ¿Quién es...? ¿Te refieres a tu hermano?, ¿por qué demonios crees que podría estar aquí?

—¡Por la nota!

Callie se metió la mano en el bolsillo para sacar la carta que había recibido, pero se detuvo en seco mientras un sinfín de detalles extraños empezaban a encajar en su mente... la elegante caligrafía en una nota que supuestamente había sido escrita por una sencilla mujer de campo, el hecho de que aquella misma mujer hubiera utilizado en la carta el tratamiento correcto que había que usar con la hija de un duque, lo extraño que resultaba que su hermano estuviera en Buckinghamshire, el hecho de que el viaje hubiera estado tan bien organizado y con todo pagado, a pesar de que Sinclair ni siquiera le había escrito cuatro líneas para tranquilizarla.

—¡Me has engañado! —empalideció de golpe, y se sintió un poco mareada.

Bromwell siguió mirándola desconcertado, y le dijo:

—¿Qué quieres decir?, ¿se puede saber de qué diablos estás hablando?

Callie ni siquiera le oyó, porque empezaba a darse cuenta de que estaba a kilómetros de distancia del lugar habitado más cercano, sola en medio de la noche con un hombre, y que la única persona que podía hacer de acompañante era la señora Farmington... si realmente se llamaba así, claro... que sin duda estaba al servicio de lord Bromwell. Su reputación iba a quedar hecha trizas. De repente, se dio cuenta de algo incluso peor... seguro que él no había organizado todo aquello con la única intención de arruinar su reputación, sino que además quería arrebatarle su virtud.

Creía haber alcanzado el límite de la desdicha la noche en que se había dado cuenta de que era imposible que tuviera un futuro común con Brom, pero en ese momento descubrió que podía sentirse incluso peor. Bromwell no pensaba casarse con ella, no la amaba, y por si fuera poco, la tenía en tan poca estima, que estaba dispuesto a deshonrarla. La había engañado, pensaba utilizarla para poder vengarse de Sinclair, y no le importaba herirla y humillarla.

−¡Dios mío! −los ojos se le inundaron de lágrimas, y se llevó la mano a la boca al sentir náuseas−. ¿Qué tonta he sido...! Me he pasado los días echándote de menos y sufriendo por tu ausencia, mientras que tú estabas aquí sentado, urdiendo tus planes de venganza...

Salió corriendo de la habitación, y no se detuvo ni se volvió a mirar hacia atrás cuando oyó que él la llamaba. Sólo podía pensar en alcanzar el carruaje en el que había llegado antes de que volviera a marcharse, ya que estaba convencida de que el cochero accedería a llevarla de vuelta si le contaba lo que había sucedido.

A pesar de que no vio ni rastro de la mujer que le había abierto la puerta, gritó pidiendo auxilio. Oyó a Bromwell corriendo tras ella por el pasillo, le oyó soltar una imprecación y volver a llamarla, así que siguió corriendo con todas sus fuerzas. Al llegar a la puerta, la abrió de golpe y salió como una exhalación, pero se detuvo en seco al darse cuenta de que el carruaje ya no estaba allí.

Presa del pánico, miró a derecha y a izquierda, pero no lo vio por ninguna parte. El cochero y el mensajero debían de haber recibido instrucciones de marcharse en cuanto ella entrara en la casa. Lo más seguro era que la señora Farmington se hubiera ido con ellos, y aunque no fuera así, era muy improbable que estuviera dispuesta a ayudarla.

Contuvo con esfuerzo las ganas de llorar, y echó a correr de nuevo.

—¡Callie, vuelve aquí! —Bromwell, que se había detenido al llegar a la puerta principal, se apresuró a ir tras ella.

Estaba lloviendo con más fuerza y hacía frío, pero ella no perdió el tiempo en ponerse la capucha para protegerse. Se limitó a levantarse la falda hasta la rodilla, y a correr tan rápido como pudo. Bromwell había estado bebiendo, así que quizá sería incapaz de alcanzarla. A lo mejor tropezaba y se caía. Si conseguía llegar a la arboleda, tendría más posibilidades de lograr huir de él.

No tardó en darse cuenta de que sus esperanzas eran en vano. Él la alcanzó al cabo de unos segundos, y la agarró del brazo para detenerla.

—¡Suéltame! —luchó por liberarse, y los ojos se le inundaron de lágrimas tanto de frustración como de rabia—. ¡Rochford te matará por esto! ¡No, lo haré yo misma! —alargó la mano que tenía libre, y le hincó las uñas en el brazo.

—¡Maldición! —Rochford le agarró la muñeca, y le apartó la mano—. ¿Qué demonios te pasa?, ¿te has vuelto loca?

—¡Jamás te habría creído capaz de hacer algo así!, ¡es increíble que hayas caído tan bajo! —gritó de rabia, mientras forcejeaba con él e intentaba darle patadas. Cuando logró liberar un brazo de un tirón, ni siquiera se dio cuenta del dolor que sintió y empezó a aporrearle el pecho.

—¡Maldita sea, Callie...! ¡Basta ya! —la obligó a dar media vuelta, y la rodeó con los brazos desde detrás. La mantuvo con los brazos sujetos al cuerpo, y le levantó los pies del suelo.

Callie se debatió durante unos segundos, pero no pudo seguir conteniendo los sollozos y se echó a llorar desconsolada. Finalmente, se quedó exhausta y sin fuerzas en sus brazos, mientras la lluvia que seguía cayendo sobre ellos sin piedad los empapaba.

Bromwell la bajó hasta el suelo, y entonces la tomó en sus brazos como si fuera una niña. Inclinó la cabeza hacia ella, y susurró:

—Callie... cariño...

Después de rozarle el pelo con los labios, dio media vuelta y la llevó de vuelta a la casa. Ella no se resistió, permaneció laxa y agotada en sus brazos, calada hasta los huesos y aturdida por la brutal acometida de emociones que había sufrido.

En cuanto entraron en la casa, Bromwell la dejó de pie y le quitó el abrigo empapado. Después de dejar caer la prenda al suelo sin miramientos, gritó:

—¡Señora Farmington!

Las horquillas que sujetaban el peinado de Callie se habían caído durante la refriega, así que tenía el pelo suelto y chorreando agua. El vestido también se le había mojado, y tenía las botas embarradas.

—¡Señora Farmington! Maldición, ¿dónde se ha metido?

Como no llevaba abrigo, Bromwell estaba incluso más mojado que Callie. Tenía la camisa blanca empapada y pegada a la piel, el pelo aplastado contra la cabeza, y estaba temblando.

—Tienes que quitarte este vestido mojado, Callie —le dijo, mientras empezaba a desabrocharle la prenda con dedos trémulos.

—¡No! —se apartó de él de golpe, aunque no tenía fuerzas para intentar huir de nuevo ni para luchar.

Él suspiró con exasperación, y le dijo con calma:

—Al menos siéntate.

La agarró de los brazos, la llevó hasta el banco de madera

que había a un lado del vestíbulo, y la sentó sin demasiadas contemplaciones.

—Quédate aquí.

A Callie le habría encantado desobedecerle, pero era prácticamente incapaz de moverse. Echó la cabeza un poco hacia atrás, y la apoyó contra la pared. Era consciente de que estaba helada, pero se sentía entumecida y ajena a todo lo que la rodeaba. Estaba temblando, y empezaron a castañetearle los dientes.

Bromwell no tardó en volver, y la tapó con un cubrecama de punto.

—Al menos te dará algo de calor.

Callie lo miró con cautela al ver que se quitaba la camisa y el chaleco y los dejaba caer al suelo, pero él mantuvo las distancias y se limitó a taparse con otro cubrecama a modo de chal. Estaba tan gracioso, que en otras circunstancias se habría echado a reír al verlo así.

Él se echó el pelo hacia atrás y estrujó algunos mechones para que se escurriera un poco de agua, y después intentó hacer lo mismo con el pelo de Callie. Ella intentó apartarle las manos, pero estaba demasiado débil y sus esfuerzos no sirvieron de nada. Cuando terminó de escurrirle el pelo, Bromwell se arrodilló delante de ella y empezó a desatarle las botas.

—Detente —le dijo ella.

—Shhh... estás helada y mojada, no pienso permitir que te mueras de frío sólo porque hayas enloquecido de repente.

—No he enloquecido —protestó ella, con voz queda.

Bromwell se puso en cuclillas, y la miró sin demasiada convicción.

—No, claro que no. Apareces de improviso... aunque no alcanzo a comprender por qué o cómo sabías que yo estaba aquí... empiezas a desvariar sobre tu hermano, y entonces te pones a gritar y sales corriendo en medio de la lluvia, aunque sólo Dios sabe hacia dónde te dirigías. Por si fuera poco, me atacas cuando intento detenerte para intentar averiguar qué es lo que pasa. ¿Te parece un comportamiento propio de una persona cuerda? —al ver que ella se limitaba a mirarlo sin decir palabra, añadió—: De acuerdo, quédate con las botas puestas —la puso de pie de nuevo—. Venga, vamos.

—¿Adónde? —Callie se negó a moverse.

—¡Maldición! —la levantó en brazos de nuevo, y la llevó por el pasillo hacia el estudio sin hacer caso de sus protestas. Después de dejarla de pie delante de la chimenea, agarró el atizador para avivar el fuego.

Callie no pudo contener un pequeño suspiro de placer al notar la caricia del calor contra su piel. Se sentó en un taburete que había delante de la pantalla protectora, y ladeó la cabeza para que el pelo le cayera por el lado más cercano al fuego y empezara a secársele.

Bromwell se acercó a la bandeja en la que estaba la licorera, y después de llenar el vaso de nuevo, regresó junto a Callie y se lo ofreció. Al ver que ella lo miraba con suspicacia, se tensó y le dijo:

—Bebe, si no quieres que te obligue a tragártelo a la fuerza.

Callie hizo una mueca mientras tomaba un trago. Tosió un poco al sentir que la garganta le ardía, pero el licor la calentó un poco desde dentro y se sintió mejor de inmediato. Él agarró el vaso, y tomó un trago a su vez antes de devolvérselo y de sentarse a su lado delante de la chimenea.

Callie tomó un sorbo un poco más pequeño, y lo miró de reojo. Bromwell se había quitado el pesado cubrecama, y el fuego iluminaba su pecho y sus hombros desnudos. Tenía los brazos sobre las rodillas, el pelo revuelto y húmedo, y exudaba una masculinidad primitiva.

Se le secó la garganta de repente, y se sintió humillada al darse cuenta de que en su interior empezaba a emerger un calor que no estaba relacionado con el fuego que ardía en la chimenea, sino con el hombre que tenía a su lado.

Cuando se volvió hacia ella y la pilló observándolo, Callie apartó la mirada a toda prisa y se ruborizó, pero él la agarró de la barbilla y la instó con suavidad a que se volviera a mirarlo de nuevo. La observó en silencio durante un largo momento, contempló sus rizos mojados y alborotados, el vestido húmedo que se le pegaba al cuerpo y revelaba sus tensos pezones, y sus ojos grises relampaguearon de deseo mientras su expresión se suavizaba. La acarició con ternura, deslizó el pulgar por su barbilla y fue subiéndolo hasta su labio inferior.

Callie sintió que la recorría una oleada de deseo, y se dio cuenta horrorizada de que estaba tentada de agarrarle la mano y presionar los labios contra su piel. A pesar de todo, había algo en su interior, un impulso primitivo y profundo, que había respondido ante la pasión que brillaba en los ojos de Brom, y que quería lograr que él la deseara aún más.

Se levantó de golpe, y exclamó:

—¡No! ¡No vas a poder seducirme, Brom! No pienso sucumbir ante ti, ¡no participaré voluntariamente en tus planes de manchar mi nombre!

Él se levantó también, la miró cara a cara, y el deseo que brillaba en sus ojos dio paso a la furia.

—Yo jamás haría algo así, y lo sabes.

—¿En serio? —le preguntó ella, con sarcasmo—. ¿Esperas que crea que me has traído hasta aquí con engaños para charlar?

Él abrió los brazos de par en par, en un gesto de desconcierto.

—¡Yo no te he traído hasta aquí! No tengo ni idea de a qué te refieres, no he entendido nada desde que has aparecido y has empezado a farfullar algo sobre Rochford.

—¿Me tomas por tonta? —el hecho de que quisiera creerle hacía que sus palabras le dolieran aún más—. He recibido una carta en la que se me decía que viniera cuanto antes, porque mi hermano había sufrido un accidente, pero resulta que aquí sólo estás tú.

—¿Qué? —la miró desconcertado, y al final le dijo—: No te

he enviado ninguna carta, Callie. No sé de qué estás hablando. Nunca haría algo... te juro por lo más sagrado que jamás intentaría traerte hasta aquí con engaños para aprovecharme de ti, ¿cómo has podido pensar tal cosa?

El fuego aportaba un cálido tono dorado al gris plata de sus ojos. Callie lo miró en silencio durante unos segundos, y de pronto se dio cuenta de que estaba siendo sincero... y también supo sin lugar a dudas quién había maquinado todo aquello.

Se sacó la nota del bolsillo, y se la dio con la mano un poco temblorosa.

Bromwell aceptó la hoja de papel, y la abrió ceñudo. Como había estado protegida en el bolsillo del vestido de Callie, debajo del abrigo, no se había empapado, y era legible a pesar de que estaba un poco húmeda.

Callie supo por su expresión que había reconocido la letra. Él leyó la carta dos veces antes de devolvérsela, y fue incapaz de mirarla a la cara al decirle:

—Esta nota no la ha escrito lady Farmington. Es el ama de llaves, y ni siquiera sé si sabe escribir. Tu hermano no ha estado aquí en ningún momento. Vine a esta casa cuando me marché de Londres, después... después de que habláramos en el recital de lady Whittington.

—¿Dónde estamos exactamente?

—Lo que pone en la carta es cierto, este lugar se llama Blackfriars Cope —la miró por fin a los ojos, y añadió—: Era el pabellón de caza de lord Swithington —en ese momento pareció triste, cansado, y mayor de lo que era. Suspiró profundamente, y le dio la espalda—. Y la letra se parece mucho a la de Daphne —agarró el vaso, y lo apuró de un trago—. Lo siento, Callie. No te imaginas cuánto lo siento —fue a dejar el vaso sobre una mesa, y se volvió de nuevo hacia ella—. A lo mejor lo ha hecho para ayudarme. Sabía que... que yo sentía más de lo que debería por ti, puede que pensara que yo agradecería la oportunidad de estar contigo en una situación como ésta. No sé qué es lo que le pasa, nunca la había visto comportarse así. Ha dicho y hecho cosas impropias en ella... empiezo a pensar que se ha obsesionado hasta tal punto con lo que le sucedió, que ha perdido la razón. Está decidida a vengarse por la canallada que se cometió contra ella.

—Brom... —Callie se le acercó, y posó una mano en su brazo—. Sinclair me juró que no la había dejado embarazada, que ni siquiera había tenido una relación con ella.

Él se puso tenso, y la miró con furia antes de apartarse de ella.

—Es normal que lo niegue, Callie.

—Mi hermano es un hombre honorable. Lamenta lo mal que te trató, sabe que manejó mal la situación. No era mucho mayor que tú, Brom. Pero me juró que tus acusaciones eran falsas, y le creo. Estoy segura de que no me mentiría.

—Ya hemos hablado de esto. Es normal que le creas, es tu hermano.

—¿Alguien te ha hablado mal de él? Pregúntale a cualquiera, y te dirán que el duque de Rochford es todo un caballero. Sería incapaz de seducir y abandonar a una dama, y menos aún si la hubiera dejado embarazada. Tu hermana no llegó a dar a luz, ¿verdad?

—No, perdió el bebé poco después de casarse con lord Swithington, pero eso no demuestra nada. No es extraño que una mujer sufra un aborto.

—¿Estabas con ella cuando sucedió?

—Por supuesto que no, había regresado a Oxford. Pero eso no significa que no ocurriera —insistió con firmeza.

Callie se limitó a observarlo en silencio, y alcanzó a ver la duda que relampagueó en sus ojos antes de que bajara la mirada. Sabía que estaba luchando contra la certeza creciente de que se había pasado los últimos quince años creyendo una mentira, que estaba dándose cuenta de que la hermana a la que quería y en quien confiaba le había mentido.

—De todas formas, eso no importa ahora —le dijo él con aspereza—. Se trata de un asunto que no podemos resolver, y que no nos incumbe.

—Nos afecta de lleno —le respondió, muy molesta.

—Sí, ya lo sé —la miró a los ojos, y le dijo—: No estoy restándole importancia a la situación en la que te encuentras por culpa de Daphne. Al margen de las razones que haya podido tener, lo que te ha hecho es imperdonable, y no voy a permitir que sufras. Debemos centrarnos en eso, en asegurarnos de que tu reputación no quede dañada.

—Tiene que haber algún pueblo cerca de aquí... ese tal Lower Upton. Seguro que hay una posada, iré y pediré una habitación.

—Tu carruaje se ha ido, y sólo tengo un caballo en la cuadra. No puedes deambular sola en medio de la noche por unos terrenos que ni siquiera conoces. Podríamos montar juntos, o yo podría ir andando a tu lado, pero eso no resolvería el problema. El hecho de que llegues pasada la medianoche, a caballo, sola o acompañada por un hombre, resultará muy extraño. No queremos generar más rumores, sino evitarlos.

—¿Quién podría enterarse? La gente de la zona no me conoce, usaré un nombre falso.

—Será mejor que no te vea nadie, ¿sabe alguien que estás aquí?

—No lo creo. Cuando un mensajero me trajo la nota, salí hacia aquí de inmediato en un carruaje de alquiler que él mismo se encargó de conseguir. En la casa sólo estábamos los criados y yo, y ellos le guardan una lealtad absoluta a Francesca. Ni siquiera ella estaba allí, porque se había ido de visita con tía Odelia —se detuvo de pronto, y se quedó pensativa.

—¿Qué sucede? —le preguntó Brom.

—Nada, pero me pregunto si eso también fue deliberado. Si Francesca hubiera estado en casa cuando llegó la nota, habría venido conmigo, y eso habría echado por tierra el plan.

Bromwell soltó un suspiro, y admitió:

—Lady Odelia nos tiene mucho aprecio a mi hermana y a mí, dice que se ríe mucho con nosotros. Estoy seguro de que no haría nada que pudiera lastimarte, pero si Daphne le hubiera sugerido que fuera a visitar a alguien, y hubiera añadido que seguro que Francesca estaría dispuesta a acompañarla, lo más probable es que hubiera accedido. A lo mejor se olió que mi hermana estaba tramando algo, pero seguro que ni se le pasó por la cabeza que pudiera ser algo tan pernicioso.

Callie asintió. A pesar de lo furiosa que estaba por lo que Daphne había intentado hacerle, lo que más la indignaba era el daño que le había hecho a Bromwell. Para intentar distraerlo un poco del dolor que debía de estar sintiendo al descubrir el verdadero carácter de su hermana, le dijo con firmeza:

—En cualquier caso, Francesca sabe dónde estoy y lo del mensaje que recibí, porque le dejé una nota para que no se preocupara. Estoy segura de que jamás diría ni una sola palabra que pudiera hacerme daño, confío plenamente en ella.

—Entonces, si no te dejas ver por el pueblo, nadie llegará a enterarse de que has estado aquí. Me parece que sólo tenemos una opción: vas a tener que pasar la noche aquí.

CAPÍTULO 16

—¿*Qué?*, ¡eso sí que haría trizas mi reputación! —exclamó Callie.

—Nadie sabrá que has estado aquí, a menos que se lo digas. Te aseguro que la señora Farmington no dirá ni una palabra, por miedo a perder su puesto. Mañana iré al pueblo, y alquilaré un carruaje. Regresarás a Londres, y nadie se enterará de lo que ha ocurrido... a menos que Francesca haya comentado con alguien que tu hermano ha sufrido un accidente en esta zona.

—No creo que lo haya hecho, no es ninguna cotilla; en todo caso, dudo que al regresar a casa estuviera de humor para recibir visitas o para salir a algún sitio, seguro que estaba exhausta después de pasar el día entero con lady Odelia. Además, estará esperando a recibir noticias mías sobre el estado de Sinclair.

—Perfecto, entonces nadie se enterará de lo ocurrido.

Callie asintió, y no pudo evitar pensar en el hecho de que iban a estar solos. Lo recordó iluminado por la luz del fuego, la forma en que las llamas habían bañado su pecho desnudo, cómo habían teñido su piel con un resplandor dorado y habían enfatizado las líneas de sus músculos.

—Te prometo que no te haré nada —le dijo él con voz

suave–. Dormiré en la cuadra si sirve para que te sientas más cómoda, así estarás completamente sola. La señora Farmington vive en el pueblo, y es obvio que ha regresado a su casa. Puedes cerrar a cal y canto las puertas y las ventanas.

–No hace falta que duermas en la cuadra, te creo –Callie no podía decirle que estaba más preocupada por la atracción que sentía por él, que por la posibilidad de que él intentara propasarse.

–Gracias.

Se miraron a los ojos por un instante, pero los dos apartaron la mirada con incomodidad. Bromwell carraspeó y miró a su alrededor, como si esperara encontrar alguna respuesta en la habitación.

–Supongo que querrás acostarte cuanto antes, ¿quieres que te enseñe tu dormitorio? –le dijo al fin.

–Sí, por favor.

Mientras salían al pasillo, él comentó:

–Eh... en fin, a lo mejor tendría que buscarte algo para... para que te lo pongas –se puso rojo como un tomate–. Una de mis camisas, o... –fue incapaz de acabar la frase.

Callie sintió que se acaloraba al imaginarse durmiendo con una de sus camisas. Parecía algo demasiado íntimo, como si por el hecho de tener puesta una prenda suya fuera a sentir su presencia junto a ella. Se preguntó si notaría su olor masculino en la tela.

Fueron por el pasillo hacia la escalera, que estaba junto a la puerta principal. Al ver su bolso de viaje en el vestíbulo, Callie supuso que debían de haberlo dejado allí al llegar, aunque no recordaba haberlo visto cuando había salido corriendo de la casa.

–Mira, mi equipaje –fue a recogerlo, pero Brom se lo quitó de la mano–. El mensajero debe de haberlo entrado sin que me diera cuenta.

–Perfecto, así tienes tu propia ropa –le dijo él, sin mirarla a los ojos.

Entre los dos había una tensión latente, y Callie se preguntó si él tampoco podía dejar de pensar en que estaban a solas. No había acompañantes, ni nadie que pudiera irse de la lengua. Fuera lo que fuese lo que llegara a suceder allí aquella noche, ellos serían los únicos que lo sabrían.

Subieron la escalera, y Brom la condujo por el pasillo. Cuando llegaron a la última puerta, se volvió hacia ella y le dijo:

—Ésta será tu habitación por esta noche. Está bastante fría, así que voy a encender la chimenea. Discúlpame un momento.

Estaba claro que hacía tiempo que nadie usaba aquella habitación, y era cierto que hacía frío. Brom se fue después de dejar a un lado su equipaje y de encender la lámpara que había sobre la mesita de noche, y regresó al cabo de unos minutos con unas ramas. Se había puesto una camisa, pero no se había molestado en remeterla en los pantalones.

Lo observó en silencio mientras él se arrodillaba junto a la chimenea y encendía el fuego, arropada por el cubrecama de punto que le había dado antes. Cuando las llamas empezaron a caldear la habitación, se acercó a la chimenea.

—Espero que no te hayas resfriado —le dijo él con una sonrisa, antes de apartarle un mechón de pelo de la mejilla.

Callie sintió el impulso de restregarse contra aquella mano como una gata, de cerrar los ojos y disfrutar de su presencia, del contacto de su piel.

Él apartó la mano, y fue hacia la ventana. Después de apartar a un lado la cortina, fijó la mirada en la oscuridad de la noche, y al cabo de unos segundos le dijo:

—Creo que ya te conté que mi madre murió cuando yo era muy joven. Mi niñera solía llamar a Daphne mi «madrecita», porque me cuidaba y jugaba conmigo. Sólo nos teníamos el uno al otro, porque mi padre era... —hizo un gesto de desagrado—. Me juré que jamás sería como él, era un hombre que ni entendía ni quería a los niños. Esperaba que nos comportáramos como adultos, y no daba cuartel por el hecho de que una persona fuera joven. No admitía la debilidad, ni la torpeza.

—Lo siento, Brom.

Él la miró con una sonrisa, y le dijo:

—No te lo digo para granjearme tu compasión, quería explicarte lo que mi hermana ha significado para mí durante todos estos años. Los castigos de mi padre eran muy severos, incluso crueles, y ella intentó protegerme. Solía esconderme, me excusaba, a veces incluso cargaba con la culpa de algo que yo había hecho porque no soportaba verme sufrir. Tengo que agradecerle muchas cosas.

—Ya lo sé —Callie esbozó una sonrisa llena de tristeza, porque entendía el amor que sentía por su hermana. Daphne había sido la única que le había querido, así que era lógico que él se sintiera incapaz de darle la espalda, hiciera lo que hiciese.

—Mi hermana tuvo que aguantar muchos reveses, y yo era demasiado joven para protegerla. Mi padre insistió en que realizara un matrimonio ventajoso, ya que era muy hermosa y tenía muchos pretendientes. Se casó con un hombre mucho mayor que ella al que no amaba, y lo hizo por nosotros, para evitar que perdiéramos nuestras tierras por culpa de las deudas de mi padre. Recuerdo que la oí llorar en su dormitorio la noche previa a la boda. Cuando por fin quedó libre de él y podría haber empezado una nueva vida, se enamoró de Rochford. Odié a tu hermano por hacerla tan desdichada, por el hecho de que tuviera que casarse con otro viejo, y que no le quedara más remedio que marchitarse durante quince años en un lugar apartado de todo lo que ella amaba.

Se volvió hacia Callie, ceñudo, y añadió:

—Pero ahora... ahora siento que no la conozco. Todo lo que ha hecho para intentar hacerte daño, esta estratagema, lo de los jardines de Vauxhall... apenas puedo creer que mi hermana sea así, que sea capaz de rebajarse hasta el punto de urdir esas triquiñuelas. Parece tener el corazón lleno de odio y amargura, y no puedo... no puedo evitar preguntarme si nunca llegué a entenderla de verdad. ¿Todo lo que me contó era mentira?, ¿era igual que ahora en aquel entonces, y no me di cuenta? ¿Acaso era demasiado joven y tonto para darme cuenta de la verdad?

Su expresión reflejaba un dolor tan profundo, que Callie se acercó a él y posó una mano sobre su brazo.

—Lo siento —le dijo con voz suave, con la cabeza alzada hacia él.

Al ver sus ojos oscuros llenos de compasión, enormes y cálidos en su delicado rostro, Brom se quedó tan impactado como el primer día por su belleza. Su cara, enmarcada por aquella melena rebelde de rizos negros, le parecía perfecta en todos los sentidos. Fijó la mirada en sus labios, y no pudo evitar recordar lo que había sentido al besarla. A pesar de que no estaba cerca de la chimenea, sintió que tenía la piel en llamas.

El cubrecama se le había caído de los hombros cuando había alargado la mano hacia él. Brom bajó la mirada hacia sus hombros y sus pechos. El escote del sencillo vestido de cotonía sólo revelaba un poco de piel de la parte superior de sus senos, pero el material aún estaba húmedo y se amoldaba a su cuerpo. Al ver cómo se le endurecían los pezones contra la tela en una muestra evidente de deseo, sintió que se le aceleraba la respiración y que el corazón le martilleaba en el pecho.

La mente se le quedó en blanco. Sabía que debía dejar de mirarla, pero era incapaz de hacerlo. Su cuerpo entero era dolorosamente consciente del contacto de aquella mano sobre su brazo, que parecía estar en llamas.

—Debería irme —le dijo, sin demasiada convicción.

—No, no te vayas.

Callie sabía que todo el mundo le diría que aquello no estaba bien, pero a ella le parecía perfecto. El dolor de las últimas semanas había borrado los miedos y las dudas. El deseo que había visto en sus ojos cuando la había mirado había despertado en ella un anhelo profundo y primitivo. Quería volver a sentir de nuevo lo que había sentido con él, y quería experimentar todo lo nuevo e inexplorado que se abría ante ella.

Deslizó la mano desde su brazo hasta su torso, y sintió la curva firme de sus músculos debajo de la ropa. Sintió una oleada de placer cuando él inhaló profundamente y se tensó de golpe, porque saber que la deseaba la excitaba aún más.

—Quédate conmigo —susurró.

—Callie... —él exhaló con fuerza, y le dijo con voz trémula—: Estás jugando con fuego.

Ella esbozó una sonrisa sensual, y lo miró con una expresión elocuente.

—Me gusta el calor, Brom.

Al ver su rostro tenso de deseo, Callie se sintió poderosa y triunfal, y se sintió ansiosa por comprobar los límites de su poder. Le encantaban las sensaciones que la recorrían, y quería más, lo quería todo. Lo quería a él.

—Durante estos últimos días, no he podido dejar de pensar en los besos que compartimos —le dijo, envalentonada—. ¿Tú no? —se puso de puntillas, y le rozó la barbilla con los labios.

Él se estremeció, y le dijo con voz ronca:

—Por el amor de Dios, Callie... no he pensado en otra cosa —cuando ella le besó la barbilla, añadió—: Esto es una locura.

—Puede que sí. ¿Qué más da?

—Mañana te arrepentirás.

—No, no me arrepentiré —Callie volvió a besarle la barbilla antes de estirarse hacia arriba, y le rozó la boca con los labios en una caricia dulce e incitante.

Brom sabía que debería apartarse, que un caballero jamás se aprovecharía así de una mujer, pero era incapaz de mover las piernas y no se sentía nada caballeroso en ese momento.

Callie volvió a rozarle los labios con una caricia apenas perceptible, volvió a hacerlo con un poco más de fuerza, y se apartó un poco. Lo miró a los ojos, y se limitó a esperar. Sentía el calor que emanaba de su cuerpo masculino, y la tensión que lo recorría. Él tenía los puños apretados con fuerza, como si estuviera intentando aferrarse a los últimos vestigios de control que le quedaban.

Sin apartar la mirada de él, se puso de puntillas de nuevo y alzó la boca hacia la suya. Brom soltó un gemido gutural, y la rodeó con los brazos mientras bajaba la cabeza para besarla. La pasión que los dos llevaban reprimiendo durante tantos días emergió con una fuerza irrefrenable.

Se aferraron el uno al otro mientras se besaban enfebrecidos. Se apartaron y empezaron a arrancarse la ropa, pero fueron incapaces de soportar la separación y volvieron a abrazarse. Mientras seguían besándose, fueron girando como en un baile enardecido que fue acercándolos cada vez más a la cama.

Brom logró quitarse las botas, se desabrochó la camisa y la tiró al suelo. Los botones que bajaban por espalda del vestido de Callie resultaron ser más complicados, pero al final lograron desabrocharlos... o en algunos casos, arrancarlos. Él le bajó la prenda con un movimiento apresurado, y la dejó en ropa interior.

Los senos de Callie se alzaban por encima del escote de encaje de la camisola, y sus pezones endurecidos, que se trasparentaban a través de la fina tela de algodón, quedaban justo debajo del borde y se mantenían fuera de la vista por poco. Brom se detuvo en seco, y la devoró con la mirada. Poco a poco, de forma casi reverente, recorrió el escote con el índice y rozó apenas la piel, y sintió que ella se estremecía y gemía con suavidad.

Con la misma deliberación, metió los dedos en el escote y le bajó la camisola. El roce de la tela endureció aún más los pezones, y cuando al fin quedaron al descubierto, acabó de bajar la prenda a toda prisa y apenas se dio cuenta de que la fina tela se rasgaba. Se quedó sin aliento al ver aquellos senos desnudos, firmes y redondeados, que parecían estar hechos a medida para sus manos. Fue incapaz de contener el impulso de tomarlos en sus manos, de sopesarlos mientras saboreaba el tacto de aquella piel sedosa, y empezó a acariciarle los pezones con los pulgares, a trazar círculos a su alrededor y a juguetear con ellos.

Callie sentía que cada una de sus caricias acicateaba el deseo que ardía en su interior. No podía quedarse quieta, y su cuerpo entero se estremecía y se sacudía. Apretó las piernas con fuerza, como para contener el fuego que iba creciendo entre ellas.

Quería que cada momento durara para siempre, pero al mismo tiempo era presa de un anhelo avasallador, de un apremio que la impulsaba a encontrar, a agarrar, a tenerlo todo de inmediato. Alargó la mano, y empezó a desabrocharle los pantalones. Bajo la tela notó un movimiento insistente, la prueba física de lo mucho que Brom la deseaba, y no pudo resistir el impulso de bajar la mano por encima de la prenda para acariciar la dureza que había debajo.

El gemido de placer de Brom la envalentonó aún más, y fue bajando la mano por su entrepierna antes de volver a subirla poco a poco. Al llegar de nuevo a la cintura del pantalón, deslizó la mano por dentro, y la sensación hasta entonces desconocida de piel tersa y vello hirsuto, de un miembro duro que parecía alzarse hacia ella ansioso por sus caricias, le resultó extrañamente excitante.

Mientras ella realizaba su cautelosa exploración, Brom la besó con pasión y siguió acariciándole los senos. El deseo que crepitaba entre los dos fue cobrando fuerza.

De repente, como si no pudiera esperar más, él la soltó y retrocedió un poco. Después de quitarse los pantalones sin miramientos, se acercó a ella y le quitó la camisola y las enaguas sin darle apenas tiempo a reaccionar.

Callie se sobresaltó por un momento al verlo arrodillarse ante ella, pero entonces se dio cuenta de que estaba desabrochándole las botas. Tuvo que apoyar una mano en su hombro cuando él le alzó el pie para quitarle la primera, y la miró con una expresión tan intensa y llena de promesas cuando le levantó el otro para quitarle la segunda, que la dejó sin aliento.

Brom metió la mano por debajo de los calzones ribeteados de encaje, siguió la curva de la pantorrilla, y fue ascendiendo hasta el muslo. Metió los dedos por debajo de la liga, y fue bajándosela junto con la media con una lentitud infinita.

Callie tragó con dificultad mientras sentía que aquellas manos se deslizaban por su pierna. La piel le hormigueaba, y tenía miedo de que las rodillas pudieran flaquearle de un momento a otro.

Después de quitarle la otra media con el mismo cuidado, Brom se puso de pie mientras subía las manos por sus piernas, por encima de los calzones. Cuando llegó a la cinturilla de la prenda, tiró del lazo sin dejar de mirarla a los ojos y lo desató. Deslizó las manos por dentro, y apartó la prenda mientras bajaba por la curva de sus caderas. Los calzones cayeron al suelo, y Callie quedó completamente desnuda.

La devoró con la mirada, y su rostro se tensó de deseo. Callie sabía que tendría que sentirse avergonzada al estar expuesta ante él, pero se sorprendió al darse cuenta de que el pudor perdía la batalla contra la excitación. La mirada de Brom era como una caricia tangible sobre su piel, y acrecentaba la humedad palpitante de su entrepierna.

–Eres tan hermosa... –susurró él con voz ronca, antes de tomarla en brazos y llevarla a la cama.

Después de colocarla sobre el colchón, se tumbó a su lado y se apoyó sobre un codo mientras posaba la otra mano sobre ella. Extendió los dedos sobre su caja torácica, y después de acariciarle los pechos, bajó por el estómago y sus caderas hasta llegar a un muslo. Deslizó la mano entre sus piernas, y se las separó un poco antes de ir bajando por la cara interior del muslo.

Callie respiró jadeante mientras él iba subiendo la mano de nuevo por el muslo, hacia un objetivo claro, y sintió que estallaba en llamas cuando él llegó por fin al centro de su feminidad y empezó a acariciarla, a explorar con ternura su parte más íntima. Se mordió el labio ante la oleada de placer, y se arqueó contra su mano. Jamás habría imaginado siquiera que podría sentir algo así, que su cuerpo entero podría derretirse ante la más ligera caricia.

Mientras ella gemía y se movía bajo su mano, Brom sonrió y la miró con una expresión triunfal y llena de deseo. Se inclinó y le besó un seno, y mientras ella jadeaba de placer, recorrió con los labios aquella piel tersa, la mordisqueó y la atormentó con la punta de la lengua. Cuando llegó al pezón, comenzó a trazar círculos a su alrededor y a juguetear con él hasta que por fin empezó a succionar con fuerza.

Callie se estremeció ante el placer combinado de sus dedos y su boca. Estaba en llamas, y el fuego se centraba en lo más profundo de su abdomen. Se retorció bajo sus caricias, hundió los talones en el colchón, y se aferró al cobertor que tenía debajo.

—Por favor... por favor... —gimió desesperada. Se sentía como si estuviera a punto de morir, de estallar.

Abrió las piernas sin dudarlo cuando él se colocó sobre ella, y cuando la tomó de las caderas y la alzó un poco, sintió la ligera presión de su miembro duro contra la entrada de su sexo y se arqueó de forma instintiva para recibirlo. Él empezó a penetrarla poco a poco, con cuidado, con el cuerpo entero tenso por el esfuerzo que le costaba controlarse.

Callie tenía entendido que la primera vez siempre dolía, pero sólo experimentó una maravillosa sensación de plenitud al sentir que se deslizaba en su interior, que la llenaba. Gritó su nombre en una exclamación ahogada de placer, y él hundió el rostro en su cuello e inhaló profundamente su aroma antes de empezar a moverse de forma rítmica. Ella lo rodeó con los brazos y las piernas, y no tardó en moverse al ritmo de sus largas y firmes embestidas.

Callie sentía su respiración jadeante al oído, y estaba envuelta por el calor abrasador que emanaba de su cuerpo. Saboreó la sensación de sentirse rodeada por aquel hombre, de estar inmersa en él. La tensión fue ganando intensidad en su abdomen con cada embestida, fue acrecentándose más y más, hasta que al final explotó en una deflagración que la hizo gritar de placer.

Brom se estremeció y gimió, la penetró una y otra vez con una intensidad febril hasta que su cuerpo entero se sacudió de placer al alcanzar el éxtasis. Se derrumbaron juntos sobre el colchón, agotados y completamente saciados, y cuando logró hacer acopio de fuerzas, él murmuró su nombre y rodó a un lado sin dejar de abrazarla contra sí. Entonces agarró el cobertor, y lo extendió sobre los dos. Acurrucados, abrazados el uno al otro, se quedaron dormidos.

Callie despertó poco a poco. Primero notó que hacía mucho calor, y después se dio cuenta de que tenía algo muy pesado encima. Abrió los ojos, y se encontró cara a cara con una firme extensión de piel cubierta por un vello que le hacía cosquillas en la nariz. Parpadeó adormilada, y al cabo de un segundo se despertó del todo. El calor procedía del cuerpo de Brom, estaba tumbada contra él, tenía la mejilla apoyada en su pecho, y el peso que tenía encima era su brazo, que estaba extendido sobre ella.

Sonrió cuando recordó de golpe lo que había sucedido la noche anterior. Una mujer virtuosa se habría sentido avergonzada, pero ella estaba llena de una felicidad tan grande, que no había cabida para ningún otro sentimiento.

A pesar del calor que tenía, siguió tumbada durante un largo momento, saboreando la impronta embriagadora que los placeres de la noche anterior habían dejado en su cuerpo.

Finalmente, se levantó de la cama y volvió a tapar a Brom con el cobertor. Recorrió la habitación con la mirada, y vio la ropa de ambos esparcida por todas partes. A juzgar por el ruido de desgarros que había oído mientras se desnudaban, lo más probable era que las prendas hubieran quedado inservibles, así que era una suerte que tuviera ropa de repuesto.

En la chimenea sólo quedaban cenizas, pero apenas notó el frío mientras se acercaba a la ventana. La habitación seguía estando poco iluminada, pero la luz que se filtraba por un resquicio de la cortina parecía indicar que hacía mucho que había amanecido. Apartó a un lado la cortina, y vio la campiña bañada por el sol matinal; al cabo de unos segundos, la dejó caer de nuevo y se volvió hacia la habitación.

El vestido estaba delante de una silla, las enaguas sobre los pies de la cama, las botas a más de medio metro de distancia la una de la otra, y la camisola cerca de la puerta. Se volvió hacia la cama después de recogerlo todo, pero al ver a Bromwell con la mirada fija en ella y apoyado sobre un codo, dio un respingo y se le cayó la ropa al suelo.

—Así está mucho mejor, la ropa me impedía verte bien —le dijo él, sonriente.

—¿Qué estás haciendo?, ¡me has asustado!

—Estoy mirándote.

—¿Por qué no has dicho nada?, pensaba que seguías dormido.

—Ya lo sé, así he podido disfrutar más de la situación —comentó él, con una sonrisa impenitente.

Callie se agachó a recoger la ropa mientras se ruborizaba, y sujetó las prendas delante de su cuerpo para poder escudarse un poco.

—No, no te escondas. Me encanta mirarte.

Ella esbozó una pequeña sonrisa. La excitación fue abriéndose paso entre la extraña timidez que la invadía, y en su interior empezó a cobrar vida aquel deseo cálido con el que empezaba a familiarizarse.

—No es justo, tú estás tapado.

Aquello no era del todo cierto, porque el cobertor se le había caído hasta la cintura y le había dejado al descubierto el pecho y los brazos. Callie tuvo que admitir para sus adentros que la imagen era de lo más sensual.

Brom sonrió de oreja a oreja, apartó a un lado el cobertor, y le dijo:

—Ya está, así los dos podemos mirar a placer.

Callie se ruborizó, pero sus ojos parecían tener voluntad propia y recorrieron su cuerpo de arriba abajo. Contempló su piel firme y bronceada, su musculatura dura, y la prueba inequívoca que demostraba lo excitado que estaba.

—¡Cielos! —abrió los ojos como platos y se ruborizó, pero el deseo que sentía se acrecentó al ver cómo su miembro se endurecía cada vez más.

—Sí, soy tu esclavo —admitió él, con una sonrisa traviesa.

—Yo diría que eres esclavo de tus propios deseos.

Callie dejó caer la ropa y fue hacia la cama, y el placer que sintió cuando él la recorrió de pies a cabeza con una mirada llena de deseo borró cualquier rastro de timidez.

—Sólo en lo que respecta a ti —la tomó del brazo para acabar de acercarla a la cama, y después de incorporarse y de colocarse de rodillas en el borde del colchón, la agarró de las caderas y la apretó contra sí.

Callie lo miró a los ojos, posó las manos sobre sus hombros, y empezó a bajarlas poco a poco. Después de subirlas de nuevo, las deslizó por su pecho y sonrió con picardía al notar la presión de su erección contra el abdomen.

—Te gusta la idea de hacerme sufrir, ¿verdad? —le dijo él con voz ronca, mientras le salpicaba el cuello de besos.

—No, lo que me gusta es la idea de acabar con tu sufrimiento —le contestó ella, mientras bajaba las uñas con suavidad por su pecho.

Brom se echó a reír, y le mordisqueó el cuello.

—A mí también me gusta mucho la idea, mi señora.

La rodeó con los brazos, tiró hasta que cayó sobre la cama con él, y rodó con rapidez hasta quedar encima de ella. Después de alzarle los brazos por encima de la cabeza, se los mantuvo sujetos con una mano mientras empezaba a trazar un camino descendente de besos por su cuerpo. La saboreó y la exploró a placer, y siguió manteniéndola atrapada bajo su cuerpo mientras ella se retorcía de placer y luchaba por liberar las manos.

—Aún no. Primero me toca a mí darte placer, después tendrás tu turno —murmuró.

Le hizo el amor lentamente y con ternura con la boca y las manos, la acercó cada vez más a la explosión de placer que la había dejado sin aliento la noche anterior, pero cada vez que estaba a punto de estallar, él daba marcha atrás antes de volver a enloquecerla.

Mientras saboreaba sus senos con la boca, Brom hundió los dedos en su sexo, y recorrió los pliegues cálidos y húmedos hasta llegar al pequeño botón que se escondía entre ellos. Callie se arqueó hacia él mientras sollozaba de deseo, y cuando él tensó los dedos y empezó a acariciarla a un ritmo más rápido, ella se tensó de pies a cabeza y gritó mientras el placer la recorría en intensas oleadas.

Cuando se relajó de nuevo y se quedó mirándolo con un brillo sensual en la mirada, Brom se inclinó a besarla con ternura en los labios y empezó a colocarse entre sus piernas.

—No, ni hablar —le dijo ella, con una sonrisa. Apoyó las manos sobre su pecho musculoso, y le empujó para que se tumbara de espaldas.

Él obedeció sin rechistar, y la miró con una sonrisa traviesa.

—¿Qué pasa? ¿Ya tienes bastante?, ¿quieres parar?

—No, parar no, sólo posponer. Me has dicho que tendría mi turno.

La sonrisa de Brom se ensanchó aún más.

—Sí, es verdad. ¿Qué tienes planeado para mí?

—Creo que iré improvisando sobre la marcha, recuerda que soy novata en esto.

Él entrelazó las manos detrás de la cabeza. Aparentaba estar relajado, pero su imponente erección revelaba el deseo que lo atenazaba.

—Soy todo tuyo, siéntete libre de improvisar lo que quieras.

Sus ojos grises se oscurecieron de pasión cuando Callie se colocó a horcajadas sobre él. Ella deslizó las manos por su pecho, y empezó a explorar a placer las diferentes texturas de los huesos duros y los músculos firmes, de la piel tersa y el vello hirsuto. Trazó sus pezones planos con los dedos hasta que se tensaron, y entonces se inclinó y empezó a atormentarlos tal y como él había hecho con los suyos. Los chupó y los rodeó con la lengua, los saboreó hasta que quedaron duros y teñidos de un profundo rosa fuerte.

Se sentó y se acomodó encima de él, y al ver que Brom soltaba un gemido gutural, sonrió con sensualidad y volvió a moverse. Se frotó contra su cuerpo duro, y se excitó tanto como él. Saboreó el contacto de piel contra piel, la forma en que el vello de su pecho musculoso rozaba con delicadeza sus sensibles pezones.

Él la agarró de las caderas e intentó que se moviera hacia abajo para poder penetrarla, pero Callie sonrió y negó con la cabeza.

—No, aún no. Aún no he acabado, ni siquiera te he besado.

Se colocó a cuatro patas sobre él, y avanzó un poco hasta que quedaron cara a cara. Se quedó mirándolo en silencio durante unos segundos. Brom tenía el rostro tenso, la boca plena y sensual, y los ojos le brillaban enfebrecidos. Había dejado la pose de fingida relajación, y aferraba con fuerza la sábana que tenía debajo para intentar mantener el control.

Callie le besó la frente, y fue bajando los labios por su rostro. Fue rociando de besos la delicada piel de sus párpados cerrados, aquellos pómulos firmes que la fascinaban, la mandíbula y la barbilla, y cuando por fin llegó a la boca, le dio un beso largo y profundo. Al sentir que sus músculos se movían de forma espasmódica, supo que estaba tan desesperado como ella lo había estado antes.

Alzó la cabeza, y empezó a bajar por su cuerpo. Él soltó un gemido de protesta e intentó agarrarla, pero ella le apartó las manos y empezó a dejar un reguero descendente de besos por su pecho mientras su mano iba bajando también. Deslizó los dedos por su pecho y su estómago, recorrió la protuberancia del hueso de la cadera, y bajó por su muslo mientras él se retorcía y gemía atormentado.

Callie deslizó la mano por la parte interior del muslo, pero vaciló con cierta timidez al rozarle los testículos. Al cabo de un instante, lo acarició con las yemas de los dedos, y Brom inhaló con fuerza mientras arqueaba las caderas de forma involuntaria.

—¿Te gusta esto? —susurró ella contra su cuello.

Él sólo pudo emitir un sonido inarticulado.

—Me lo tomaré como un sí —le dijo ella, antes de tomarlo en la palma de la mano.

Al ver que él se estremecía, se envalentonó aún más y subió los dedos por su duro miembro, que parecía palpitar de deseo. Lo rodeó con los dedos, y lo acarició sin prisa mientras exploraba la piel satinada que lo cubría.

De repente, Brom soltó un gruñido ronco y la agarró de los brazos. Con un movimiento veloz, la tumbó de espaldas, se colocó entre sus piernas, y la penetró de una sola embestida. Callie sollozó de placer al volver a sentirlo en su interior. Lo rodeó con los brazos y las piernas, y él la penetró enloquecido una y otra vez hasta que los dos estallaron de placer.

Permanecieron durante largo rato sumidos en un estado idílico, flotando entre el sueño y la consciencia. Callie estaba tumbada de lado con la cabeza apoyada sobre el hombro de Brom, y él la rodeaba con un brazo. Se sentía maravillosamente saciada y exhausta, mientras su mente vagaba en medio de una placentera neblina.

Finalmente, Brom suspiró y apartó el brazo antes de decir:

—Tengo que ir a buscar un carruaje de alquiler al pueblo.

—Después —murmuró ella, mientras se acurrucaba de nuevo contra él.

Brom soltó una carcajada, y deslizó la mano por las curvas de su cuerpo.

—No lograrás tentarme hasta que me olvide de lo que tengo que hacer.

Ella se volvió hacia él, y lo miró con ojos chispeantes.

—¿Estás desafiándome?

Él se echó a reír, y la besó en el hombro.

—No, tengo muy claro que acabaría perdiendo —la besó en la boca, pero al cabo de unos segundos se apartó—. Tengo que irme, debes regresar a Londres antes de que alguien note tu ausencia.

Callie se dio cuenta de que tenía razón, pero no quería que aquel momento acabara tan pronto. Sabía que todo cambiaría en cuanto se fuera de Blackfriars Cope.

Bromwell no se molestó en recoger su ropa, y se limitó a agarrar sus botas antes de ir a vestirse a su habitación. Callie suspiró con resignación, y se levantó también de la cama. Como hacía frío, se tapó con el cubrecama que Brom le había dado la noche anterior, cuando la había entrado empapada en la casa.

Sacó una muda del bolso de viaje. Había tenido el acierto de optar por un vestido sencillo que se abrochaba por delante, así que le resultó fácil ponérselo sin ayuda. Estaba un poco arrugado, pero no había nadie que pudiera verlo, y en cualquier caso, acabaría arrugándose de todas formas durante el trayecto de regreso a Londres.

Brom volvió varios minutos más tarde con una jarra de agua para que pudiera lavarse, y le dijo que iba a ver si el ama de llaves se había presentado a trabajar.

Callie se acicaló rápidamente. Se peinó con cierta dificultad, porque tenía el pelo bastante enmarañado, pero al final logró recogérselo en un sencillo moño. Cuando acabó, se apresuró a bajar y fue hacia la parte posterior de la casa siguiendo el ruido de platos y ollas de metal.

Encontró a Brom en la cocina, colocando platos y cubiertos sobre una enorme mesa de madera. Al oírla entrar, la miró sonriente y le dijo:

—La señora Farmington no ha venido, pero he hecho té, he encontrado mantequilla y mermelada, y he conseguido cortar varias rebanadas de pan para hacer unas tostadas.

—Perfecto —le dijo ella, con una sonrisa radiante.

A pesar de que la tostada estaba un poco quemada por un lado y poco hecha por el otro, y de que el té estaba muy fuerte, para Callie fue el mejor desayuno que había comido en su vida.

Él bromeó sobre sus pésimas aptitudes culinarias, y mientras charlaban y reían, alargó la mano hacia ella cada dos por tres para acariciarle la mano o para apartarle un mechón de pelo de la cara, como si no pudiera soportar estar demasiado tiempo sin tocarla.

Se levantaron a regañadientes de la mesa cuando acabaron de desayunar y, en ese momento, Callie oyó un sonido procedente del exterior.

—¿Es eso un caballo? —dijo, mientras ladeaba la cabeza y aguzaba el oído. Al cabo de unos segundos, miró hacia la ventana, pero sólo vio parte del patio y la cuadra.

Brom se quedó inmóvil, y comentó:

—Sí, alguien se acerca a toda velocidad.

Salieron de la cocina, y cuando estaban a mitad del pasillo, alguien llamó con fuerza a la puerta. Se miraron el uno al otro, y Callie sintió una súbita inquietud.

Los golpes continuaron, y cuando Brom se acercó a la puerta y la abrió, se encontró cara a cara con el duque de Rochford.

CAPÍTULO 17

El duque tenía la ropa manchada por el viaje a caballo, y las botas embarradas. Llevaba el sombrero y la fusta en una mano, y su rostro reflejaba una furia gélida.

—¡Así que es verdad!

Avanzó un paso y le dio un puñetazo a Bromwell, que trastabilló hacia atrás y cayó al suelo.

—¡Sinclair, no!

Callie echó a correr hacia Bromwell, pero cuando intentó ayudarlo, él le apartó la mano y se puso de pie. Miró a Rochford con un brillo acerado en los ojos, y se secó con la mano el pequeño reguero de sangre que le manaba del pómulo.

—¿Quieres pelear? —le preguntó con voz peligrosamente suave, mientras esbozaba una pequeña sonrisa.

—¡Brom, no! —exclamó ella.

—Lo que quiero es matarte —dijo Rochford, antes de tirar el sombrero y la fusta encima del banco del vestíbulo.

—¡Sinclair! —Callie se volvió hacia su hermano, y lo miró con exasperación.

Ninguno de los dos le prestó la más mínima atención. Se quitaron sus respectivas chaquetas, las tiraron a un lado, y empezaron a remangarse la camisa.

—¿Queréis parar por un segundo?, ¿podríais escucharme? Estoy bien, Sinclair. No hace falta que...

—Claro que hace falta —le espetó su hermano, sin mirarla siquiera.

—Mantente al margen, Callie —le dijo Bromwell a la vez.

—¿Que me mantenga al margen?, ¡no digas tonterías! ¡No puedo permitir que te pelees con mi hermano!

Era obvio que no le iban a hacer el menor caso, dijera lo que dijese. Callie miró a su alrededor buscando inspiración, mientras ellos se acercaban y empezaban a moverse el uno alrededor del otro con cautela, con los puños alzados.

Bromwell lanzó un izquierdazo repentino, pero Rochford se apartó a un lado con rapidez y el golpe le dio en el hombro en vez de en la cara. Bromwell le dio un derechazo que le dio de lleno en la mandíbula y lo echó hacia atrás. Rochford golpeó de espaldas contra una vitrina, y una figurita de porcelana cayó al suelo y se hizo trizas.

Bromwell fue hacia él para volver a golpearlo, pero Rochford se echó a un lado, lo agarró del brazo, y lo lanzó hacia la vitrina. Bromwell se volvió de inmediato, se abalanzó contra él, y los dos chocaron contra el sofá. Cayeron por encima del respaldo, fueron a parar al asiento, y acabaron en el suelo mientras seguían forcejeando y dándose puñetazos. Ninguno de los dos parecía acordarse en ese momento de las normas del pugilismo.

Callie les gritó que se detuvieran, pero fue inútil. Se acercó corriendo a la chimenea, agarró el atizador, y se volvió de nuevo hacia ellos. Al verlos rodando por el suelo, volcando mesas y sillas, corrió hacia ellos con el atizador en alto, pero fue incapaz de pegar a ninguno de los dos.

Mientras permanecía allí como un pasmarote indeciso, con el atizador aún en alto, oyó una voz femenina a su espalda.

—Me cuesta creerlo, Rochford. ¿Una pelea en medio de un salón, y antes del desayuno? Qué primitivo.

Callie se volvió de golpe, y se quedó boquiabierta al ver a Francesca a los pies de la escalera, serena y tan compuesta como siempre. Estaba tan sorprendida, que se quedó sin palabras; al parecer, aquella inesperada aparición también había bastado para detener la pelea, porque los dos hombres se habían quedado inmóviles y estaban mirando atónitos a la recién llegada.

—Levantaos de una vez, Rochford. Tenéis un aspecto ridículo tirado en el suelo... al igual que vos, lord Bromwell. Dos caballeros como ustedes deberían ser capaces de encontrar mejor forma de entretenerse que romper muebles, seguro que el propietario de esta encantadora casita se disgustará al ver todos estos daños.

Como todo el mundo permaneció en silencio, Francesca fue hasta el salón, y se detuvo en la puerta.

—Supongo que a los dos les gusta el boxeo, ¿verdad? —añadió, mientras ellos se ponían de pie con expresión de desconcierto—. Creo que habría sido mejor que se pusieran a practicar fuera, me han despertado con tanto alboroto. Seguro que tengo unas enormes ojeras, sobre todo teniendo en cuenta que Callie y yo llegamos de noche y nos fuimos a dormir bastante tarde —Francesca se detuvo, y añadió magnánima—: En todo caso, me alegra ver que gozáis de buena salud, Rochford. Supongo que os resultaría de lo más molesto tener una pierna y varias costillas rotas.

El duque pareció recobrar el habla por fin.

—¿De qué demonios estáis hablando, Francesca?

—De vuestras heridas, por supuesto —le contestó ella con dulzura—. Callie y yo vinimos en cuanto recibimos la carta en la que se nos avisaba de vuestro accidente. Os imaginaréis lo mucho que nos sorprendimos cuando llegamos y descubrimos que no estabais aquí.

—¿Vos... vos estabais aquí con Callie? —le preguntó, boquiabierto.

—Sí, por supuesto. Vinimos de inmediato, en cuanto recibimos la carta que nos envió... ¿cómo se llamaba, Callie?

—La señora Farmington —Callie intentó contener una sonrisa.

—Exacto, la señora Farmington. No podía permitir que Callie viniera sola, y aunque nos sorprendió sobremanera no encontraros aquí, Rochford, lord Bromwell tuvo la delicadeza de permitir que nos quedáramos a pasar la noche. Era muy tarde, y dudo que me hubiera sentido cómoda en la posada.

—No lo entiendo... ¿de qué carta estáis hablando?, ¿qué hacéis aquí?, ¿qué hace él aquí? —Rochford le lanzó una mirada furibunda a Bromwell.

—Vivo aquí —le dijo él—. Mejor dicho, he venido a quedarme durante una o dos semanas.

—Y Callie y yo vinimos por la carta, Rochford. Acabo de explicároslo. ¿Aún la tienes, Callie? Querida, será mejor que subas a buscarla para que podamos enseñársela a tu hermano. Quizás así podrá entender la situación.

Callie asintió, y se apresuró a subir a su dormitorio. Durante su ausencia, Rochford se dedicó a mirar con suspicacia a Francesca, que se limitó a observarlo con una expresión fría y ligeramente desdeñosa, y a Bromwell, que se cruzó de brazos y lo miró a su vez con arrogancia.

Callie regresó casi de inmediato, y le dio la carta a su hermano.

Él la leyó ceñudo, y cuando terminó miró a Francesca y dijo:

—¿Qué significa esto?, ¿quién os envió esta carta? —se volvió hacia Bromwell, y le espetó—: ¿Se trata de una triquiñuela vuestra?

—¡No, él no ha tenido nada que ver! —se apresuró a decir Callie—. Se sorprendió tanto como yo... y como Francesca —añadió con rapidez.

—Como estábamos bastante cansadas, decidimos acostarnos y aclarar el asunto por la mañana, pero habéis aparecido vos gritando como un loco —comentó Francesca.

—¿Por qué no me has dicho que Francesca estaba aquí? —le preguntó Rochford a Callie.

—¡Lo he intentado! —ella se cruzó de brazos en un gesto combativo, y añadió—: Como recordarás, no me has hecho ningún caso.

—Ah —el duque pareció un poco avergonzado.

—Ahora os toca a vos, Rochford. ¿Qué hacéis aquí? —le dijo Francesca.

—También recibí una carta. En ella se me decía que mi hermana estaba aquí con lord Bromwell, que se habían fugado juntos.

—Entiendo —en los cálidos ojos azules de Francesca apareció un brillo gélido.

—Sí, me parece que todos lo entendemos —dijo Bromwell con pesar. Dio media vuelta, y empezó a colocar bien una mesa y una silla que se habían volcado.

Francesca le sostuvo la mirada a Rochford durante un largo momento antes de volverse hacia Callie.

—Vamos, querida, será mejor que vayamos a por nuestras cosas. Puede que Rochford nos acompañe de vuelta a Londres.

—Lo que me recuerda... ¿dónde está vuestro carruaje?, no lo he visto cuando he llegado —Rochford volvió a mirarlas con suspicacia.

—Está en la cuadra, por supuesto —Francesca lo miró como si se hubiera vuelto loco—. ¿Dónde queréis que esté?

En el silencio que siguió a sus palabras, oyeron el sonido de caballos que se acercaban. Los cuatro intercambiaron miradas de sorpresa, y Bromwell fue hacia la puerta; sin embargo, se detuvo de repente cuando oyeron voces femeninas y risas.

La puerta se abrió, y lady Swithington entró junto a otra mujer. Estaba hablando con animación, pero se detuvo a media frase al ver a su hermano mirándola con expresión pétrea.

—¡Hola, Brom! —exclamó, aparentemente sorprendida—. No esperaba encontrarte despierto tan pronto. Vaya, lady Calandra... qué placer tan inesperado —sus ojos fueron de Callie a Rochford, y añadió—: Rochford, ¿vos también estáis aquí? —su voz era suave como la seda. A pesar de que intentaba parecer sorprendida, su satisfacción era obvia.

—Hola, Daphne —le dijo Francesca.

Daphne se volvió de golpe hacia ella al oír su voz, y sus ojos se ensancharon en una expresión de estupefacción mucho más genuina.

—¡Francesca! ¿Qué...! Vaya, esto sí que es una sorpresa —permaneció en silencio durante unos segundos, claramente desconcertada, y al fin se volvió hacia la mujer que la acompañaba—. Lo siento, permitan que les presente a mi amiga, la señora Cathcart. Lady Haughston, lady Calandra, no sé si se conocen.

—Sí, creo que hemos coincidido en alguna ocasión —Callie se esforzó por sonreír—. Encantada de volver a veros, señora Cathcart.

Aquella rubia de rostro delgado era una de las mayores cotillas de la alta sociedad. Era evidente que la hermana de Brom había orquestado aquella escena, y que lo había preparado todo para que el escándalo fuera presenciado por alguien que sin duda lo difundiría por toda la ciudad.

Lady Swithington continuó con las presentaciones. El duque había recobrado la suficiente compostura para bajarse las mangas y saludar a la señora Cathcart con una elegante reverencia.

—Es un placer hablar con vos —le dijo a la mujer. Esbozó una sonrisa amigable, pero que a la vez impedía que su interlocutor olvidara que estaba hablando con un duque—. Os ruego que disculpéis mi aspecto, señora Cathcart. Me temo que no esperaba visitas.

—Por supuesto, Su Señoría —la mujer sonrió y se ruborizó. Estaba claro que se sentía halagada por estar hablando con el duque de Rochford.

—Estáis un poco... desaliñado, Rochford —comentó lady Daphne—. Brom, eso que tienes en la mejilla es sangre, ¿verdad? ¿Qué ha pasado?

Los dos hombres intercambiaron una mirada, y fue Francesca la que se apresuró a romper el silencio.

—Han estado intentando reparar nuestro carruaje, no es de extrañar que tengan un aspecto tan desaliñado. Una rueda se ha metido en una zanja, y hemos volcado. ¡Ha sido una experiencia angustiosa!

La señora Cathcart mostró la consternación y la comprensión de rigor, pero lady Daphne miró a Francesca con suspicacia y le dijo:

—Qué terrible. Me sorprende que no hayan resultado heridos.

—Hemos sufrido una gran sacudida, os lo aseguro —le aseguró Francesca con naturalidad—. ¿Verdad que sí, lady Calandra?

—Sí, tengo una enorme magulladura en la espalda... pero afortunadamente, nadie se ha roto ningún hueso —le sostuvo la mirada a lady Daphne, para dejarle claro lo que quería decir.

Tras un largo momento de silencio, Daphne comentó:

—Cielos, parece que han tenido un día muy duro, y ni siquiera es mediodía. Ha sido toda una suerte que el carruaje se haya estropeado aquí, justo donde han podido contar con la ayuda de mi hermano.

—¿Verdad que sí? —le dijo Francesca con dulzura—. Lord Bromwell ha sido muy amable con nosotros, todos le agradecemos la ayuda que nos ha prestado. ¿Verdad, Rochford? —se volvió hacia el duque, y sólo los que la conocían bien habrían notado el matiz imperioso que había latente en su voz.

Rochford apretó la mandíbula, y dijo con cierta rigidez:

—Sí, le agradezco su ayuda.

—Ha sido un placer, lamento que su viaje se haya visto interrumpido —dijo Bromwell.

—En ese caso, entenderéis que debemos marcharnos de inmediato —comentó Rochford—. Ha sido un placer hablar con vos, señora Cathcart, pero me temo que debéis excusarnos.

—¿Adónde se dirigían?, creía que estaban en Londres —comentó Daphne.

Rochford la miró con su expresión más aristocrática, la que reservaba para acabar con preguntas impertinentes, pero Daphne no pareció sentirse intimidada.

—Íbamos a visitar a unos amigos antes de seguir rumbo a Marcastle.

—¿En serio?, ¿quiénes son esos amigos?, puede que los conozca.

El duque enarcó las cejas ante su insistencia, y le dijo con voz seca:

—Lo dudo.

—Ya basta de preguntas, Daphne —dijo Bromwell, con un tono duro que nunca antes había usado con su hermana—. Nuestros invitados tienen que marcharse, no los entretengamos más.

—Por supuesto —Daphne miró a los demás con una sonrisa cordial.

—Voy a la cuadra, para decirle al conductor que traiga el carruaje —dijo Rochford, con la mirada fija en Francesca.

—Excelente idea —le dijo ella, con una sonrisa fría y serena.

Rochford se despidió de todos con la reverencia de rigor, y salió de la casa.

—Si nos disculpan, a Callie y a mí nos gustaría refrescarnos un poco antes de marcharnos —dijo Francesca, mientras se acercaba a Callie y la tomaba del brazo.

Tras despedirse de Daphne y de la señora Cathcart con una sonrisa cortés, las dos salieron de la habitación. Callie evitó mirar a Bromwell, ya que tenía miedo de revelar con la mirada lo que había sucedido la noche anterior.

Mientras subían la escalera, Francesca la mantuvo sujeta del brazo para que no acelerara demasiado el paso. La soltó cuando llegaron al piso superior y quedaron fuera de la vista de los demás, y Callie se apoyó contra la pared y susurró:

—Dios mío, Francesca...

Su amiga negó con la cabeza para indicarle que no siguiera hablando, y la condujo por el pasillo. Cuando estuvieron a cierta distancia de la escalera, le preguntó con voz queda:

—¿Tienes un bolso, o alguna otra cosa?

Callie asintió, y le respondió en voz igualmente baja:

—Sí, está en esa habitación de ahí.

Se ruborizó al pensar en lo que había sucedido allí. Al recordar que la ropa de Brom seguía tirada por todas partes, se apresuró a decir:

—Ya voy yo a buscarlo —entró en la habitación, y salió al cabo de unos segundos con el bolso de viaje—. ¿Cómo vamos a explicar su presencia?, a lo mejor deberíamos tirarlo por la ventana, o esconderlo en algún armario.

—No, nos comportaremos como si fuera lo más normal del mundo. Ésa suele ser la mejor opción —agarró el bolso, y echó a andar con paso decidido. Cuando estaban a mitad de la escalera, dijo en voz lo bastante alta como para que la oyeran los demás—: Menos mal que tuvimos el acierto de traer uno de mis bolsos, Callie. Resulta muy difícil acicalarse sin un peine y unas cuantas horquillas, ¿verdad?

—Sí, por supuesto —Callie contuvo las ganas de sonreír.

—Es una casa encantadora, lord Bromwell —añadió Francesca en cuanto llegaron al vestíbulo, antes de que alguien pudiera articular palabra—. ¿Pertenece a vuestra familia desde siempre?

—De hecho, es de mi hermana. Pertenecía a su difunto esposo.

—Entiendo —Francesca se volvió hacia Daphne—. Habéis sido muy amable al prestársela a vuestro hermano, lady

Swithington. Pero no me extraña, porque soy consciente de que siempre estáis pensando en los demás.

Lady Daphne le lanzó una mirada llena de odio, pero Francesca se limitó a sonreír antes de volverse de nuevo hacia Callie.

—Será mejor que salgamos ya, no sea que el duque se impaciente —miró a la señora Cathcart con una sonrisa llena de complicidad, y añadió—: Los hombres suelen tener poca paciencia, y se muestran de lo más molestos cuando sus planes se tuercen, ¿verdad?

—Tenéis toda la razón, lady Haughston —le contestó la mujer—. Lamento que tengan que marcharse tan pronto y que no tengamos ocasión de conversar tranquilamente, pero es comprensible que quieran partir cuanto antes.

—Voy a recoger mi pelliza, ahora mismo vuelvo.

Francesca fue a la cocina, y regresó al cabo de un momento con su bolsito en la mano y con una pelliza azul oscuro encima del vestido. Callie se apresuró a agarrar su propio abrigo del banco donde Brom lo había dejado la noche anterior, y las dos se volvieron hacia la puerta.

—Permitan que las acompañe —les dijo lord Bromwell, mientras se acercaba a ellas.

—No hace falta —murmuró Callie. Se obligó a mirarlo, y luchó por mantenerse impasible a pesar de las emociones que se arremolinaban en su interior.

—Insisto —le dijo él con firmeza, antes de ofrecerle el brazo.

Sólo con mirarlo a la cara tenía ganas de reír y de llorar a la vez. Callie quería acariciarle la mejilla donde tenía el corte que le había hecho Rochford, quería besarlo una vez más y abrazarlo con fuerza. Sentía el escozor de las lágrimas contenidas, pero sabía que tenía que controlarse delante de los demás. Debía mantener la farsa, sonreír con cortesía y tomarlo del brazo como si fueran unos simples conocidos.

Se despidieron de lady Daphne y de la señora Cathcart. Era obvio que la segunda estaba encantada con el encuentro, porque no solía moverse en el elitista círculo al que pertenecían lady Haughston y los Lilles. La hermana de Bromwell parecía mucho menos complacida. Su sonrisa era exagerada, y en sus ojos azules relampagueaba el resentimiento. Callie sentía la misma antipatía hacia ella, así que se despidió con la máxima brevedad posible.

Dejaron a lady Swithington y a la señora Cathcart allí, y salieron de la casa. Callie era más que consciente de la cercanía de Bromwell, y le temblaba un poco la mano que tenía apoyada en su brazo. Francesca fue de inmediato hacia el carruaje, que estaba saliendo de la cuadra en ese momento, para que tuvieran un momento a solas.

–Callie... –empezó a decir él.

–No, por favor –le dijo ella con voz estrangulada. A pesar de que tenía miedo de echarse a llorar, tenía que mirarlo por última vez. En lo más profundo de su pecho, donde se alojaba un nudo duro y helado, era consciente de que no iba a volver a verlo.

A pesar de lo que había hecho Daphne, ella sabía que era muy poco probable que Brom le diera la espalda a su hermana. Era de su propia sangre, mientras que ella era... ni siquiera sabía lo que era para él. Habían compartido una noche de pasión increíble, pero Brom no había hablado de amor ni de compromiso; además, era la hermana del hombre al que había odiado durante años, y con el que poco antes se había enfrentado a puñetazos.

–Debo quedarme y hablar con Daphne –le dijo él.

–Lo sé –Callie se volvió hacia su hermano, que se acercaba a ellos sin quitarles la mirada de encima. Si seguía hablando con Brom, acabaría echándose a llorar, y Sinclair se daría cuenta de que Francesca no le había dicho la verdad. No podía soportar la idea de que los dos hombres a los que quería volvieran a luchar.

–Espera, Callie, no te vayas aún –le dijo Bromwell, mientras alargaba la mano para detenerla.

–No. Por favor, no –Callie se volvió a mirarlo. Sabía que los ojos se le estaban llenando de lágrimas, pero era incapaz de evitarlo–. Tengo que irme. Adiós, Brom –cerró la boca con firmeza, y se tragó las palabras que luchaban por emerger de su boca: «te amo».

Se apresuró a ir hacia el carruaje, y vio agradecida que Francesca se había acercado a Sinclair para distraerlo. Pasó junto a ellos a toda prisa, y entró en el vehículo sin decir palabra.

El duque vio cómo su hermana pasaba de largo, pero en ese momento su atención estaba centrada en Francesca. La miró con escepticismo, y señaló con un gesto de la cabeza hacia los caballos que tiraban del carruaje.

–He encontrado al conductor cepillando a los caballos. Parecen bastante... sudorosos y desaliñados, teniendo en cuenta que se supone que han pasado la noche en la cuadra.

–Qué extraño –le contestó ella con despreocupación–. No me pertenecen, por supuesto, porque tuvimos que cambiar de tiro durante el trayecto, pero mi conductor suele cuidar muy bien de los animales. A lo mejor estaba cansado y se quedó dormido en cuanto llegamos, yo misma me acosté enseguida.

–¿De veras? –le preguntó, mientras la observaba con una mirada penetrante.

Ella le devolvió la mirada sin pestañear, y le dijo:

–Sí, estaba agotada. Si no me creéis, podéis preguntárselo a Callie. Como la casa es bastante pequeña, tuvimos que compartir una habitación.

Él la observó en silencio durante varios segundos, y finalmente asintió.

–De acuerdo. Será mejor que nos vayamos, antes de que esa condenada mujer salga y siga fastidiándonos con más preguntas –la ayudó a subir al carruaje, y entonces fue hacia su caballo, que estaba atado a un poste que había a un lado del camino.

Francesca se sentó junto a Callie, y se volvió a mirarla de inmediato.

—¿Estás bien, querida? —le preguntó, mientras la tomaba de la mano.

Callie asintió, pero tuvo que secarse las lágrimas.

—¿Estás segura? Ya sabes que puedes contarme lo que sea, Callie. Te prometo que no se lo diré a nadie.

—No hay nada que contar —le dijo Callie con voz queda. Consiguió esbozar una sonrisa, pero no se dio cuenta de que resultaba muy poco convincente.

—De acuerdo, no te preocupes. Bueno, entonces hablaremos de otra cosa, ¿te parece bien?

Callie asintió, pero no pudo seguir conteniéndose y exclamó de repente:

—¡Francesca, estoy enamorada de él!

Se había dado cuenta la noche anterior, cuando lo había mirado a los ojos y había sabido sin lugar a dudas que él estaba diciéndole la verdad. Al confiar en él, al creerle, le había entregado el corazón.

—Pero nunca me pedirá que me case con él —añadió.

—¿Estás segura de eso? —le preguntó Francesca con calma—. Tiene que haberse dado cuenta de que su hermana planeó lo que ha ocurrido. Además de ponerte en una situación comprometedora, se ha asegurado de que Rochford te pillara in fraganti, y después ha aparecido ella misma con la mayor cotilla de Londres. Su perfidia me ha sorprendido incluso a mí, a pesar de que hace años que no la soporto.

—Sé que Brom se ha dado cuenta de lo que ha hecho su hermana, pero no quiere pensar mal de ella. Siempre la ha tenido en un pedestal, cree que ha hecho mucho por él. Anoche me contó que ella prácticamente lo crió tras la muerte de su madre y que lo protegió de su padre, que era un hombre terrible. Estoy segura de que sería incapaz de darle la espalda, por mucho que ella haga. Y aunque fuera así, ¿cómo va a casarse con la hermana del hombre al que odia desde hace años? Me di cuenta de que empezó a poner en duda la historia que ella le contó sobre Sinclair, pero no quiere creer que le haya mentido de forma deliberada.

—Daphne siempre tuvo una habilidad increíble para engañar a los hombres —comentó Francesca, con cierta amargura—. Pero el amor es una emoción muy poderosa, Callie.

—No he dicho que él me ame, soy yo la que está enamorada —le dijo ella. Las lágrimas empezaron a rodarle por las mejillas, pero no se molestó en secárselas.

—He visto cómo te mira.

—Eso no es amor, sino deseo. Jamás me ha dicho que me ama, y me temo que ni siquiera voy a volver a verle —sus palabras se quebraron con un sollozo ahogado. Cuando Francesca le pasó el brazo por los hombros y la abrazó con fuerza, ella apoyó la cabeza sobre su hombro y dio rienda suelta a las lágrimas.

CAPÍTULO 18

Callie siguió llorando durante unos minutos, pero finalmente se incorporó y se secó las lágrimas con su pañuelo. Después de soltar un largo suspiro, le dijo a Francesca:

—Lo siento, es la segunda vez que tengo una llorera delante de ti. Creerás que soy una mujer de lágrima fácil.

—No, lo que creo es que estás atravesando una etapa muy difícil. Hubo épocas de mi vida en las que lo único que hacía era llorar —le dio una palmadita en la mano, y añadió—: No tienes de qué disculparte.

—Gracias —Callie logró esbozar una sonrisa trémula—. Y gracias también por lo que has hecho antes. Me has salvado, tuve miedo de que Brom y Sinclair acabaran matándose.

—Me alegro de haber llegado a tiempo.

—¿Cómo lo has logrado?, me he quedado boquiabierta al verte aparecer de improviso.

—Cuando regresé ayer de la visita a la duquesa de Chudleigh, Fenton me dio tu nota, y me contó que Rochford estaba herido y adónde habías ido. De modo que ordené de inmediato que me trajeran el carruaje, y fui tras de ti.

—Entonces, ¿no decidiste venir porque adivinaste que se trataba de una trampa?

—No, no tenía ni la más mínima idea. Me di cuenta de

que Daphne estaba detrás de la invitación de lady Odelia, porque a tu tía abuela se le escapó durante el camino de regreso. Me dijo que la «querida Daphne» tenía razón, que ella creía que a mí no me apetecería acompañarla, pero que Daphne le había asegurado que yo estaría deseando ir a ver a la madrina de mi madre. Podrás imaginarte cómo me sentí. Si Daphne hubiera estado allí, la habría abofeteado, pero tuve que tragarme la rabia y sonreír; sin embargo, no imaginé siquiera que lo había ideado todo para que yo no estuviera en casa cuando llegara la nota. Supuse que lo había hecho para reírse a mis expensas.

—Entiendo —Callie sonrió al decir—: Entonces, partiste a toda prisa porque creías que Sinclair estaba herido. Te importa lo que pueda pasarle, ¿verdad?

Francesca pareció quedarse sin palabras. Se quedó mirándola por un momento, y entonces se irguió con rigidez y la miró con una expresión impasible.

—Por supuesto que me importa, conozco a Rochford desde siempre; además, supuse que necesitarías que te ayudara a cuidarle si estaba herido. Estoy convencida de que se pone insoportable cuando está enfermo.

—Ya veo —le dijo Callie, con una sonrisa astuta.

Francesca la miró ceñuda, y añadió:

—Como te decía, fui tras de ti, pero el carruaje avanzaba con lentitud. Para entonces ya había oscurecido, y un lacayo tuvo que andar por delante de los caballos con una linterna en los tramos más oscuros. Cuando por fin llegamos a la casa esta mañana, vi el caballo de Rochford atado a un poste, y como se suponía que tu hermano estaba en cama con varios huesos rotos, me pareció bastante extraño. En cuanto bajé del carruaje, oí sus gritos y todo el alboroto que se había montado, así que era obvio que no estaba herido. En ese momento me di cuenta de que estaba ante una trampa, y supe con total certeza que la artífice era Daphne.

—Reaccionaste con rapidez al mandar tu carruaje a la cuadra.

—No tuve tiempo de pensármelo dos veces. Tenía que convencer a Rochford de que había estado contigo todo el tiempo, así que el carruaje no podía estar en el patio. Después de decirle al cochero que fuera a la cuadra y que se ocupara de los caballos, fui corriendo hacia la parte posterior de la casa y entré por la puerta trasera. Entonces fingí que acababa de bajar por la escalera.

—Gracias a Dios —Callie la tomó de la mano, y le dio un pequeño apretón—. Nos has salvado a todos de un verdadero desastre.

—Prometí ayudarte en lo que pudiera.

—Has hecho más de lo que podría haber imaginado, y no sabes cuánto te lo agradezco —vaciló por un instante antes de añadir—: Pero creo que voy a regresar a Marcastle con Sinclair. Creí que me quedaría durante gran parte de la temporada, para acallar los rumores, pero eso ya me da igual.

—Oh, Callie... lo siento mucho, ojalá te quedaras conmigo. No lo digo sólo por la compañía, aunque debo confesar que la casa me parecerá muy vacía sin ti, sino porque no soporto la idea de que renuncies...

—¿A encontrar marido? Me temo que ya no estoy interesada en eso; de hecho, dudo que llegue a casarme algún día.

—No, me refería a encontrar el amor —la corrigió Francesca con voz suave.

—Ya lo he encontrado —Callie esbozó una pequeña sonrisa—. No te pongas tan triste, no lamento lo que ha pasado durante las últimas semanas. Por nada del mundo renunciaría a lo que he hecho y aprendido. No me creía capaz de sentir un gran amor, y estaba dispuesta a conformarme con otra cosa... comodidad, compañía... pero he descubierto lo que es amar de verdad, lo he vivido, y sé que no me bastaría con menos.

—Callie, no pierdas la esperanza del todo en lo que respecta al conde. Está claro lo mucho que lo amas.

—Sí, pero no basta con lo que yo sienta —le dijo ella con resignación.

Francesca sabía que no quedaba nada por decir, así que asintió mientras sentía un profundo y familiar dolor en el corazón.

Permanecieron en silencio mientras el carruaje avanzaba a paso lento, levantando la cortina de vez en cuando para mirar hacia fuera, y sumidas en sus propios pensamientos. Finalmente, Callie se durmió acurrucada contra una de las esquinas.

Como los caballos estaban cansados, avanzaron con lentitud al principio, y no tardaron en detenerse en una posada para cambiar de animales. Rochford decidió dejar allí su preciada montura, y lo dejó al cargo del lacayo de Francesca con instrucciones de llevarlo a Londres al día siguiente.

Aligeraron el paso con los caballos nuevos, y llegaron a Londres antes de que anocheciera. Callie le había dicho a su hermano que quería regresar a Marcastle con él, así que la dejó en casa de Francesca para que recogiera las cosas, antes de marcharse a la suya para encargarse de los preparativos pertinentes.

—Enviaré el carruaje a por ti mañana por la mañana —le dijo a Callie—. Supongo que lady Haughston y tú querréis pasar esta velada juntas para poder despediros.

—Gracias —le dijo ella, antes de ponerse de puntillas para darle un beso en la mejilla.

Él la miró sorprendido, y le preguntó:

—¿Significa esto que ya no estás molesta conmigo?

—No apruebo que atacaras a lord Bromwell, pero me alegro de que vinieras a protegerme porque te importo. Eres el hermano más bueno del mundo.

—Te recordaré esas palabras la próxima vez que te enfades conmigo —le dijo él, sonriente, antes de volverse hacia Francesca—. Adiós, lady Haughston.

—Adiós, Rochford —alargó la mano hacia él, y añadió—:

Espero que la próxima vez que nos veamos sea en circunstancias menos... agitadas.

—En cualquier caso, seguro que no serán aburridas —le contestó él, con una pequeña sonrisa, antes de inclinarse sobre su mano.

Francesca se sorprendió al ver que la mantenía agarrada durante un instante más de lo acostumbrado. Alzó la mirada hacia él, y se dio cuenta de que estaba observándola con una expresión intensa. Él le dio un ligero apretón en la mano, y le dijo:

—Gracias.

Ella asintió de forma casi imperceptible, ya que era consciente del trasfondo que se ocultaba tras aquella única palabra.

Sinclair se fue sin demorarse, y las dos se dispusieron a preparar el equipaje de Callie. Afortunadamente, su doncella ya había preparado un baúl con su ropa, ya que estaba a la espera de que la mandaran llamar desde Blackfriars Cope, así que parte del trabajo ya estaba hecho. No tardaron en preparar el resto, porque Callie estaba más interesada en acabar cuanto antes que en ocuparse de que todo estuviera perfecto.

En condiciones normales, habría remendado posibles desgarrones en la ropa, y se habría asegurado de que todo estuviera limpio y planchado, pero decidió que tendría tiempo de sobra para limpieza y remiendos cuando estuviera en Marcastle. En ese momento, lo único que quería era marcharse.

A pesar de que acabaron pronto, apenas consiguió pegar ojo y se pasó la noche sumida en una duermevela inquieta llena de sueños confusos. Se sentía fuera de lugar en aquella habitación que había sido un cálido hogar para ella durante cerca de dos meses. En una ocasión, se levantó de la cama y se acercó a la ventana para mirar hacia fuera.

No había gran cosa por ver aparte de la calle oscura, pero

al cabo de un momento, se dio cuenta de que su nerviosismo se debía a la vaga esperanza de que Bromwell llegara cabalgando en medio de la noche para estar con ella. Apoyó la frente en el cristal y se dijo que era una tonta, que él no iba a aparecer.

Finalmente, se apartó de la ventana y volvió a la cama.

A la mañana siguiente, el carruaje ducal llegó poco después de que Francesca y Callie hubieran acabado de desayunar. No era el pesado vehículo de cuatro plazas que la familia solía usar para viajar, y que en ese momento estaba en Marcastle, sino una berlina más pequeña y elegante que solían utilizar para los desplazamientos en la ciudad.

El cochero les explicó con cierta indignación que el duque había alquilado una silla de posta para ir a Marcastle, porque consideraba que en la berlina no iba a caber todo el equipaje. La suposición de Sinclair se confirmó, porque tuvieron problemas para colocar todas las cosas de Callie en el vehículo, y no quedó más remedio que meter dos de los bolsos más pequeños en el interior con ella.

Francesca la acompañó hasta el carruaje, y se dieron un fuerte abrazo de despedida.

—Ten —Callie tomó su mano, y le dio un pequeño objeto mientras luchaba por contener las lágrimas—. He disfrutado muchísimo estando contigo, y quiero darte algo como muestra de agradecimiento.

Francesca bajó la mirada hasta la palma de su mano, y vio un collar de oro con un delicado camafeo marfil y azabache.

—Es precioso, Callie, pero...

—Por favor, quédatelo. Era de mi madre.

Francesca la miró atónita, y exclamó:

—¡Ni soñarlo, Callie! Seguro que no quieres desprenderte de algo así, no puedo aceptarlo.

Intentó devolvérselo, pero Callie negó con la cabeza.

—Quiero que lo tengas tú. Tengo más cosas de mi madre, y me gustaría pensar que a ti y a mí nos une un vínculo... que somos como hermanas. Por favor, Francesca.

—¿Estás segura? —le preguntó ella con indecisión.

—Sí, del todo. Es importante para mí que lo aceptes.

—De acuerdo, si eso es lo que quieres... —Francesca cerró la mano sobre el camafeo, y de repente volvió a abrazarla con fuerza—. Por favor, no te enclaustres en Norfolk. Prométeme que volverás... cuando pase el momento álgido de la temporada social, por ejemplo.

—Me lo pensaré. Y tú irás a Redfields, ¿verdad? Intentaré convencer a Sinclair de que nos quedemos durante una larga temporada en Dancy Park.

—Sí, claro que iré.

Francesca tuvo ganas de llorar cuando Callie la miró con una última sonrisa y entró en el carruaje. Permaneció en la calle viendo cómo se alejaba, y cuando su joven amiga se asomó por la ventanilla y le hizo adiós con la mano, le devolvió el gesto. Siguió allí hasta que el vehículo dobló la esquina, y entonces volvió a entrar en la casa y subió a su dormitorio. Maisie, su doncella, estaba allí, sentada en una banqueta junto a la chimenea, cosiendo un volante al bajo de un vestido.

—En fin, lady Calandra ya se ha ido, Maisie —le dijo con tristeza, antes de sentarse ante la cómoda—. La echaré de menos.

—Yo también, mi señora. Es un encanto.

A pesar de lo bien que le caía lady Calandra, lo que Maisie iba a echar más de menos eran las copiosas comidas de las que habían disfrutado gracias a las generosas aportaciones del duque. Lady Francesca habría protestado si se hubiera enterado de la cantidad de dinero que el administrador del duque les había ido entregando para pagar por la manutención de lady Calandra; de hecho, seguramente se habría puesto hecha una furia y habría insistido en devolvérselo. Por fortuna, Fenton era muy listo, y se había asegurado de tratar él mismo con el administrador para que lady Francesca no se enterara de los detalles del acuerdo.

Maisie sonrió para sus adentros al recordar que Fenton también había tenido el acierto de ahorrar parte del dinero, así que la despensa iba a seguir estando bien abastecida durante uno o dos meses más por lo menos.

Francesca abrió el joyero que tenía sobre la cómoda, abrió la tapa, y apretó un botón oculto que hizo que un cajón secreto emergiera del falso fondo. Dejó con cuidado el camafeo junto a un brazalete y unos pendientes de zafiros, y le dijo a su doncella:

—Si sigo recibiendo regalos que soy incapaz de vender, acabaremos muriéndonos de hambre —cerró el cajón oculto, y se volvió hacia ella—. Esta temporada voy a tener que hacer de casamentera para alguien que no me importe en lo más mínimo.

—Sí, mi señora —le contestó Maisie con placidez, antes de cortar el hilo y asegurarlo con un nudo.

Como el trayecto hasta su casa era muy corto, Callie habría ido a pie de no ser por el equipaje. Al llegar, vio a varios criados cargando multitud de paquetes en la silla de posta que esperaba delante de la casa. Los supervisaba el mayordomo, que al verla llegar la ayudó a bajar y le dio la bienvenida con formalidad, como si llevara meses sin verla, a pesar de que la semana anterior ella se había pasado por allí para una breve visita junto a su doncella.

Se preguntó si los criados habían oído también los rumores, y sentían pena por ella. Era lo más probable, porque siempre parecían estar más al día que ella misma sobre los últimos escándalos.

—Hola, Callie —Rochford salió a recibirla. Tenía un morado en la mejilla, y otro junto al ojo.

—Hola, Sinclair —le dijo con una sonrisa.

Él la tomó del brazo, y tras observar durante unos segundos el trabajo de carga y descarga del equipaje, comentó:

—Estaremos listos para marcharnos en cuanto transfieran tu equipaje. La cocinera nos ha preparado un montón de comida para el viaje, porque está convencida de que acabaríamos enfermando si probáramos bocado en una posada.

Callie entró para hablar con la cocinera y con el ama de llaves, ya que sabía que se sentirían dolidas si no lo hacía. Cuando volvió a salir, el carruaje estaba preparado, y a la espera de que el cochero inspeccionara las riendas una última vez.

Rochford alargó una mano hacia ella para ayudarla a subir, pero en ese momento se oyó un grito y el sonido de los cascos de un caballo que se acercaba. Se volvieron con curiosidad, y vieron a un jinete que avanzaba raudo como una bala, a una velocidad que no era ni normal ni segura en una calle.

Al darse cuenta de que se trataba de lord Bromwell, Callie contuvo el aliento y sintió que el corazón empezaba a martillearle en el pecho. Era como si su sueño en el que Brom aparecía a la carrera para evitar que se fuera se hubiera convertido en realidad.

—¡Espera, Callie! —gritó él al llegar por fin. Desmontó de un salto, y añadió—: ¡No te vayas! —le lanzó las riendas a uno de los criados, y se acercó a Callie y a Rochford—. Gracias a Dios que te he encontrado.

—Por los pelos —le dijo el duque, mientras lo miraba con cautela.

—Primero he ido a casa de lady Haughston, Callie. Creía que estarías allí. Cuando me ha dicho que pensabas marcharte a Marcastle, he temido llegar demasiado tarde. Tal y como te dije ayer, tenía que hablar con mi hermana. Ella acabó contándomelo todo... que planeó lo de ayer para vengarse de tu hermano, que... —se detuvo por un momento, y su rostro se tensó al mirar a Rochford—. Admitió que me mintió sobre vos, sobre lo que había pasado años atrás. He venido a disculparme por... por todo. Lo siento de verdad, lo que hizo Daphne fue una canallada despreciable —parecía destrozado, lleno de tristeza—. Os ruego que aceptéis mis disculpas por la trampa que nos tendió a todos ayer —se volvió hacia Callie, pero se apresuró a apartar la mirada.

Ella se preguntó por qué se negaba a mirarla. Aquella situación distaba mucho del reencuentro con el que había soñado. ¿Dónde estaba la apasionada declaración de amor?, ¿por qué no le decía que no podía vivir sin ella? Parecía más interesado en hablar con Sinclair que con ella.

Bromwell miró al duque cara a cara, y le dijo con voz firme:

—Lamento mi comportamiento precipitado e impulsivo de hace quince años, señor. Fui un necio al creer a mi hermana, y... y lamento haberos acusado injustamente de algo que era falso. Espero que podáis perdonarme. Si no es así, lo entenderé, aunque lo lamentaré de corazón.

Rochford vaciló por un instante, pero al final le ofreció la mano y le dijo:

—Es normal que un hombre defienda a su hermana.

—Sí, eso es cierto.

Se estrecharon la mano, y entre ellos pareció establecerse una comunicación muda.

—He roto toda vinculación con mi hermana —añadió Bromwell, sin apartar la mirada del duque. Su rostro reflejaba el dolor que le había causado aquella decisión—. Soy consciente de que no puede permanecer en nuestras vidas después de lo que hizo, sé que no permitiríais que me casara con vuestra hermana si siguiera teniendo contacto con ella. Por eso he venido... a pediros permiso para cortejar a lady Calandra.

Callie se quedó mirándolo boquiabierta, pero Rochford no pareció sorprendido por aquellas palabras.

—Creo que no vais a tardar en descubrir que mi hermana toma sus propias decisiones, pero tenéis mi permiso.

—Gracias —Bromwell lo saludó con una inclinación de cabeza, y se volvió hacia Callie—. Lady Calandra...

—Vaya, ¿has notado mi presencia por fin? ¿Se me permite dar mi opinión en este asunto? Empezaba a creer que mi hermano y tú estabais a punto de redactar un acuerdo matrimonial y de decidir mi dote por vuestra cuenta, y de darlo todo por zanjado.

—¿Qué...? —empezó a decir Brom con indecisión.

—¡Soy una mujer adulta! —le espetó ella con indignación—. ¡Si querías casarte conmigo, tendrías que habérmelo pedido a mí, no a él!

Al darse cuenta de que estaba a punto de echarse a llorar, entró corriendo en la casa, y cerró la puerta de un portazo.

Bromwell se volvió hacia el duque, y le preguntó desconcertado:

—¿Qué ha pasado?, ¿qué es lo que he hecho?

Rochford se encogió de hombros, y alzó las manos en el gesto típico de un hombre que no alcanzaba a comprender el comportamiento de las mujeres.

Bromwell echó a correr hacia la casa. Uno de los lacayos intentó llegar a tiempo a la puerta para abrírsela, pero él se le adelantó y entró como una exhalación.

—¡Callie!

Ella estaba de pie en el enorme vestíbulo abovedado, delante de una mesa redonda. No había nadie más a la vista, ya que los criados se habían retirado con discreción. Estaba con los brazos cruzados, con la mirada fija en un jarrón que había en el centro de la mesa. Al oír que la llamaba, se volvió hacia él y lo miró con expresión furibunda.

—No lo entiendo, Callie —le dijo, mientras se acercaba a ella—. Creía que... que me dirías... en fin, creía que accederías a casarte conmigo. No sabía que tenías alguna objeción.

—No quiero casarme contigo para que puedas acallar tu conciencia —le espetó, mientras se tragaba las lágrimas—. No quiero casarme contigo porque consideras que te equivocaste con mi hermano hace quince años, ni porque es lo correcto, ni porque tu hermana nos puso en una situación comprometida con sus artimañas.

—¿De qué demonios estás hablando? —protestó, mientras su propio genio empezaba a emerger también—. ¡No he dicho nada de eso!

—No hace falta que lo digas, está claro que soy una carga para ti. Ni siquiera te has dignado a mirarme ni a sonreírme. Te has centrado en mi hermano y es a él a quien le has pedido perdón, como si fuera la persona más implicada en todo este asunto, y yo tuviera que aceptar sin más sus decisiones.

—¡He hablado con él porque quería hacer las cosas como Dios manda! Quería hacer las paces con él, para que no existiera el riesgo de que riñerais. El hecho de que ansíe casarme contigo no tiene nada que ver con el duque, ni con mi hermana, ni con los cotilleos, ni con lo que pueda pensar la gente.

—En ese caso, ¿por qué quieres hacerlo?

Él la miró estupefacto, y exclamó:

—¡Pues porque te amo, claro! Porque no puedo soportar la idea de vivir sin ti. Cuando estaba en el pabellón de caza, antes de que llegaras, lo único que hacía era contemplar los días vacíos que tenía ante mí. Días interminables, amargos, y llenos de soledad, porque tú no estarías a mi lado. Te amo tanto, que mi vida carece de sentido sin ti. ¡Por eso quiero casarme contigo!

—¡Oh, Brom! —las lágrimas brotaron incontenibles, pero Callie no les prestó atención. Se lanzó hacia él, y le rodeó el cuello con los brazos—. Ésa es la razón perfecta.

Él la abrazó con fuerza, y hundió la cara en su pelo.

—Entonces, ¿quieres casarte conmigo? ¿Prefieres que te lo pida de rodillas?

—No, no hace falta, quédate donde estás —le dijo ella, mientras lloraba y reía a la vez—. Sí, acepto casarme contigo.

Brom selló el acuerdo con un beso largo y profundo. Cuando levantó la cabeza, la miró a los ojos y le dijo:

—Callie, te amo como jamás pensé que podría amar a alguien.

—Y yo te amo a ti —le dijo ella, mientras lo miraba radiante de felicidad. Había ido a Londres a buscar marido, y había encontrado el amor.

Lo miró sonriente, y se puso de puntillas para besarlo de nuevo.

EPÍLOGO

Francesca recorrió con la mirada el salón de baile de la mansión londinense de los Lilles. Estaba decorado con las que sin duda eran todas las flores primaverales disponibles en un radio de ochenta kilómetros a la redonda, y la mitad de los miembros de la alta sociedad estaban presentes. Unas horas antes, la catedral había estado igual de abarrotada para la ceremonia.

No era de extrañar, porque se trataba de la boda del año. El hecho de que la hermana de un duque contrajera matrimonio era todo un acontecimiento, sobre todo si era la única hermana de dicho duque y él sentía adoración por ella. No se había reparado en gastos, ni para la ceremonia de la boda ni para la cena de celebración posterior, y la gente no había dejado de hablar del tema desde que se había anunciado el compromiso. Las invitaciones habían sido más codiciadas que los vales para entrar en Almack's, y nadie había querido admitir que no había sido invitado.

Francesca estaba en la cola de invitados que esperaban su turno para felicitar a los recién casados, que estaban junto al duque y a la abuela de Callie. Sabía que la hermana de Bromwell también había sido invitada, a pesar de lo que había hecho. Callie era consciente de lo mucho que Brom quería a Daphne, y no había tenido corazón para permitir que la apartara de sus vidas por completo.

Afortunadamente, Daphne no estaba recibiendo a los invitados junto a la familia, y ella esperaba poder eludirla por completo.

Como siempre, el duque era el hombre más atractivo de todos los presentes. La saludó con una reverencia, y la miró con ojos chispeantes.

—Vaya, aquí tenemos a la dama que ha hecho posible esta boda.

—El mérito no es mío —le dijo Francesca—. El amor ha triunfado, como casi siempre.

—Sobre todo cuando tiene un general tan hábil como vos.

—¡Francesca! —Callie la abrazó con fuerza. Estaba radiante de felicidad, y sus grandes ojos marrones brillaban como estrellas.

—Hola, Callie. Bromwell. Espero que seáis muy felices, aunque está claro que ya lo sois.

—Eso es cierto —Bromwell se llevó la mano de su esposa a los labios, y le besó los dedos—. ¿Cómo no iba a serlo, si estoy casado con la mujer más bella del mundo?

Callie se sonrojó mientras sonreía. A juzgar por cómo se miraban, era obvio que apenas eran conscientes de lo que les rodeaba. Sólo tenían ojos el uno para el otro.

Francesca sonrió, y se adentró en el salón. Tenía que empezar a buscar a alguien a quien pudiera guiar a través de las traicioneras aguas de la temporada social, que ya estaba en su punto álgido. El tiempo empezaba a apremiar. Había pensado en encontrar a alguien en cuanto Callie se había marchado de su casa, pero había estado muy atareada con los preparativos de la boda y no había tenido tiempo para hacer indagaciones.

Lo cierto era que no la entusiasmaba la idea de hacer de casamentera para otra joven. A lo largo del último año se lo había pasado muy bien, y además había entablado amistad con todas las mujeres a las que había ayudado, así que no le gustaba pensar en un enfoque más frío y comercial.

Al cabo de unos minutos, oyó que un murmullo recorría el salón, y al volverse para ver lo que pasaba, vio a Brom y a Callie saliendo a la pista de baile. Se detuvieron en el centro, y esperaron a que la orquesta empezara a tocar el primer vals que iban a compartir como marido y mujer. Al ver el amor con el que se miraban, tuvo que contener las lágrimas.

De todas las parejas que había unido, aquélla era la que la hacía más feliz. Callie era como una hermana para ella... de hecho, en otros tiempos había creído que serían hermanas de verdad.

Apartó a un lado los recuerdos con impaciencia, pero no pudo evitar que sus ojos se volvieran hacia el hermano de Callie. Estaba junto a la pista de baile, contemplando cómo su hermana bailaba con su nuevo marido.

De repente, el duque se volvió hacia ella, y sus ojos se encontraron. Se miraron durante un segundo, pero ella apartó la mirada y rompió la conexión. Fijó la mirada en sus guantes, y se centró en alisar bien cada dedo.

—Bueno, supongo que estarás encantada.

Se volvió al oír una voz femenina justo detrás de su hombro, y se encontró cara a cara con lady Swithington.

—Por supuesto que lo estoy, por lady Calandra y lord Bromwell —le contestó con frialdad—. Estoy convencida de que serán muy felices.

—Claro, son una pareja de tortolitos —Daphne lanzó una mirada llena de cinismo hacia los recién casados—. Pero me refería a ti, supongo que estarás encantada al saber que mentí sobre Rochford —sus ojos azules estaban cargados de veneno.

—Jamás habría creído que te dejó embarazada y se negó a casarse contigo, él sería incapaz de hacer algo así. En cualquier caso, en aquella época ni siquiera me enteré de ese rumor, así que no me afectó.

—Pero le rechazaste de todos modos, ¿verdad?

Francesca la fulminó con la mirada.

—No estaba dispuesta a casarme con un hombre que estaba teniendo una aventura con otra mujer, a pesar de que no quisiera casarse con ella —se detuvo de golpe al ver un cambio revelador en la expresión de Daphne, y sintió que la recorría un escalofrío. Tragó con fuerza, y alcanzó a decir con voz trémula—: También mentiste sobre eso, ¿verdad? ¡Hiciste que pareciera que os descubrían in fraganti, pero fue una de tus estratagemas!

Daphne esbozó una sonrisita maliciosa, y le dijo:

—Claro que fue una mentira. Entre nosotros no hubo nada, Rochford te era tediosamente fiel. Si hubieras estado menos pendiente de ti misma y más enamorada de él, te habrías dado cuenta.

Francesca le dio la espalda, y sus ojos se centraron de nuevo en el duque de Rochford. Se sentía débil y aturdida, y le temblaban tanto las piernas, que pensó que iba a desplomarse.

Se abrió paso entre la multitud a ciegas, sin mirar a derecha ni a izquierda. Alguien la tomó del codo con firmeza, y oyó la voz de Irene.

—¿Qué te pasa, Francesca? ¿Te encuentras mal?

—Sí, un poco.

—Ven, siéntate —su amiga la condujo hasta un banco, y se sentó a su lado—. Será mejor que vaya a buscarte algo de beber.

—No, estoy bien. Sólo necesitaba sentarme. Me he enterado de algo que me ha impactado, eso es todo.

—¿Qué ha pasado? Te he visto hablando con esa odiosa de lady Swithington, seguro que te ha dicho algo que te ha alterado —cuando Francesca asintió, añadió—: No te creas nada de lo que te haya dicho, seguro que era una mentira.

—No, estoy segura de que esta vez me ha dicho la verdad —la voz de Francesca reflejaba un profundo dolor—. Me temo que cometí un terrible error años atrás. Fui muy injusta con Rochford, lo traté muy mal.

—¿A qué te refieres?, tú jamás harías algo terrible.

—Lo hice, no le creí cuando me juró que estaba diciéndome la verdad —miró hacia el gentío, e intentó encontrarlo de nuevo—. Y lo que es peor, creo que lo que hice es lo que le llevó a... a optar por el tipo de vida que tiene.

—¿De qué estás hablando?, tiene una vida envidiable.

—Pero no se ha casado. Creo que a lo mejor empezó a desconfiar de las mujeres por culpa de lo que yo hice.

—¿Lo dices en serio?

—Sí, y tengo que resarcirlo.

—¿Cómo?

—Está claro, debo encontrarle una esposa —dijo Francesca con firmeza.

Títulos publicados en Top Novel

Un hombre peligroso — CANDACE CAMP
La rosa de cristal — REBECCA BRANDEWYNE
Volver a ti — CARLY PHILLIPS
Amor temerario — ELIZABETH LOWELL
La farsa — BRENDA JOYCE
Lejos de todo — NORA ROBERTS
Lacy — DIANA PALMER
Mundos opuestos — NORA ROBERTS
Apuesta de amor — CANDACE CAMP
En sus sueños — KAT MARTIN
La novia robada — BRENDA JOYCE
Dos extraños — SANDRA BROWN
Cautiva del amor — ROSEMARY ROGERS
La dama de la reina — SHANNON DRAKE
Raintree — HOWARD, WINSTEAD JONES Y BARTON
Lo mejor de la vida — DEBBIE MACOMBER
Deseos ocultos — ANN STUART
Dime que sí — SUZANNE BROCKMANN
Secretos familiares — CANDACE CAMP
Inesperada atracción — DIANA PALMER
Última parada — NORA ROBERTS
La otra verdad — HEATHER GRAHAM
Mujeres de Hollywood... una nueva generación — JACKIE COLLINS
La hija del pirata — BRENDA JOYCE
En busca del pasado — CARLY PHILLIPS
Trilby — DIANA PALMER

www.ingramcontent.com/pod-product-compliance
Lightning Source LLC
LaVergne TN
LVHW030340070526
838199LV00067B/6375